小镇江湖

米可 著

中国言实出版社

图书在版编目（CIP）数据

小镇江湖 / 米可著 .-- 北京：中国言实出版社，2017.3

ISBN 978-7-5171-2258-6

Ⅰ．①小… Ⅱ．①米… Ⅲ．①中篇小说－小说集－中国－当代②短篇小说－小说集－中国－当代 Ⅳ．① I247.7

中国版本图书馆 CIP 数据核字（2017）第 049381 号

出 版 人：王昕朋
总 监 制：朱艳华
责任编辑：宫媛媛
文字编辑：张　丽
装帧设计：水岸风创意文化

出版发行　中国言实出版社
地　址：北京市朝阳区北苑路 180 号加利大厦 5 号楼 105 室
邮　编：100101
编辑部：北京市海淀区北太平庄路甲 1 号
邮　编：100088
电　话：64924853（总编室）　64924716（发行部）
网　址：www.zgyscbs.cn
E-mail：zgyscbs@263.net
经　　销　新华书店
印　　刷　北京久佳印刷有限责任公司
版　　次　2017 年 4 月第 1 版　　2017 年 4 月第 1 次印刷
规　　格　710 毫米 ×1000 毫米　1/16　14.25 印张
字　　数　258 千字
定　　价　38.00 元　ISBN 978-7-5171-2258-6

目录

题记

有一句话：有人的地方就有江湖。这个江湖可以很大，大到整个世界，也可以很小，小到你把防盗门关上后的一个房间。也可以不大不小，如同笔者身处，并一直记录的《小镇江湖》。

还有一句话：人在江湖飘，哪有不挨刀。江湖有江湖的规矩，不管是政府制定的，还是道义流传的，总归是顺之者昌，逆之者亡。违反了规矩，就会受到相应的惩罚，但人非圣贤，孰能无过。所有身处江湖的小镇居民，不管是《傲娇》中的美丽女人，还是《收尸人》中的老柴，抑或是《疤脸》中那条斗狗，身心或多或少都留有各式各样的疤痕。疤痕多了，故事也就多了。

还有一句话：江湖有多远，人心就有多近。小镇居民关上了门，但江湖的气息却在那闲话私语中流传，就像有人在津津乐道万人迷到底有多少个老婆，抑或是满嘴带酸地讨论《红玫瑰、白玫瑰》奶茶店里的南方姐妹花，又或是《三奇葩》孙先生口中讲述自己经历的超能力、超宇宙的故事。反正镇子就这么大，没点儿路边社的碎语，也看不清人与人、心与心的亲疏远近。

还有一句话：处江湖之远则忧虑其君。镇子北头是连绵的大山，《老羊不是羊》里老羊的羊却是在山里面放的，他忧愁着从山里隧道冲出来的火车会把他的羊的魂儿给带跑了。小镇的居民有小镇居民忧虑的事情，岁末闲来无事，他们竟连美国大选都想掺和一下。

江湖一声笑，滔滔两岸潮。社会在变化，小镇居民的生活也在变化。这其中有《嗨，吴老二》中吴老二的永久失忆，也有《下一站，丽人医院》里小憨笑出来的褶子，还有《屠夫和哑巴》《铁拐李和瞎眼黄》中那几位尽管表达缺失，却坐看风轻云过的淡然的人。

总之，小镇故事多，充满喜和乐（说着说着我都想唱出来了），希望这本书中的 18 个故事，能带你走进小镇，走回故乡，去重拾记忆，重温感动。

万人迷

一

山王镇有许多人没见过镇长，但几乎所有人都见过韦宝宝。

韦宝宝不仅比镇长牛，甚至比韦小宝还牛。韦小宝最多也就七个老婆，但韦宝宝的老婆从来没有人数清过，没准他自己也搞不清具体的数字。他估摸着二十来个总该是有的。

派出所所长老夏说韦宝宝是一盘糠菜上的一粒孜然，用来调剂山王镇半死不活的氛围的。而当人们慢慢觉出最近一段日子都淡出了鸟来，大家才发现韦宝宝没见了，和他一起没见的，还有他的那些老婆们。人们互相打听，有的跑到韦宝宝收破烂的窝前探望，还有的跑到派出所老夏那里报了警。

老夏把来人劝返后，打电话问自己的老婆韦后（镇上人都这么喊）：“韦宝宝跑没了，你知道去哪了吗？”韦后又挨个儿给几个弟弟妹妹打电话，终于得出一个结论，韦宝宝，她最小的宝贝弟弟，老夏的小孩舅真的失踪了！韦后又给老夏打电话：“挖地三尺，你也要把他给我找回来，否则和你没完！”

老夏这下摊上事了。

老夏放下电话，想怎么把挖地三尺这个私活派下去，他烦躁地挠头，不多的稀毛被他拔断几根。这时电话又响了，是邻县公安局打来的，对方扯着嗓门喊：“是夏所长吗，我们这里来了群傻子，领头说是你亲戚，迷路了，让你派车把他们接回来。对了，来一辆大一点的车，一群傻子，一大群！”说完，挂断了电话。

老夏把派出所司机板扎喊了过来，给了他五百块钱，叫他包个车去邻县把韦宝宝和他的老婆们接回来。板扎刚出门，又被老夏喊了回去，老夏又给板扎五百块。说这五百块钱是给邻县公安局的，估计韦宝宝一伙儿没少祸败人家单位。

板扎出门走远了，老夏靠在椅背上，发起了呆，他在想他这个小舅子。

二

他这个小舅子，按照当地人的话说，就是脑子有点不调和。

韦宝宝也有过正常的时候，但那要追溯到他的第一次婚姻。离婚后，他就变得神神道道，有点不正常了。

像许多单身汉一样，韦宝宝养了两条狗：一公一母，取名大毛、二毛。大毛和二毛会发春，当众做些媾和之事。韦宝宝便把两条狗一顿暴打，每次发春都打，一直把两条狗都打糊涂了，不敢再做偷欢之事。板扎看了捂嘴乐：韦宝宝是嫉妒那两条发情的杂毛狗。

的确，婚姻、情爱是韦宝宝的痛处。有次下井掏煤，工友和他说了个黄色笑话。韦宝宝一铁锨就把工友掀翻。韦宝宝被煤黑子们押着从地下 800 米升井，又被矿上保卫科的人押着到了派出所。夏所长说这是我小孩舅，但我不护短，大笔一挥，给韦宝宝开了张拘留证。送拘留所前，他和几个民警押着韦宝宝到派出所的淋浴房，扒下窑衣，把全身的煤灰洗了个干净。重又白净的韦宝宝冲老夏笑笑，老夏那时觉得，这个小舅子脑子是有点不调和的。

韦宝宝从拘留所释放，回到矿上。保卫科的人把他轰出矿门，说他已经被开除了。韦宝宝从街西口的矿大门转悠到街东头的派出所，问板扎要了一支烟，然后径直把院子角落里一辆快锈穿了的三轮车骑出来，干起了收破烂的生意。他还把老街上父母留下来的四合院变成了废品收购站，瓶瓶罐罐堆在屋里，纸盒塑料堆在院内。三轮车骑了几天就散架了，韦宝宝一番捣鼓，改造成了一个四个轱辘的小拉车，每天像纤夫一样拉着小拉车出门收破烂。有时候拉车拉累了，韦宝宝便把大毛、二毛拴在车前面，吆喝着让两条狗替他拉。这些夏所长都看在眼里，一切都是按部就班，像在拘留所里面计划好的。他又觉得这个小舅子脑子也够使。

街上有许多收破烂的，他们大多来自不远的农村，或多或少有点儿行业垄断，但他们默许了韦宝宝的存在，他们知道这可是夏所长的小舅子。

所长小舅子每天走村串巷，日子过得还算宁静。韦后曾经拦下弟弟收破烂的小拉车，骂他这样做丢死去爹妈的脸。韦宝宝嬉笑着说爹退休后不也经常到矿里收破铜烂铁，他这是子承父业。韦后跺跺脚回家了。老夏晚上进门，韦后抹抹眼泪，发狠地说："你给我把宝宝看紧了，别让人动他一根毫毛！"老夏呜呜哝哝说了句："山王镇统共也就一条街，宝宝跑不远的。"

韦后也曾替韦宝宝在镇上物色那些死了男人的寡妇，有些寡妇被说动了心，愿意和韦宝宝搭伙过日子。可还没等韦后把寡妇领进他的破烂小院，就被韦宝宝挥着秤杆往外赶。有的寡妇伸头还想多瞧两眼屋里的值钱家当，韦宝宝二话没说就把裤子扒拉在堂屋里撒尿。寡妇骂一声"死变态"，然后撒腿就跑。韦宝宝露阴癖的名声便从街头传到了街尾，再没有女人愿意登门了。韦宝宝回归到清净的生活状态，韦后叹口气："女人是韦宝宝的死穴！"

三

但就这么个命里和女人相克的男人，却从马路上捡回来一个女人。

那是前年的夏天，韦宝宝把小拉车和大毛二毛绑在梧桐树干上，进了路边的饭店后堂收空酒瓶。等到韦宝宝从饭店出来，小拉车上坐了个女人。女人上身穿个绿色背心，下身穿个绿色大裤衩，趿拉着一双绿色拖鞋，瘦瘦长长的，看起来就像一根黄瓜。女人从韦宝宝小拉车上翻出一个啤酒瓶，伸长了舌头舔瓶口的啤酒。

韦宝宝上前赶这个黄瓜女人，女人不走，反倒是仰起脑袋，对韦宝宝说："饿。"韦宝宝虽说脑袋不全活，但也知道这是一个傻女人。他把脑袋凑近了看这个一脸泥灰的女人，觉得五官还挺周正。韦宝宝的眼神往下瞄，从背心的领口处瞅，看到两个若隐若现的乳房。

韦宝宝犹豫了一会儿，又像纤夫一样，拉起他的小拉车往他的破烂小院走。饭店小伙计则在他身后哼起了纤夫的爱。

没人知道那天晚上在破烂小院里发生了什么。待到初升的太阳再次沐浴镇上这条老街时，早起的人们发现韦宝宝又拉着小推车走街串巷了，只不过此时，小推车的后面多了这么个长得像黄瓜一般的女人。

韦宝宝和黄瓜女（不知道姓名，暂且这么叫吧）分工很明确，韦宝宝在前面捡垃圾，黄瓜女叼了根黄瓜在小推车上做垃圾分检工作：将易拉罐拍

瘪了装到这个麻袋，啤酒瓶一口漱干净了放进那个麻袋，纸盒子呢，捆扎捆扎垫在屁股下面真舒服。

韦宝宝挺疼这个女人。他给女人买来了长衣长褂，从头到脚裹了个严严实实，不知道是不是怕别人偷窥了他曾偷窥到的内容。夏日炎热，他又给女人找来一条黑色纱巾顶在头上，黄瓜女一下子变成了修道院修女的造型。趁韦宝宝进店收废品的机会，有饭店的小伙计偷看纱巾下的女人，鼻子是鼻子、眼是眼的，的确不难看。

韦宝宝每隔一天就把女人往澡堂领，他付过澡票钱，把女人送进女澡堂，一个人便蹲在墙根下抽烟。他那一身破烂味都发馊了，看澡堂的顾妈把韦宝宝往远处赶。过一会儿，女人洗好澡出来，韦宝宝又把她领回自己的破烂窝，门一关，没人知道里面发生了什么。

有一次韦宝宝在澡堂外抽烟，听到女澡堂里面传来黄瓜女的嚎哭声，还有别的女人的叫骂。韦宝宝把烟头一扔，一头就钻进了女澡堂里。顾妈看韦宝宝消失的背影，一点没意识到发生了什么事。

在朦胧的水汽和赤条条的身体间，韦宝宝眯起眼找他心爱的黄瓜女。黄瓜女终于找到了，澡堂里也炸开了锅。女人们无路可逃，一个个跳进澡堂，蹲在热水里。韦宝宝抱着黄瓜女，手指着一群不可置信的女人发狠道："我看谁敢欺负她。"一个肥皂飞过来，砸在韦宝宝的脸上。韦宝宝转身护送着黄瓜女出了洗澡堂。顾妈问了一句："洗好了啊。"韦宝宝闷着头，没吱声。

那天晚上，韦宝宝的破烂屋被频繁造访。被占了便宜的女人的丈夫先把韦宝宝暴打一顿，再把他的屋子给砸一遍。韦宝宝抱着脑袋一声不吭，黄瓜女人则在角落里扯着嗓子尖叫。来了好几拨打手后，矿办公室的刘秘书成了最后的访客。他看到韦宝宝家里已经被砸了个稀巴烂，韦宝宝也瞪着血红色的眼睛瞅着刘秘书。被老婆逼着来的刘秘书犹豫了，他打了报警电话。夏所长来了。刘秘书说要控告他流氓罪。夏所长说刑法里面已经没有流氓罪了。刘秘书说："那咋办。"夏所长说："要不你也打他一顿解解气？"刘秘书把嘴巴凑到夏所长耳朵边问："我打他，他不会还手吧。"夏所长说："我给你做主，保证他不还手，只要你别往他脑袋上打就成，别再给打得更傻了。"刘秘书这才拉开架势，拳头耳光往韦宝宝的身上招呼。韦宝宝动都没动，刘秘书这两下子比起先前那几拨矿工简直就是挠痒痒。刘秘书有些不满意，停下手，抱怨道："你怎么也不哼唧两声。"韦宝宝便在地上歪歪身子，呜咴了两声疼。刘秘书又说："你抬起头来，我来抽两耳光。"韦宝宝抬起脸，充血的眼睛里显出一股恶狠狠的杀气。刘秘书不敢打了，他迟疑了一下，掏出手机给鼻青脸肿的韦宝宝拍了张照，便心满意足地回家向老婆交差去了。夏所长瞅瞅韦宝宝，又瞅瞅黄瓜女，从口袋里掏出500块钱放在桌子上，也便离开了。

四

从夏天到冬天，瘦黄瓜被养成了一个青茄子，饱满了许多。韦宝宝却还是一身邋遢样，只是衣服多穿了几件。韦后看着青茄子越来越胖，有点不放心，就跑到破烂房，上下打量青茄子，又让她把羽绒服拉链解开，用手在她的肚皮上来回摩挲，确信那只是一层肥膘后，才把一盒避孕套塞给青茄子，交代了几句，喋喋不休地离开。

天越来越冷了，韦宝宝不舍得青茄子挨冻，就让她在家看家。韦宝宝拉着小拉车在风雪里跑来跑去，清水鼻涕提溜在他的鼻尖，快掉落的瞬间，又被他擤了回去。他在顾妈的包子铺边停下，掏出一把毛票准备买几个肉包子，他瞅见包子铺边上站了个女人，戴个眼镜，人很单薄，穿得也很单薄，她也正痴痴傻傻地在看着顾妈屉笼里面的包子。

韦宝宝看得出那眼神的意思，他活了40多年，在这条不知道走了多少遍的街上，看过了太多的眼神，他知道这眼神的意思。他又掏出一把毛票，买了一塑料袋的肉包子，给了戴眼镜的女人。女人双手窝成了一个半弧，肉包子的温度为她取暖。韦宝宝拉着小拉车准备回家，眼镜女跟在韦宝宝小拉车后面亦步亦趋，穿着凉鞋的脚趿拉着地上的污雪。韦宝宝停下车子，转头看了看这个有些痴傻的眼镜女，又看了看大毛、二毛。两条狗抬起脑袋，也瞪着不谙世事的眼睛瞅着韦宝宝。韦宝宝叹口气，把小拉车上的垃圾挪了挪，腾出一个空间，扶着眼镜女坐到了小拉车上。很快，两人两狗，还有四个细细的车轮胎便消失在漫天的飞雪中。

眼镜女的到来让青茄子气成了紫茄子。她甩着王八拳冲着眼镜女就上来了，韦宝宝拦在她的面前，结果鼻子被打出了血。茄子女干号着，一屁股坐在卧室的地上，像是宣告自己的地盘。韦宝宝把眼镜女安置到偏房里，从垃圾堆里翻扒出棉衣棉鞋，给眼镜女套上，又返身到院子里去扒取暖器。茄子女则趁机拿了把剪刀骑在眼镜女的身上，把棉衣剪成一缕缕。韦宝宝把茄子女拽回到卧室，对她咋呼了几句，又返身到偏房把取暖器通上电。小太阳放出温暖的光芒，却还没到一分钟，被茄子女一脸盆凉水浇灭了。“啪啦”一声，屋子里断了电，火苗却从取暖器上蹿了出来。茄子女和眼镜女在尖叫，韦宝宝脱去棉衣，费了老大劲把火扑灭。这一屋子的破烂要烧起来可了不得。

黑暗又笼罩在破烂房里，自知犯了错的茄子女乖乖回到了她的屋，韦宝宝瘫坐在地上，他摸出一个打火机，微弱的火苗照着角落里的眼镜女，手里还捧着塑料袋里的肉包子。韦宝宝说：“没电，你将就凉的吃了吧。”

五

第二天，韦宝宝早早起床，从顾妈那里买回两份油条胡辣汤，交给还在床上躺着的两个女人。韦宝宝虎着脸对茄子女交代道：“不准打眼镜女，否则我就不喜欢你了。”茄子女在床上背对着韦宝宝躺着，没吱声。

韦宝宝拉着小拉车出门了。快过年了，镇子上多了许多人，还有许多车，许多在外乡打拼的人们都回到了镇上，还有那些在大城市出生的小娃娃，他们穿着花花绿绿的新棉袄，聚在一起放烟花。

小娃娃们看到邋里邋遢的韦宝宝，有点害怕，也有点好奇。他们跟在镇上的小孩子后面问这是谁。镇上的孩子说这是傻子韦宝宝。韦宝宝扭过头，龇龇牙，小娃娃们便吓得一哄而散。

因为垃圾多，韦宝宝从清早忙到中午。之后，他坐到镇上味道最好的红鼻子牛肉汤馆，往肚子里面灌了碗辣乎乎的牛肉汤，又打包了两碗，拎着袋子回到了家。

茄子女站在堂屋，得意扬扬地接过塑料袋就往厨房去。韦宝宝又进偏房，去找眼镜女，偏房里空落落，韦宝宝把破烂小院找了个遍，还是没看见眼镜女。韦宝宝找茄子女要人，茄子女只是呼噜噜喝牛肉汤。

韦宝宝跺跺脚，回到风雪里去找眼镜女。韦宝宝从街东头找到街西头，又顺着西头的河坝从南找到北，绕了个大圈子，来到了老夏的派出所。

值班室里，老夏和刚分来的警察大黄正围着火炉啃烤芋头。韦宝宝顶着一身雪进了值班室，大黄立刻站起身，右手放在武装带上的枪套，他以为来了喜马拉雅山大雪怪。老夏也没看清是谁，笑问客从何方来。

韦宝宝把身上的雪抖干净，说要报警。

老夏看清楚来人，从火炉边上递过来一个烤芋头，问："你是被打了，还是被偷了？"

韦宝宝想了想，回答道："被偷了。"

老夏问："谁偷你那点破烂玩意。"

韦宝宝说："人被偷了。"

大黄被一口热芋头呛着，满眼是泪。

老夏摆摆手："滚滚滚，大过年的，别搁这儿吵闲话。"

韦宝宝急了，平地上跳起来，边跳边喊："人偷了，人偷了，你们警察不管？"

大黄的右手又放到武装带上。

老夏拍拍小警察说："别紧张，我小孩舅。"然后耐住性子问，"谁被偷了？"

韦宝宝答："一个戴眼镜的女人。"

老夏问："不是那个长得像茄子的女人？"

韦宝宝又急了："不是，不是，是戴眼镜的女人。"

老夏又问："怎么又多了个戴眼镜的女人？"

韦宝宝答："昨天晚上在包子店门口捡的。"

"捡的？捡的？"老夏的声音提高了八度。随即老夏飞起了右腿，踹在韦宝宝的屁股上："滚！滚！滚！少在这儿扯淡！"

韦宝宝又回到雪地里。他拖着疲惫的身子往家走，迎面遇到了在路边啃酱猪蹄的算命黄瞎子。韦宝宝停在瞎子面前，问："瞎子，你看见一个戴眼镜的女人了吗？"

黄瞎子扭过头："我是瞎子！"

韦宝宝又问："那你给我算算那个戴眼镜的女人去了哪里？"

黄瞎子把啃干净的猪蹄扔到路边，又把手指放在嘴里吮了吮，慢悠悠地说："塞翁失马，焉知非福。"

六

失踪了两天后，眼镜女回来了，在一个拿着毛衣针女人的陪伴下，回到了韦宝宝的破烂小院。

原来，眼镜女去搬救兵了。

韦宝宝收完破烂，回到屋，看到眼镜女以及身边坐着的毛衣女，她俩正撅着被打肿了的脸冲韦宝宝笑。韦宝宝又把脑袋往茄子女的卧室歪，茄子女背着身子坐在床边不理他。韦宝宝走到她身后，茄子女转过身，一把抱住韦宝宝的水桶腰，呜呜哇哇地哭起来。韦宝宝弯下身子，在茄子女的脑门上亲了一口，这下茄子女的哭声要把房顶掀翻了。

韦宝宝虽然面露哀戚，但心中乐开了花，他的心里在掰着手指头：这一下有三个老婆啦！三个傻老婆！啧啧！

不过，尽管茄子女有再大的不乐意、再大的委屈，她也无奈地接受了眼镜女和毛衣女存在的现实。的确，双拳难敌四手，更何况毛衣女手里的那一副银色的织衣针更让她恐惧。

韦宝宝为了避免三个女人间的冲突，便每天带一个女人出门收破烂，留下的两个女人则负责看家做家务，再做一些垃圾加工类的琐事。

除夕夜到了，鞭炮声从西街响彻到东街，镇政府也破天荒地买了烟花，在楼顶上向全镇居民搞烟火直播。

破烂房里，韦宝宝和三个女人围在一起吃完了一起包的饺子。之后，韦宝宝驱赶着三个女人一起到门外放鞭炮。茄子女捂着耳朵，脸蛋不知是因为寒风还是因为高兴涨得通红；毛衣女则在偷偷抹眼泪，转身回屋子继续织毛衣；眼镜女则陪在毛衣女的身边，在白炽灯下用铅笔头记着什么。

放完鞭炮，韦宝宝和茄子女钻回到破烂房里，铁门一关，把温暖留给了自己，把漫天寒冷和整座镇子关在了门外。一年就这样过去了。

七

年后，城里的、外乡的那些人或是背着行囊赶火车，或是带着娃娃开汽车，纷纷离开了镇子，日子又恢复到原来那种淡出了鸟的味道。

韦宝宝还是骑着车，带着他三个女人中的一个，再领着大毛、二毛在街上收破烂。夏所长看到了，把板扎喊了过来，问："我瞅着韦宝宝带的那个女人造型天天有变，是不是我眼神不好了。"

板扎把嘴巴凑到老夏耳边，唾沫星子都迸进了老夏的耳朵眼里，说道："你的小孩舅现在好几个老婆啦！"老夏眉毛一吊："几个？"板扎还把嘴巴往老夏耳朵凑，老夏一把推开。板扎说："每天带一个出来，轮上一轮，您就数得清了。"老夏唔了一声，没再说话。

老夏心里开始数这些傻女人们，一天记一个，不带重样的。可老夏还是没数清。因为韦宝宝的老婆与日俱增了。

初春的一个傍晚，一辆桑塔纳停靠在韦宝宝的破烂房外，车上下来两个穿皮鞋的男人。他们把脑袋伸到屋里，看正围坐在一起喝稀饭的韦宝宝和那三个傻女人。毛衣女扔掉筷子就往卧室躲，眼镜女则用手捂住脸，脑袋埋在臂弯里。两个男人瞅了一会儿，把脑袋缩回到门外，嘀咕了一会儿，就钻回到桑塔纳里，一溜烟向西去了。韦宝宝则跟出门，记住了车牌号。

事有蹊跷！

第二日，韦宝宝跑到派出所找夏所长，告诉老夏自己被车撞了。老夏眼皮抬都没抬地问："撞哪儿了？"韦宝宝说撞屁股蛋了。老夏又问："撞几瓣了？"韦宝宝觉得夏所长不好糊弄，从他办公桌上抓起一包没拆封的中华烟溜了出来。

在院子里，韦宝宝拉板扎到了角落，把中华烟塞到他的裤兜，让他帮着查一下桑塔纳车牌号的车主。板扎说："你等着。"直接进了值班室。过了一会儿，板扎出来了，告诉韦宝宝说："那个桑塔纳是镇西头市收容站的。"

韦宝宝若有所思着，离开了派出所。

他回到家，让眼镜女坐在小推车上，拉着往收容站去。收容站的大门看得见了，眼镜女却从小拉车上一跃而下，沿着来路跑回到破烂小院。大毛二毛也跟在女人后面跑，韦宝宝跑了一气，跟不上趟，坐在石墩上翻来覆去想这个事。他大概想明白点了，虽然怎么处理这事儿他还没想明白。他挠挠脑袋，一缕头发被扯下来了。

两天后的一个温暖午后，茄子女蹲在门前捆扎纸盒纸板，眼镜女站在一边算账目，毛衣女手里的衣服针在指尖飞来飞去，一件小孩毛衣被她织了又拆，拆了又织。韦宝宝则窝在藤条椅里喝大碗茶（他已经在适应男主外，女主内的生活了），他看着身边的三个女人，又眯缝起眼看太阳，他看得困了，鼻子里发出了轻微的鼾声。不知过了多久，阳光不见了，那两个穿皮鞋的男人像一堵墙一样挡在韦宝宝的前面。韦宝宝睁开眼，看到一个男人嘴皮子一张一合，鼻子下的那颗痦子也在随之跳舞。

痦子男说："听说你喜欢女人，矿外坝子上有个傻女人，你去瞧瞧？"韦宝宝没说话，他还是瞅着痦子男，准确地说是盯着他脸上的那颗硕大的黑痦子，上面还有撮坚硬的黑毛。痦子男抽出一根烟，递给韦宝宝。韦宝宝这才回过神来，他问道："哪段坝子？"痦子男答道："矿上澡堂外墙的那一段，赶紧去。"说完，和另一位男人就走开了。韦宝宝又坐了一会儿，起身，看两个男人又上了那辆桑塔纳，往收容所的方向去了。他便从破烂屋里揣了一个苹果，又抓了把不知从哪家婚礼上讨来的喜糖，拉着小拉车往坝子去了。

半小时后，韦宝宝拉着一个二十来岁、留着马尾辫的女孩出现在街上。路过算命摊前，黄瞎子使劲嗅了口，赞了句："宝宝，年轻！好货色！"黄瞎子又敲着导盲杖对身边修鞋的铁拐李说道："知道啥叫一生二，二生三，三生万物呗？"

之后，多则一月，少则一周，穿皮鞋的痦子男便会在午后来到韦宝宝的破烂房，向韦宝宝点拨那些在街上游荡的傻女人的位置，韦宝宝便拉起小拉车，去把那些傻乎乎的女人接回到破烂房里一起居住。痦子男说的话很少，韦宝宝则更像是一只闷鳖。就这样挨到春暖花开，痦子男再次造访，韦宝宝有点不满地站起来，说："你直接把人送来吧，别真走丢了。"痦子男愣了一下，然后说了声："你等着。"

他给韦宝宝找来一个六十多岁的老太太。韦宝宝问痦子："我喊她娘？"

痦子男耸耸肩："你看着办。"韦宝宝撇撇嘴，便没再言语，把老太太安置下来。

实际上，痦子男送来的傻女人，韦宝宝是照单全收，从来没有退过货。这也就不怪夏所长数不清他小孩舅老婆数量了。送来的女人有老有少，有美有丑，有的脑子全活点，能认字识数，有的则彻底痴痴傻傻，两只眉毛间能塞下一个拳头。

八

老婆新增过快，夏所长数不清数目，韦宝宝也数不清了。韦宝宝看眼镜女写写画画有文化，便把清点人数这项工作交给了她。凡是接过来的女人，全部由眼镜女登记造册，实行每日三点名的制度，确保没有傻女人会走没了。好像对此还不放心似的，韦宝宝让擅长织毛衣的老婆给每个傻女人衣服里面缝了块布，上面绣着韦宝宝的名字，还有夏所长的电话号码。

韦宝宝每天起得都很早，但等到所有女人穿好衣，吃好饭，洗好碗，蹲好茅厕，也到了早上九点多。这时，不远处的小学开始播放广播操音乐，于是，镇上街道最奇特的一景便出现了。韦宝宝把他的老婆们全部驱赶到院门前的太阳下，跟着音乐节奏带傻女人们做操，摇摇脑袋，摇摇屁股的。女人们嘻嘻哈哈，韦宝宝则一脸严肃。板扎问："你这操做的和学校娃娃的不一样呀。"韦宝宝答道："这叫新生操，我在拘留所学的。"后来镇上娱乐城的老板刑七看到了，也让娱乐城里面的小姐跟着跳操，说是企业文化。

但随着入住的傻女人越来越多，吃住成了问题。两间卧室被满满当当地塞满了，堂屋也改成了卧房，后来那些堆值钱破烂的平房也被清理出来，放上了硬板床。所有女人都睡下了，韦宝宝才抱着铺盖卷睡到院子里捡来的一张折叠床上，守着那堆能卖上价的破铜烂铁，清水鼻涕全部抹在被筒外。

就这样韦宝宝还睡不踏实，那个二十来岁的马尾辫女孩会突然尖叫，原来老鼠在房梁上没走稳，掉到床上。韦宝宝抱着马尾辫女孩，轻声哄着，马尾辫女孩还是又哭又闹。六十岁的老太太也披着衣服出来了，轻声喊了声闺女。马尾辫女孩便不哭了，跟着老太去了她那屋。茄子女则撇撇嘴，骂了句："狐狸精。"

睡觉的问题解决了，吃饭的问题却越来越糟糕，韦宝宝的稀饭熬得越来越稀，没办法，人多嘴就多。他的收破烂生意被迫向乞讨业转型，他把女人们分成好几组，由智商和手脚还算健全的女人带队，分片去乞讨食物。有时候长得漂亮的傻女人会被别的男人捏捏脸蛋，哭哭啼啼跑回到韦宝宝的怀抱。韦宝宝便带着几个长得凶悍的女人来到男人的家里，齐声骂男人臭流氓。男人的婆娘听了便抄起手边任何顺手的东西往自己丈夫身上招呼。

可即便四处行乞，韦宝宝和他的老婆们还是过着饥寒交迫的生活。韦宝宝觉着对不起他的这些老婆们，便也放弃了本来雷打不动的午休，一天到晚在外面收破烂、卖破烂。女人们也非常支持韦宝宝，她们争着爬上韦宝宝的小拉车，要陪他一起去收破烂。但韦宝宝还是非常公平地给每个女人一同"巡游"的机会，没有被临幸的女人心情会低落一小会儿，然后便又积极投身于垃圾分拣处理与乞讨的工作中。

九

韦宝宝也曾找到镇上，要给女人们办低保。镇上小姑娘对他说了一大堆手续问题，韦宝宝只听懂一个，提供办理对象的姓名身份。韦宝宝垂头丧气地从镇政府出来，迎面遇到了夏所长。韦宝宝低头想当没看见，被老夏一把拉住。老夏说："你怎么搞这么多女人回来？"韦宝宝脖子一横，说道："我违反计划生育了？"老夏一愣："你又不是开收容所的，办慈善事业！"

一句点醒梦中人。

韦宝宝把两只手包在夏所长的右手上，感叹一句："人民警察真是为人民啊！"说完，便扭头回到破烂屋，拉了小拉车，又准备了几个空麻袋，去了收容所。

韦宝宝到了收容站大门，自报了姓名，点名要找一个脸上有痦子的工作人员。看门老头打了个电话，说："毛科长马上就出来。"

毛科长出来了，一愣，问："啥事？"

韦宝宝把麻袋口子一挣："收破烂呗。"

毛科长背着手，对保安老头说了句："这事儿还让我出来，问问后勤中心有没有瓶瓶罐罐，都卖给他。"说完，背着手回到了收容站铁门后面去了。

可没过一会儿，毛科长的电话又响了，还是保安老头，说韦宝宝收了破烂不给钱。

毛科长背着手，气呼呼地又从铁门后面出来了。韦宝宝坐在小拉车上抽烟，身边是几大袋垃圾。毛科长质问："明抢啊！"韦宝宝还抽烟，没理他。毛科长对门岗老头说："你给我把垃圾卸下来。"瘦成干巴条的老头儿没动弹，他自知打不过韦宝宝。毛科长气不打一处来，对老头儿吼："打电话给派出所，报警！"韦宝宝的烟抽完了，站起来，说："报什么警的，我是夏所长的小孩舅。"说完，从裤兜里掏出一支烟，递给毛科长，"都是做慈善事业，你做慈善，我做慈善，互帮互助嘛。"

毛科长翻眼瞅瞅韦宝宝，伸手接过烟，看了看，是那种最便宜的二块五一包的。他转手又把烟递给了门岗老头，想了想，说："你等着，我进去向站长请示一下。"韦宝宝嘴一撇，说："瞎，这点垃圾，还要请示。"毛科长眼一斜："你知道这里面有多少人，每天要制造多少垃圾吗？挖个大坑足够把你填平了？"

话说得很难听，韦宝宝却很开心。请示了一圈，毛科长出来了，依旧背着手说："以后的垃圾都给你收了吧，两天来一趟吧。"韦宝宝听了忙作揖点头，伸长了胳膊要握毛科长的手。毛科长鄙夷地看这一双污黑的大手，没搭理，还是背着手消失在铁门后面。

就这样，韦宝宝算是免费承包了一个大户，有了固定的收入来源。

韦宝宝每隔一天就到收容站收一遍垃圾。在这个高墙大院埋头干活的空歇，韦宝宝也会偷窥里面的天地。韦宝宝没想到山王这个镇子还有这么大的一个地儿：从南墙根走到北墙根要走上 800 多步，这还是溜着墙边走的，如果从里面穿行，那就要过一道道铁门，铁门后面活动着各式人等。一些疯男女们住在东半区，里面有单人间，也有多人间，分别常住衣着打扮不同的疯子、傻子和弱智，他们有的比较躁狂，爬上爬下的，把自己当成了一只猴子，有的则较为安静，每天除了顺从地吃药，就是安静地蜷缩在角落里，享受外面照进来的阳光；西半区则住着和韦宝宝形象差不多的

各色流浪汉，他们分别住在四个大房间里，吃免费的午餐，睡免费的大通铺，免费寄存随身带进来的家什破烂，只是这样的日子不会长久。流浪汉们白吃白喝一星期后，便会被清理出收容站，空出的床位会给新的流浪汉们。韦宝宝隔着铁门往里面望那些流浪汉，流浪汉们也回望他。韦宝宝觉得里面人的眼神和自己的眼神一样又不太一样，韦宝宝希望这些流浪汉不要出来和他抢生意。

毫无疑问，韦宝宝的傻老婆们都来自收容站的东半区。韦宝宝问过毛科长为什么要把女人都送给他，毛科长对此三缄其口。不过，经过一段时间观察，韦宝宝也明白过来了：东半区床位紧张，且需要许多护理人员。不多的床位都给了那些交了医疗费的病员们，没钱的女人们则被批发给了韦宝宝，代价就是两天一车的废品垃圾。这样合适吗？韦宝宝想。他觉得这样挺合适的！

只是，那些交不起钱的疯男人们都被批发到哪里了呢？反正没批发给他自己。给他他也不会要的。

韦宝宝从收容站得了便宜，又带着他的老婆们游说县民政局和镇政府，要免费接管这两家的破烂生意。他让老婆们都换上破烂衣服，每个人手里还拿着一个破盆，敲锣打鼓地把两个单位大门围了起来。

镇政府不乐意了，打电话给县民政局，民政局局长心里叫苦，嘴巴却很硬，说这是综治办的事，找我作甚。挂了电话，县民政局局长想了想，又打电话给了收容站站长，收容站站长说他们是市管单位，凭什么要听你们差遣。挂了电话，站长把收容站床位紧张的困难和市民政局局长做了汇报，市民政局局长又打电话给了县长做了协商。协商完毕，县长又打电话给镇长和县民政局局长，要他们把单位不要的垃圾都扔给韦宝宝。附又加了一句：“以后这点破烂事不要给我往上捅！”

闹了两天，韦宝宝也把这两家的破烂生意免费接管了过来，虽然中间那些绕儿绕的他一点也不会知晓。他所知道的，是自此以后，他也不必拉个车子在街上跑来跑去了，就是这三家每天从邮局送来的报纸杂志就能够卖上一百多块钱。他又回到了男主外、女主内的生活节奏中。他只是把废旧物品拉回到破烂房里，而分拣的工作则会交给他的一群老婆们做。在悠闲的午后，他还会把当地的早报扒出来，给蹲在地上干活的老婆们读报纸，说是学习国家大事。他认为这样很有必要。

十一

韦宝宝用赚来的钱把他那破烂房给整了整，又把隔壁的空房子给租了过来，买了更多的床，因为收容站又送了女人过来。韦宝宝有点数不清自己有多少女人了，他问眼镜女："我有多少个老婆了？"眼镜女把笔记本拿出来，数了数："18个。"韦宝宝一拍大腿："18是个好数字，争取突破20！"眼镜女看到韦宝宝高兴，也跟着高兴，一高兴，眼泪都流了出来。韦宝宝慌得捏捏眼镜女的手掌，说："我会疼你们的。"眼镜女吸了吸鼻涕，破涕为笑了。

但韦宝宝急切期盼的第19个老婆和第20个老婆都出了点问题。先说第19个老婆。收容站送过来的时候，那个织毛衣的老婆就拿毛衣针指着女人的肚子呜里哇啦说了一大堆。韦宝宝没在意，还是把19给收了。但住了两个月，韦宝宝也发现了不对劲：19的肚子大起来了。这下把韦宝宝给急坏了。他一天没有出门收破烂，只是在院子里面来回转悠。他实在不忍心把19送回到收容站，两个月的感情呢，做人不能这么绝情；但19真要给他生了个娃娃，他该怎么办，他不怕镇上人笑话他，他怕其余18个老婆会感到不公平，会对孩子不好。

煎熬了一天，第二天一早，韦宝宝还是把19给送回到了收容站。毛科长接待的他。毛科长见到19的大肚子，用力拍桌子："你怎么把人家肚子给搞大了！"韦宝宝从板凳上跳起来，指着肚子说："天地良心！才送到我那儿两个月，这能是两个月的肚子？"毛科长眯缝着眼瞧了瞧，又拿手在19的肚子上摸了摸，他对女人的肚子还是有经验的。毛科长没再说话，他把19又收回到收容站里。完了，又给了韦宝宝好几盒避孕套以及从19身上换下的韦宝宝买的衣服。

收容站外，韦宝宝左手拿着避孕套，右手拿着衣服，衣服上面还绣着"19"这个数字，韦宝宝有点儿不知所措。

再说韦宝宝的第20个老婆。小20的确很小，小到够做韦宝宝年龄最

大老婆的孙女。韦宝宝金屋藏娇，不让小 20 出门。但小孩子的心总是野的，趁韦宝宝出去收破烂的时候，小 20 便跑到街上溜达。这一溜达，便遇到了街上另一位出了名的傻子吴老二。吴老二没有坏心眼，他是镇上心眼最好、胆子最小的傻子。他只是想把从别人手里讨来的小糖给小 20 吃。但小 20 认准了韦宝宝说过的给糖吃的都是坏人，便哭哭啼啼跑回去找韦宝宝。韦宝宝以为是别人来抢老婆了，慌得丢下手边的垃圾，牵着大毛二毛去讨说法。两个傻男人在街中央遇到了，互相比画着，表达着自己的意见。虽然他们彼此都不明白对方在说什么，但气氛却是越来越和谐。跟在吴老二身后的流浪狗却和韦宝宝的大毛二毛干起架来。韦宝宝和吴老二这下又比画上了，比画了几下，便拳头相向。直到这时，在一旁看笑话的镇民们才打电话报了警。韦宝宝和吴老二被带到了派出所里。

夏所长看着蹲在办案区对角线两端的两个傻子，有点儿哭笑不得。他给了吴老二十块钱，把他打发走，却留下了韦宝宝。夏所长问："吴老二要抢的那个老婆呢？"韦宝宝低头没理夏所长。夏所长又问："你这个老婆年龄多大了？"夏所长又说："你可不能对人家孩子怎么样啊。是会犯罪的！强奸幼女罪！"韦宝宝把头抬起来："我没那么混蛋。"夏所长又说："我还是要让女警带小女孩去做下检查。"韦宝宝这下站了起来，看了看窗外，说："你把门关上，我和你说个事。"

过了二十分钟，门开了，老夏靠在门框上，皱着眉头抽着烟。韦宝宝站在他身后，面无表情。按照他们约定好的，夏所长安排人带小 20 去医院做妇检，韦宝宝则把老婆们都带到了派出所。警察们加了个班，把女人们全部录入了失踪人员电脑系统，还给每个女人采集了血样，送交到了市公安局，看是否能够比中他们失散的家人。

韦宝宝虽然有很多不满意，但还是协助民警给女人们采了血。有的女人怕针头扎，他就去哄女人，给她们抹眼泪。

完事之后，韦宝宝领着傻女人们去了洗澡堂，交给顾妈 100 块钱，自己又蹲回到墙角独自抽烟，顾妈则不时伸头看韦宝宝，怕他又一头闯进女洗澡堂里。夏所长则召集全所的民警搞了个募捐活动，用捐的钱买了一些床上四件套，给韦宝宝的女人们送了过去。这是后话，不再详表。

十二

收容站来了新站长，姓苟，一丝不苟的苟，三十多岁小伙子，副处级，本来很有前途的，换届时却站错了队，被发配到了距离市中心路途遥远的收容站，一肚子不快活。

他不快活，也不想让底下人快活。上任之初，就召集收容站干部们召开民主生活会，要大家批评和自我批评。按照他的话，就是不怕揭短，最好是能把对方家的房顶揭下来才算过关。

毛科长占据了后勤中心主任一职许多年，饱了自己的私囊，却没有让别人喝到汤汤水水，自然引起许多人的不快。底下的一个副科长给苟站长递了个纸条，上面写着：毛科长和一个收废品的老头有利益输送。苟站长把纸条卷起来，点了毛科长的名："你来说说和一个收废品老头利益输送的问题。"

毛科长不敢说把废品免费送给韦宝宝的事，更不敢说偷偷给韦宝宝送老婆的事。毛科长抹着脑袋上的汗滴，脸上的痦子也在微微颤抖。苟站长手指扣着桌面："你倒是说话啊！"毛科长惊地站起身，脑袋耷拉在胸前，连说了两遍："立即整改！立即整改！"

毛科长做得比较绝，也不问韦宝宝要钱了，而是直接切断了垃圾货源。韦宝宝拉着小拉车在外面等了半天，也不见后勤中心把垃圾送出来。他问门岗老头，门岗老头说："回去吧，老板换了，天也换了，不让给你送垃圾了。"韦宝宝跺着脚，说道："咋小孩脸，说变就变呢？"韦宝宝要门岗给毛科长打电话，老头不干。韦宝宝软磨硬泡，门岗才接通了电话。电话里，韦宝宝呜呜囔囔说了一大堆。毛科长只回了一句："别闹！再闹，我把你也给收到站里！"说完，挂断了电话。

韦宝宝回家想这事儿，越想越窝火。他想：19个女人还抵不上一堆废垃圾吗！他决心闹一闹。

第二天早上，韦宝宝让所有傻女人们都换上最破烂的衣服，脸上还涂了一层灰，领着她们浩浩荡荡向收容站进发了。

一个男人，两条狗，19个傻女人，这样的队伍走在街上真是惊掉了所有人的下巴。板扎说："乖乖，韦宝宝带着女人们游街了！"韦后从路边冲

了出来，挡在亲弟弟面前，手指着他的鼻子，气得说不出话来，被老夏哄着劝到了一边。经过顾妈的包子铺，韦宝宝给了顾妈 100 块钱，然后每个女人依次从她的包子铺领走了两块五毛钱的肉包子。韦宝宝嘱咐顾妈，剩下 50 块钱的包子中午给送到收容站门口，他们要打持久战。夏所长一听持久战，知道是要去闹事了。他把派出所全体民警召集起来，跟在傻女人队伍的后面。这样队伍更长了，前面是破破烂烂一条灰，后面是警容严整的一条藏青蓝。好不容易闹出点事，许多镇民都把手机掏出来拍照。

到了收容站门口，韦宝宝一声令下，所有傻女人便一屁股坐在地上，把收容站大门堵了个严实。派出所民警则站在女人的对面，一个个看着生怕闹出事来。夏所长掐着腰，警告小舅子赶紧收手。门岗老头则慌忙把情况汇报给毛科长。毛科长从视频监控看到这灰蒙蒙的一群，汗滴又流了下来。他从椅子上站起来，又坐下，又站起身，在办公室里转圈圈，终于下定决心把韦宝宝和傻老婆的事情从头到尾汇报给苟站长。

没想到苟站长淡淡说了三个字:“别理他!”毛科长一愣，心想年轻干部，就是有魄力，转身便出了办公室。

韦宝宝就这样带着他的老婆们围在收容站大门外，从早上到了中午，吃过了顾妈送来的午饭，又从中午围到了晚上。期间，韦宝宝也连带收附近居民送来的一些废品，织毛衣的女人没放下手边的针线活，戴眼镜的女人则在她的小本本上记录着什么，茄子女站在韦宝宝后面给他捏肩，捏累了，就唤其他女人换换手。日头西沉，围堵了一天，韦宝宝累了，他的老婆们累了，派出所的警察累了，连围观的镇民也累了。韦宝宝嘟囔了一句，带着老婆们收工回家，走到半道上，还请了老婆们喝了红鼻子的牛肉汤。待到老婆们都睡下，韦宝宝问眼镜女，一天花了多少钱。眼镜女伸出两个手指头。韦宝宝骂了句:“妈妈的。”

第二日，韦宝宝还是坚持带领傻女人去围堵收容站。他们刚一坐下，关了一天的大门就开了，里面冲出来许多白大褂的男人，拿着电棍，提着束缚带，还有抬担架的，扑向那些傻女人们。女人们咋呼一声，吓得爬起来就跑。韦宝宝则像是抓小鸡似的，抓了这个，跑了那个。但那些白大褂们倒也不真追，傻女人们没了影，他们也就收了工。苟站长此时来到韦宝宝的面前。

苟站长对韦宝宝说："我们也是个穷单位，在这偏僻地儿，姥姥不亲，奶奶不爱的，我那点垃圾还能买几个床位呢。你这样，去找县政府，让他们划笔专款，我直接拨给你和你的老婆们。"

苟站长讲瞎话眼皮都不眨，一脸的真诚。

韦宝宝瞅着毛站长，将信将疑。

苟站长又说："赶紧去找你的老婆们吧，别走丢了。"

韦宝宝一拍脑门，转身追傻女人们去了。大部分女人都回到了破烂小院，剩下几个跑丢的，被镇上的住户送了回来。待到韦宝宝领着小 20 最后返回，他把所有女人叫到门外排队，一个个开始点名。韦宝宝很紧张，生怕还有没找回来的，直到眼镜女向他点点头，说："齐了。"韦宝宝的心才放下。

十三

又过了一日，韦宝宝做好早饭，一个人去了县城。他没有带老婆们，县城比较大，他怕把女人们弄丢了。

夏所长也曾到破烂房里找韦宝宝，他已经成了镇上最需要稳控的不安定因素。他带着民警到了韦宝宝的小院，看到女人们都在，想着游街这样的事不会发生，便也放下心来。可到了中午，夏所长接到了县公安局汪局长的电话，局长说："你小孩舅把县长给打了，你赶快过来吧。"

夏所长赶到县公安局的时候，韦宝宝已经坐在了讯问椅上，手上多了副手铐。汪局长说："你小孩舅跑到县政府，装作是去捡破烂，却直接到了县长办公室反映问题。县长要去迎接市领导，你小孩舅就拉着县长不让走。县长一挣，袖子被你小孩舅撕烂了，胳膊上也拉了个血印子。"说完，汪局长耸耸肩，补了一句："就这事。"

夏所长看汪局长，知道要表态了。夏所长挺挺腰，说："信访问题是从我辖区出的，就由我负责，我一定秉公执法，按照妨碍公务的上限来处理。"汪局长点点头，让夏所长把韦宝宝领了回去。

夏所长给了韦宝宝行政拘留 14 天的顶格处罚。送往拘留所前，韦后赶

来了。韦宝宝对她姐说：这两周帮我照看下我的那群女人们。韦后有点想哭，也有点想骂人，但她只是点点头，什么也没说。

韦宝宝被关得匆忙，许多衣物都没有准备。韦后第二天坐了一个多小时的公交车到拘留所给弟弟送给养。她刚到接待区，就发现韦宝宝的两个傻老婆也在。她们给韦宝宝做了菜放进保温桶送了进来。保温桶是新买的，价格标签还没撕。韦后默默看两个傻女人从拘留所大门出来，沿着仅供一辆车通行的水泥路往主干道上的公交车站走。

关了一个星期，韦后放心不下，又带了些吃穿用度到了拘留所。她遇到了夏所长的老同事，也是拘留所的副所长。副所长告诉韦后："你这个弟弟可真是享福了，每天都有两个女人来给他送吃的，做的饭不带重样的，来的女人也不带重样的，真有他的！"

韦后一愣神，不知道副所长话里有什么意思，只得尴尬笑笑，离开了拘留所。又过了一个星期，拘留的期限满了。韦后没有去接韦宝宝出监，她知道，那些傻女人们一定会去的。

的确，韦宝宝的傻老婆们全部出动，她们早早起床，穿戴整齐，在站台上所有人的注视下，挤上一辆公交车，又在车上所有人的注视下，下了公交车，再转了一趟车，才来到拘留所的门外。

她们等啊等，等到日头过了中天，韦宝宝才拎着好几个大包（都是傻女人们送进去的）出来了。女人们笑了，韦宝宝也笑了，屋里的警察也笑了。韦宝宝站在老婆们的对面，喊了声"立正"，女人们便分两排站齐了。

眼镜女则掏出小本本开始点名："1、2、3、4、5、6、7、8、9、10、11、12、13、14、15、16、17、18、19。"

全部齐了，一个也没少。韦宝宝的褶子里都是笑。他又喊了声向右转，女人们有的向左转，有的向右转，有的原地绕圈圈。韦宝宝又喊了声"开路"，兴高采烈地领着傻老婆们坐公交回家去了。

十四

回到家后，韦宝宝和傻老婆们扒完了稀饭咸菜，韦宝宝把眼镜女喊了过来，问她家里还有多少钱？眼镜女伸出了两个手指。韦宝宝叹口气："两千？”眼镜女又伸出两根手指。韦宝宝眼睛圆睁着：“两百？”眼镜女扑上去亲了韦宝宝脸蛋一口，又在他的手背上写了一个“2”，后面画了4个“0”。韦宝宝眼珠子就要掉下来了。

夜深了，韦宝宝一间间巡视老婆们的卧房，确保她们都安睡了，才回到院子里，蹲在墙根下，抽支烟，想事情。

第二天清早，韦宝宝直奔镇上唯一的一家旅行社，他要带傻老婆们去旅游。旅行社的小妹面露难色：“韦叔叔，您和您的老婆们就独立成团吧，走散客不太方便。”韦宝宝没听出话里面的意思，爽快地付了钱，定了日子，也定了旅游目的地。

出发的那天，一辆小巴开到韦宝宝的破烂房外面，韦宝宝和傻女人们带着红色的小帽子，一个个上了车。到了车上，韦宝宝才发现自己的姐姐韦后也在。韦后说：“你这么一大群，我不放心，也来照应一下。”韦宝宝听了笑笑，一屁股坐在了姐姐身边。

韦宝宝这一行是去九华山，看风景，也烧香拜佛。在半山腰上，韦后替韦宝宝算了一卦，大和尚说：“韦宝宝有地藏菩萨的遗风。”韦后给了大和尚200元钱。

一趟玩下来，三天过去了。待到韦后身心疲惫回到家，老夏问老婆：“玩得怎么样？”韦后点点头：“还行。”老夏则皱着眉头说：“你们出去这几天出了点事。”

十五

老夏前些日子和韦宝宝达成协议，给他的老婆们全部采集了血样DNA，录入到失踪人员信息库比对。比了一段时间，老夏接到了上级的电话，说是比中了，韦宝宝的一个老婆是外市副市长的娘，患了老年痴呆症，走丢两年了。夏所长在他的记忆中检索，想起了那个年龄最大的老太太。

好吧，自己的小孩舅当了人家副市长的继父，攀上亲了！

老夏这个愁啊！

事情办好了算是一功，事情办砸了，那就不仅仅是过了。他想象着人家副市长来认娘，顺带还认了个爹。妈的，这事儿闹的。

他连夜就去了韦宝宝的破烂房，和韦宝宝协商这个事。不能说是协商，而是下了死命令。老夏要韦宝宝现在就把老太太送到派出所，由派出所出资给老太太在镇上唯一的宾馆开个房间，好吃好喝伺候着，保证副市长来时能看到一个面色红润有光泽的娘。

下完命令，夏所长还威逼道："这事不能办砸，办砸了不仅你完蛋，我和你，还有你的老婆们都要完蛋。"

夏所长神情紧张地盯着韦宝宝。韦宝宝却咧嘴一笑，说："这是好事儿。我现在就帮老太太收拾去。"

收拾完毕，已经过了午夜。几个人站在院门外，韦宝宝提着两个大包裹，夏所长立在警车前，老太太伸出手摸了摸韦宝宝的脑袋，像是在摸自己家的小孩，也像是摸自己家的猫。三人无话，韦宝宝把行李放到后座上，夏所长便载着老太太一溜烟驶远了。

老太太走的第三天清晨，镇上宾馆外张灯结彩，鞭炮齐鸣。韦宝宝知道，副市长来认娘了。韦宝宝听着鞭炮噼里啪啦放完，才叹口气，继续拉着他的小拉车收破烂。

收满了两麻袋的垃圾，韦宝宝拉着小拉车往家回。韦宝宝看到家门口停了一溜小汽车，围了许多人。外围的人扛着摄像机、照相机，中间的人则西装革履，老太太被簇拥在最中心的椅子上。

老太太看到韦宝宝回来，从椅子上站起来，握住韦宝宝的手，白净净、肉乎乎的手掌很温暖，韦宝宝黑乎乎、糙树皮一般的手则试图往后缩。老太太凝神看着韦宝宝，韦宝宝的眼神则躲闪着。身后的副市长问老太太："娘，这是谁啊？"老太太没说话。副市长的秘书问韦宝宝："你和老太太认识？"韦宝宝也没答应。

两个人握着手，在众人的围观下，在闪光灯的闪烁下，静默了两分钟。然后老太太才被副市长搀扶着，坐进了小轿车的后排。老太太把指节上的戒指褪下来，交给了韦宝宝。韦宝宝则钻进屋里，把一件灰色罩褂递给了副市长。副市长把罩褂翻过来，看到缝着韦宝宝姓名和一串电话的布条。副市长好像明白了什么，他关上车窗，车队就沿着小街开走了。

副市长走了，那些记者们却没走。他们问在旁边看热闹的傻女人："这个收破烂的老头是谁？”傻女人说：“他是我男人。”记者又问另一个傻女人：“这个收破烂的老头是谁？”另一个傻女人也说：“他是我男人。”记者再问，还是这样的回答。记者来了兴趣，觉得今天收获蛮大，报纸主版和副刊都有故事可以写了。

记者们尽职尽责，把他们的职业精神发挥到最大，刨根问底，揪住不放，把他和老婆们的来龙去脉搞得一清二楚。记者们不仅写了个副刊报道，还搞了个电视专题，网络编辑更是把这个故事配了图发到BBS、微博、微信上，转发量逾十万。也难怪，当看到《破烂男人和他的19个老婆》这样的标题时，大多数网友都会点击看一看的。

十六

韦宝宝这下真的出名了，有的网友给他点赞，有的网友则对他批判，有的网友要给他捐赠，有的网友则要帮助他养老婆，还点名要把最俊俏的老婆接回家养。也有网友耐心把报道看完，他们对收容站发起了炮轰，指责收容站不作为，要纪委去查他们的账。

苟站长坐不住了，他刚挨了上级一顿狠批。他把毛科长喊过来，叫他立即带领全站的护工、保安到韦宝宝的破烂房，把那些傻女人们都收容回来。毛科长问：“收回来后怎么办，没这么多床铺。”苟站长狠狠地拍桌子：“哪这么多废话，先收回来再说！”

毛科长虽然被批了，却没有失去方寸。他很巧妙地挑韦宝宝出去收破烂的时候，对破烂小院来了个突袭，一群女人被塞进中巴车里，送回到了收容站。等到韦宝宝回到家，里面已经空荡荡的，吹穿堂风了。

韦宝宝去找收容站，但收容站大门紧闭，任他怎么敲也敲不开。门岗老头把韦宝宝拉到岗亭外摄像头照不见的地方，对韦宝宝说：“你的老婆们已经被苟站长一车拉到邻县了。”韦宝宝问老头：“拉到邻县干吗？”老头把声音压得更低了：“就是拉到邻县，放了！空车回来的！”

韦宝宝心里咯噔一下，他直接去了县城汽车站，买了张汽车票，到邻县找他的老婆们去了。这一去，就是半个月。

起初镇上的居民还没注意到韦宝宝的消失，他们继续自己平淡而又乏

味的生活。县民政局和镇政府的废报纸堆起来都有一人高了，小饭店里的酒瓶子也集了有好几个麻袋。大毛二毛像两条野狗一样，跟在吴老二的流浪狗后面乞食，却也受到了吴老二的善待。也正是吴老二最先发现韦宝宝的消失，他不仅给大毛二毛吃，给它们地方住，也帮着它们去找自己的主人，找了几天实在找不着了，他才领着两条狗到夏所长那里报案："韦宝宝失踪了。"

巧也巧在当天，夏所长接到那个从邻县公安局打来的电话，叫他去领人。板扎租了个车把人领了回来，送回到破烂房后，回来给夏所长复命。他告诉夏所长领回来了三十多人。夏所长说："啥？"板扎说："他在邻县不仅把自己的老婆们都找了回来，又捎带捡回了十来个傻女人。"老夏又问韦宝宝现在什么样。板扎叹口气："跟要饭的没什么两样。"老夏给自己点燃一支烟，愁得眉毛皱在一起。

他预感要出事。

十七

荀站长也点燃了一支烟，眉毛也皱在一起，他也得知了韦宝宝带着更大的傻子队伍回到镇上，他感慨一句："真是属地老鼠的！"

站长大人下定了决心，无论如何这次要把傻女人们收容回来，风口浪尖，不时还有媒体来采访，不能再出事。荀站长亲自出马，带队对韦宝宝和他的太太团开展了围追堵截，惊得韦宝宝不敢让老婆们在破烂房里住。常常是白天带着老婆们到镇边上的农村躲藏，晚上再回到镇上的破烂房里住。这一下，他的收破烂的营生也荒废了下来。

猫和老鼠的游戏玩了十来天。一天晚上，韦宝宝带着老婆们悄悄潜回破烂房里，他们没敢开灯，怕被人发现了。而实际上，他们的电也被供电所给掐掉了，折腾了这么久，韦宝宝一直没去把拖欠的电费交了。

一觉睡到半夜，韦宝宝被一声尖叫吵醒。他睁开眼，小卧室里蹿出了火苗，尖叫声开始此起彼伏。韦宝宝跳起来，把门撞开，屋里的老婆们穿着单衣一个个爬了出来，又从院门冲出，站到了街道上。韦宝宝又去喊其他屋的女人们，把她们一个个拉到院子外面，这样一来，耽误了救火的时间，小卧室已经连同那些收来的破烂一起熊熊燃烧起来。

韦宝宝和老婆们傻傻地站在街道上，火光映衬着他们惊恐的脸，火苗炙烤着他们裸露的皮肤，裹着单衣的他们却还在不停地颤抖着。

天气真的转凉了。

消防队来了，他们把火扑灭了。小卧室被烧成了一堆骨架，其他房间还好只是被浓烟熏得乌黑。韦宝宝把女人们叫到院子里，又喊眼镜女来给女人们点名。眼镜女没有答应，韦宝宝又喊了一遍，还是没有答应。

韦宝宝慌了，他对着女人们一个个贴面孔地瞧，还是没有寻见眼镜女。他又到烧毁的小卧室找，眼镜女不在那儿。他一个房间又一个房间挨个儿找，终于在大卧室的床底下找到了眼镜女。只是她此时已经没了呼吸，被熏黑的手里还攥着那个记下所有傻女人名字的小本本。

十八

韦宝宝到街上请来了经营丧葬一条龙的老柴，让他着手负责眼镜女的一切后事。冰棺抬到了院子里，所有人披上了白布，唢呐班在院门外吹一阵子阴歌，又吹一阵子流行音乐。镇上闲着的人们凑上来看唢呐班的演奏，有的人只是看，有的人也会上来帮忙，但没有人到遗像前凭吊。

韦后也和她的其他兄弟姐妹一起来了，他们到了院子里，让老柴扯了一截白布系在身上，便埋头做事，不说一句话。

夏所长也没闲着，他跑到镇上，给韦宝宝争取了一笔抚恤金，又跑到收容站，要和苟站长理论理论。出面接待他的却是一个新站长，苟站长屁股还没坐稳，就被撤了职，有人说是因为眼镜女被烧死的事，有人说是因为他把副市长的娘扫地出门的事，莫衷一是。

新站长是个老头子，他告诉夏所长已经购置好韦宝宝老婆们的床铺和一切用度，等韦宝宝把葬礼办完，就把他的傻老婆们接回收容站。新站长握着夏所长的手说："我就快要退休了，心也善，胆也小，不会像姓苟的搞出那么多幺蛾子的。"

夏所长听了这话，相信了这个新站长。

第二天晚上，是传统的烧铺，把死人的衣服一把火全烧了，烧完了，第三天就可以送火葬场了。收拾眼镜女衣服的时候，韦后发现箱底下许多没有拆封的避孕套，里面还有她早前送给韦宝宝的那一盒。烧铺的时候，她站在夏所长的身边，把这个情况和他说了。

夏所长叹口气，说："记不记得韦宝宝收了一个小女孩当老婆。"

韦后点点头。

我本来担心他会把小女孩肚子搞大了，要带女孩去做妇检。你弟弟拦着不让。夏所长顿了顿，接着说："宝宝告诉我因为井下的一次事故，让他变成了性无能，也是因为这个，他老婆才和他离婚的。"

韦后把脸转向夏所长。

夏所长自顾自地说："我们说宝宝好福气，找了这么多的老婆。其实，他和这些女人们是最清白的。"

韦后把头又转向燃烧的火堆，眼泪流了下来。

烧铺的仪式已经进行到了最后。韦宝宝领着傻女人们绕着用眼镜女衣服喂养的火苗顺向转了三圈，又逆向转了三圈，停住了。

老柴高声喊道："跪！"

韦宝宝和傻女人们便都跪在地上，磕了个头，站起身。

老柴又喊："跪！"

韦宝宝和傻女人们又跪下了。

三叩首后，韦宝宝没有站起来，傻女人们看韦宝宝没起身，便也都对着火堆跪着不起来。

"嗷"的一声，韦宝宝哭出声来，傻女人们也开始跟着哭。一群人就跪在地上哭，此起彼伏，她们哭得上气不接下气，哭得鼻涕进了嘴巴，哭得瘫在地上、睡在地上。

没有人上去搀扶他们，悲恸的氛围慑住了所有的人……

十九

出殡当天，也是收容站来接傻女人回去的日子。

火葬场的灵车和收容所的巴士几乎同时到达。

韦宝宝沉默地看着穿白大褂的一拨人把傻女人们领上巴士，又看着另一拨穿白大褂的人把冰棺抬上了灵车。

巴士先走，它鸣着笛，沿着街道向西边的收容站开去。韦宝宝跑在巴士后面，追着车一路小跑。他边跑边回头，看到灵车也启动，沿着街道往东边的主干道开去。韦宝宝又转身追赶灵车。

韦宝宝跑啊跑，他被自己绊了一跤，摔倒在地上。又立刻爬起来接着追赶灵车，边追还边扭头看收容站的巴士。

巴士已经转过了一个弯，不见了踪影。韦宝宝就专心去追灵车。大毛、二毛超过了他，跑到了前面。他则咬着牙，唾沫星儿从牙缝里喷出来。

他追到了主干道上，灵车加速驶离。韦宝宝累得一屁股坐在了马路上，看灵车从一个小方盒变成了一个黑色的点，最后彻底消失不见了。

傲娇

一

她曾是一个美丽的女人，至少，大黄曾经是这么以为。

她住大黄家的楼上，大黄住她的楼下，当然，那一栋四层老楼上，还住着许多男女，大多数的人大黄已印象不深。

大黄还是小的时候，经常可以在楼道里见到她，或是单独遇到，或是跟在大黄妈后面。大黄听妈妈和她打招呼，称她为娇娇妈。大黄妈的脚步没有声音，不是因为她身子轻盈，只是因为脚上的平底布鞋。娇娇妈的脚步声则不然，那是一声声与地面的清脆敲击，木门关闭后，大黄会想红色高跟鞋坠落大理石地面的画面。

当然，这些想象会随着年龄增加，在记忆中不断被篡改，已经无法回到人生如若初见时的场景。

娇娇妈——娇娇的妈。是的，娇娇妈的女儿被唤作娇娇。在那个不过千人的小学，她低大黄两个年级。如今，她的面容已经模糊，留给大黄印象中的只有粉粉的公主裙，还有一个红色的发卡。

说实话，大黄不太喜欢那样的打扮，因为穿着公主裙的女孩，总是很霸道的，一如大黄学前班时那个同样穿公主裙的同桌。

娇娇和娇娇妈形影不离。她们不去逛街，不去买菜，也不去看电影。她们只是从楼上飘然而下，牵着手在陈旧的巷子走过，巷尾到巷口，巷口到巷尾，然后又飘然回到房间。

无疑，她们是美丽的；无疑，她们也是骄傲的。

词穷的大黄是无法形容她们的美，如果一定要作出比喻，大黄愿意把她们娘俩比作每晚少儿节目中的主持人姐妹。

多美的美，多么无法触及的美。

是的，大黄只能透过窗栏去看她们的美。

当然，娇娇妈的美丽，不仅是大黄这么认为，整栋楼的男人女人们也都这么认为，只不过男人和女人对于这种美的反应是不同的。男人的眼神多的是觊觎，女人的眼神多的是嫉恨。

男人的觊觎会在娇娇爸从西北某个叫不上名字的县城返回时有所收敛。

听家里人说，娇娇爸是做石油钻探的，半年在家，半年在外。在大黄们这个煤城，搞钻探的并不很稀罕——煤黑子、油黑子，他们都是在挖掘地下的财富。

如果说娇娇爸和楼里的男人有什么区别，那只在他们脸上的褶子。楼里男人的笑纹里有细细的煤灰，娇娇爸的则泛着光亮的油渍。

其实，这点区别，大老爷们是感觉不到的。只有大黄们这些小孩儿，还有老娘们儿，被男人们强吻的时候，才会留意到这细微的区别。

二

很明显，娇娇妈不太愿意和散发着油渍味道的娇娇爸一同出门，即便是出门，他们也像是同极相斥的两个，一前一后地走着。

因此，大黄会想，她更爱的是娇娇，从大黄年少浅薄的理解来看。尽管大黄不知道每到夜晚降临，娇娇家木门后面，木门后面的卧室门后面，会发生着什么。

的确，在那时，大黄也不懂得爱与爱、情与情有什么分别。

毕竟那时，大黄只是一个在窗栏后的，胆怯的、仰慕的、懵懂的小学生。

生活中的一切都按照既定的规律在演绎，直到某一年夏天，一封电报取代了那个散发着石油味道的男人飘然而至。一整天，楼里没有出现高跟鞋的声响。直到第二天清早，娇娇妈带着娇娇，还有那封电报，就去了大西北，领回了一笔抚恤金。

听大黄妈说，她连男人的骨灰都没有带回来。

三

夏日将近，树叶初黄。

巷口出现了一个烧饼摊，娇娇妈杵在冒着热气的炉子后面。

娇娇妈依然穿着未过膝的裙子，依然戴着红宝石镶嵌的耳坠，红色的高跟鞋跟则陷在了脚下的泥土里。娇娇妈依然很美丽，如果你可以忽略她那一身葱油味。

的确，这是一个被男人们暗地里唤作烧饼西施的女人。她的烧饼是楼里男人除了啤酒以外最爱买的食物，不管遭遇多冷的待遇，依然无法降低他们光临的热情。后来，楼里的女人们也发现了这一现象，便取缔了男人买烧饼的权利，只派自家的孩子们去买。

大黄也因此和娇娇妈有了接触。

虽然，这不是一个好活儿。

娇娇妈虽然对来买烧饼的小孩儿现出长辈应有的和颜，但是在交付烧饼前，她会让小孩们算一道两位数乘以两位数的数学题。如果小孩们面露难色，娇娇妈就会说这些简单的问题在娇娇那里只要五秒钟就能得出答案。当然，娇娇也从未亲自证实过她妈妈的话。大黄的小伙伴小辉曾经拿同样的题目考过娇娇，娇娇说她是数学班长，以此作为回答。

大黄，当然是那种算不出 24 乘以 42 的小孩儿，但是大黄却发现，娇娇已经不和她的妈妈肩并肩地走在一起了，她们也成了同极相斥的两个人。

四

娇娇妈的隔壁住着梦梦妈，另一个失去丈夫的女人。在娇娇爸还在世的时候，从来没见过娇娇妈和梦梦妈讲过话。如今都成了寡妇，两个人的话多了起来，不是聊天，而是争吵。

她们会因为放在门边的垃圾争吵，会因为中午电视发出的声音争吵，会因为两个孩子的争吵而争吵，会因为对方的摊位占了自己的地儿而争吵。对了，忘了说了，梦梦妈在娇娇妈的隔壁经营一个卤菜摊。

梦梦妈是个大骨架的女人，她的女儿也是，嗓音厚重穿透力强。而如前所述，娇娇妈和娇娇在长相上则是另一个维度：娇小细弱，同样细弱的嗓门发出的声音尖利刺耳。

因此，梦梦妈和娇娇妈如若在楼道吵起来，则堪称惊天动地。梦梦妈的咒骂，娇娇妈的刻薄，梦梦大而响的哭喊，娇娇尖而细的嚎叫，伴随着各种摔板凳、踢木门的响动，还有邻居们五花八门的事不关己的一旁解说评论，小楼出现少有的非凡热闹。

同样置身事外的大黄妈会告诉大黄："以后不要娶那样的女人。"

大黄接着问大黄妈："那娶哪样的女人呢？"

大黄妈说："娶你妈这样的。"

吵到一定程度了，看样子必须要动手了，要抄家伙了，才有人上前拉架，拉不动，就喊警察。警察把两个女人带到派出所一顿训诫，威胁要是继续吵就各自拘留十五天，两个女人才耷拉着脑袋回到家里。

吃过晚饭，入夜已深，梦梦妈开始向她死去的丈夫哭诉，一阵儿一阵儿的，像是在唱戏。大黄张大了耳朵，想捕捉哭诉中是否也夹杂着娇娇妈的啼哭。大黄没有捕捉到。

大黄妈感慨道："两个可怜的女人。"大黄爸也跟着感慨："两个可怜的女人。"大黄妈对大黄爸说："只我觉着可怜就够了。你该上班上班去，该下井下井去。"

后来大黄爸告诉大黄，娇娇妈是不屑于和梦梦妈吵架的，但是她太骄傲了，太骄傲就会太敏感，太敏感就会脾气不好，脾气不好就容易伤人伤己。

大黄表示不太懂这种三段论似的推理。

第二天清早，梦梦妈整理好心情，笑脸出门，买来猪蹄，改刀、煮熟、剃毛，卤好，卖给邻里。

娇娇妈则不然，她还会把自己关上一天，独自在屋里舔舐伤口，只让女儿给自己买来些吃的。不会有烧饼，她痛恨烧饼。

娇娇妈和梦梦妈的争吵就像女人的例假，每隔一段时间就要来一次，警察们也就要来一次，而窗栏后的大黄，也因此熟悉了几个警察的样子。

而这些警察，竟然成了大黄日后的同事。

五

后来，大黄妈也下岗了，大黄爸每个月只能开几百元的工资，养活着大黄们一家五口。

小楼里的每个人都因为艰难的生计而迅速老去，甚至有人因此而死去。

三楼的韩叔，从煤矿下岗后，干起了出租车生意，晚上遇到劫道的，被捅了个透心凉。韩婶也因此成为大黄们这栋小楼的第三位寡妇。

大黄妈有时候会劝大黄爸："还下个什么井哟，不要黑不要白的，不要生不要死的。"

那时候，大黄已经上初三，大黄大概明白了妈妈的话，虽然无法感同身受。于是，大黄只能选择沉默。

没有了可以炫耀的物质财富，邻里们便拿他们的孩子来攀比。大黄没给大黄妈长面子，大黄依然无法一口算出两位数之间的乘法，也无法全文背出白居易的《琵琶行》，楼里还有些比大黄聪慧些的小朋友，但是他们都折戟在娇娇妈的考题中。娇娇妈是个与时俱进的女人，总会想出比大黄们能力高出不多的题目。娇娇妈也依然会说，她的女儿会在五秒钟给出准确答案。虽然，娇娇从来没有亲自证实过。

除了一如既往的聪慧，娇娇始终穿着雪纺的裙子，始终梳着顺滑的马尾，始终蹬着各式的小皮鞋，走过这个不长的巷道，独自一人。

而她的妈妈，已经不再穿那红色的高跟鞋，也不再戴那缀着宝石的耳坠。她的胸前多了围裙，她的手上，沾满了粉末和葱花。男人们已不会在众人中多留意她一眼。虽然，大黄依然认为，如果细看，还是可以在这个女人的面孔上寻得残留着的美丽印记。

又过了一年，娇娇考上了省重点，到了市中心的高中就读。大黄考上了市重点，到了稍偏的一所高中住校。梦梦则辍学，开始与她的妈妈做起了卤菜生意。

六

入读不同的学校，小楼里的每个男孩、女孩的生活也至此出现了分岔。而故乡，则只成了陈旧印象与现世流言交织混杂的复合体。

高中毕业后的大黄，考上了一所二本大学，毕业后，到外面混了不得意的一年，回到了山王镇老家，看到了还在卖卤菜的梦梦和她的母亲。有时，大黄还可以看到一个男人骑着摩托车，驮着许多猪蹄子送到梦梦的家。

大黄妈告诉大黄："这个男人是梦梦的男朋友，是一个屠夫。"

梦梦妈起初会把那些猪蹄子从窗户扔出去，便宜了路过的街坊。但经过梦梦一次以命相搏的谈判后，梦梦妈也无奈接受了这个身为屠夫的女婿。那年夏天，梦梦妈给小楼里全部的住户发了喜帖，包括娇娇妈，但是娇娇妈却缺席了梦梦的酒席。又一年的夏天，梦梦与屠夫有了一个男孩，大大的脑门，吊着的眉毛，活脱脱一个小屠夫。梦梦妈会唤外孙为宰宰。

当然，也有可能是仔仔。

原谅大黄这个不常回家的人的穿凿附会。

后来有一天，大黄问大黄妈："看不到娇娇了。"

大黄妈说："你从小时候就惦记她。"

大黄问："她去哪儿了？"

大黄妈说："死了。"

大黄哑然。

大黄妈告诉大黄："娇娇得了白血病，从大学退了学，回到家里治病，治不好，到医院住院。娇娇妈陪护，有天晚上，娇娇妈睡着了，娇娇从病房翻出了窗户，摔在了楼下的小轿车顶上，死了。"

大黄妈还说："医院赔了娇娇妈几万块，娇娇妈又赔了车主几万块，没剩下几个钱。"

大黄说："妈，你干吗要告诉我后面一段钱的事情。"

大黄妈感慨一句："可怜的女人。"

大黄爸也跟着感慨了一句："可怜的女人。"

这次，大黄妈没有拦着大黄爸的感慨。

七

后来，大黄好好复习功课，考上了公务员，当上了警察，成了那些曾经到这栋楼出警的警察叔叔们的同事。

娇娇妈依然和楼里的住户们吵，或者，反过来说，是住户们和娇娇妈在吵。

娇娇妈不再经营她的烧饼摊，她酗酒了，她会喝个酩酊大醉，然后敲每一家的木门，讲述她的悲惨。她会拉住见到的任何男人，不分老少，讲述她的孤独。她会搂住所有年龄在孙儿辈的小孩，一阵儿哭、一阵儿笑。

不堪其扰的住户们，也因此打电话报案。

当然，他们有时候也不报案，而是直接敲大黄家的门。他们知道楼里住了大黄这个警察。

有时候，大黄费了半天劲，把娇娇妈劝回屋里休息，离别前，她会问大黄："你知道 24 乘以 42 等于多少吗？"

大黄关门而出，看到大黄妈站在二楼的楼道口等着大黄，她轻轻地感慨："可怜又可恨的女人。"

八

烧饼摊没有了踪影，卤菜摊也没了踪影。梦梦妈只顾着带外孙，娇娇妈，则消失了很长一段时间。

待到再见到她的时候，是在邻县的一次娱乐场所清查中。在卡拉 OK 的包间里，几个大叔靠左墙蹲着，几个阿姨靠右墙蹲着。有位阿姨抬起头，喊了大黄的名字。大黄才看到脸上画着青黑色妆容的娇娇妈。

那一刻，大黄不知是否该回应她的招呼。幸好包间音乐足够大，幸好包间灯光足够暗，大黄转身，悄然从包间退了出来。

那是一家很廉价的音乐吧，男人只需要掏二十元钱，便可以找一位公主陪他们欢唱一个小时。

一位近五十岁的公主。

再后来，在一次统一的抓捕行动中，现场指挥官给包括大黄在内的每名警察发了一个名单。娇娇妈，被列为这个贩毒网络的三号人物，她是主犯的情妇。

行动很顺利，抓了许多人，收缴了几公斤的毒品。

在指认毒品时，娇娇妈又看见了大黄。她的眼神在大黄的身上做了长久停留，喉咙上下吞咽着，却始终没有发出任何声音。然后，她将脑袋埋在臂弯里，哭了起来。

身边的指挥官指着娇娇妈问大黄："你认识？"

那一瞬间，大黄突然想起了大黄妈多年来的那句感慨。

大黄轻声告诉指挥官："她只是一个寂寞的女人。"

爱的真谛

一

“咣当”一声，蓝色的防盗门从身后关上，楼道的声控灯也随即亮起，在贴满小广告的墙壁上投射出老李有些佝偻的身影。

开出租的老李回头看门，没有一点动静。他的手掌抬起，轻握住了门把手，有些犹豫，有些懊恼，有些不甘。

声控灯灭了，老李叹口气，松开门把手，转过身，扶着楼梯，一个台阶一个台阶下了楼。

二

“咣当”一声，顾妈心里一沉。她从厨房跑了出来，看到空荡荡的客厅，还有一扇关得严严实实的门。

顾妈愣住了，她不相信老李就这样一甩门走掉了。她站在客厅的中央，有些后悔，有些愤恨，有些难过。她不知道该怎么办，结婚 28 年，还只有自己赌气回过娘家，没想到老头子也学会了离家出走。

顾妈走到防盗门前，她把眼睛凑到猫眼前，外面一片黑暗。顾妈跺跺脚，坐回到客厅的沙发上发起了呆。

三

下楼后，老李坐在小区的花坛边，想刚才发生在厨房的事情：不就是把水槽里吃剩的面条冲进了下水道就引得顾妈一通咆哮。两天内的第三通咆哮。

这是怎么回事，老李掏出一支烟，琢磨事情的来龙去脉。他用倒叙的方式追索问题的源头。他想起了今年儿子离家后的首次争吵。顾妈把围裙解了扔在地上，无力地哭泣道：“孩子考上大学了，我也忍你到头了！”

老李眯缝起眼皮，眼圈吐到空中，说：“原来是忍我到头了！”老李把烟头扔在地上，扶着膝盖站起身，走到了小区外的马路上。

四

顾妈把电视打开，里面在放一些无聊的婚恋剧，青年男女爱呀恨呀，哭呀闹呀，顾妈不明白这其中的意义。她又把电视关上，黑色屏幕上反射自己受了气的倒影。蓦然间，她觉得自己也像是电视里面那些哭闹的女孩：这样做有什么意义呢？

按理说，今年夏天孩子离开山王镇，到外地上大学后，老两口从精神和体力上都卸下一个大包袱，留下那么多空白的时间足够他们遛遛弯、旅旅游，享享福。可现实是，他们却用无休止的争吵去消耗他们从孩子身上转移来的精力。

她想不明白，一直像一个闷头鳖的老李爆发起来是这么激烈。那些家务上的琐事，值得他反应这么强烈吗，就不能忍忍她吗，和你一个黄脸婆斗，算什么本事？

想到此，她竟然鼻子一酸，眼泪差点没落下来。顾妈心里骂了自己一句，从沙发上起来，和着衣服钻进了被窝。

五

老李走在夏末的街头，暑热已经没有了，凉风却被大山阻隔，还没吹进这个小镇。

明天早上还要出车，一晚上不睡觉肯定不行。老李这么想。他掏裤子口袋，里面一部老式手机，一个钱包，一串钥匙。老李翻开钱包，一堆毛票零钱，这是为客人找零预备的。老李看身份证还在，他想起镇上那些廉价旅社，但一瞬间又否定了自己的想法：还是省省钱吧。

不知不觉，他走到顾妈经营的那个包子铺。用钥匙打开门，翻出里面那张用来午休的折叠床。铺子太挤也太闷，他索性把折叠床搬到了铺子外的大树下，铺上垫子，躺在上面。

夜晚的天空很澄澈，繁星点点，月亮既大又圆，让老李暂时忘却了心头的烦恼。可老李刚开始琢磨有多久没有仰望夜空时，一团蚊子却遮蔽了他的视线。

老李把脑袋缩进了毯子，腿却露了出来。他又赶紧把腿缩进毯子，自己蜷缩成了一个婴儿，毯子则成了羊膜。这种窝屈的姿势让他很不爽，他又想起了自己的婚姻，还有那个咆哮的黄脸婆。他觉得更窝屈了。

六

顾妈竟然睡着了，或许是太累了，也或许是陪读孩子上高中时养成打盹的习惯。她打开手机，九点四十，挺晚的了。她按在通话快捷键上，那里保存着老李的号码。她没有拨，她不能求他回来。况且，这个死老头晚上也没地方去，抽两根烟肯定还会乖乖回家的。想到此，顾妈放下手机，虽然不那么气了，但还有些不甘。她翻了个身，没过一会儿，又睡着了。

七

在毯子里，老李打开手机，没看到一个未接电话。老李感到懊恼大于气愤了。他最后确定了一遍手机是响铃模式后，便把它塞到了枕头下，闭上眼睛，清空思绪。毯子外面，蚊子们还在飞舞；毯子里面，老李已经睡着。

八

顾妈再次醒来时，已经是凌晨1点。她慌了，多少年来，这个房子还从来没有一个人住过。她一遍遍拨打老李的电话，却始终听到那句温柔的：您所拨打的电话已关机。

理性告诉顾妈，老李不会出事。但年龄越是大，胆子越是小。顾妈实在放不下心，她抓起一个手电筒就出门寻老李去了。

过了午夜，城市安静下来。两排的路灯弯着腰，像是在无声探寻顾妈为何脚步匆匆；夜虫鸣着响，像是警示黑夜里那些隐秘的邪恶远离这位老去的妇人。

鬼使神差地，顾妈也来到了自己经营的那间包子铺。听到蜷缩在毯子里的老李发出炸雷一般的呼噜。顾妈愣了一会儿，竟然有些乐了。那种“这个死老头子”的娇嗔在她心中响起。她走到床边，想去推醒老李。但一转念，她又放弃了自己的这个想法。

她匆匆跑回家，又匆匆跑回来。她把长毯轻轻地铺在老李的身上，又在老李床边点了四盘蚊香。

蚊香幽幽地燃着，寥寥的清香融入这静谧的夜中，赶走了蚊子，也赶走了一切的不快。

九

城市再次喧嚣起来。早班的人们聚在包子铺前，边啃早饭边等镇上唯一通行的公交。

老李揉揉眼，从毯子里面探出了脑袋，瞅瞅包子铺里的顾妈，又瞅瞅身上多出来的那一床长毯，还有床边那四盘还没燃尽的蚊香。

他有些失语。顾妈从铺子出来，把一个鸡蛋饼塞给他，说了声：“赶紧洗漱，马上就要接车了。”

老李挠挠头，不好意思地笑笑。

公交车到了，一大群人向车门涌去。他们各怀心情、各奔前程，不管喜好、无论好坏，在给定的生活轨道中，努力活出一番自己的味道。

嗨，吴老二

一

今天是吴老二入院的第21天，整整三个星期，他终于找到一个角落，活动中心最边上的一排座位，既可以远离同一病区那些张牙舞爪的病友，又可以享受片刻从外面照射进来的阳光，一米见方，已很满足。

吴老二心情很平静，他没有顺着照进来的光线去追忆精神病院外的生活，他也没有神伤去回顾那五十多年来疯疯癫癫的过往，更没有去念叨什么牵挂的人、放不下的事。他只是那么平静地坐着，衣袋里还有几片药片，一种可以吞噬记忆、吞噬思考的药片，而这，也正是吴老二所需要的。

二

吴老二原名吴睿文，生于二十世纪中叶。那会儿革命刚胜利，小男孩儿都叫红旗、建国、国庆，只因他父亲是名中学语文老师，才会给他起这么个在当时看起来很文绉绉的名字。当时在山王镇能记住这个名字的，估计也没几个人。

吴老二出生没多久，他的母亲在回娘家时要过河，一阵风浪，掀翻了渡船，也葬送了他母亲的性命，只有吴老二和他的父亲相依为命。

小时候，吴老二挺以他爸爸为荣，因为爸爸坚持未娶，既当爸又当妈，赢得了好名声，在房道里妇女训夫时，经常被引为正面典型；也因为爸爸给他讲了许多古今故事，他可以很荣光地将这些故事转述给他的小伙伴；也因为爸爸的严格要求，吴老二字写得很好，经常放学留校帮老师出黑板报。

好日子平淡绵长，波澜不惊。直到有一天，黑板报上，出现了用白色粉笔写着的父亲名字和他反党反社会的罪名。吴老二哭着闯进教师办公室，没有找到父亲，老师们抬眼望望他，没有一个人吱声；吴老二哭着回到家，还是没有见到父亲，书桌上罕见地放了半瓶高粱酒；吴老二又哭着跑到经常戏耍的水闸边，看到父亲背对着坐在石头堤坝上。吴老二不哭了，害怕了，他从背后推了推父亲。父亲回过头，看看吴老二，酒气熏熏，好容易挤出个笑容，站起身，领着吴老二回了家。

躺在硬板床上，吴老二努力让自己入睡，他希望睡梦能够洗刷白日的委屈与恐慌，他紧闭着双眼，默念着数字……吴老二还真睡着了，一直睡到天亮，一直误了上学的时间，直到邻居顾妈一阵发了狠的敲门声，才把他吵醒：爸爸不见了。

顾妈一言不发拖着吴老二来到菜市口，然后又一言不发地回到围观的人群中，留下吴老二和匍匐倒在地上的父亲，蓬头垢面，一动不动，身下淤积着黑色的泥浆与黑红的血液，他的父亲被人打死了。吴老二瞪大着眼睛，背对着人群，不敢上前，不敢发声，直到派出所的警察驱散了人群，将他的父亲抬上架车，拉走，他才摇摇晃晃地回到了家。

入夜，吴老二的眼泪终于流了下来，从抽泣到恸哭，再到嚎叫，一整夜，没停歇。前后巷的平房里，男人叹着气，女人抹着泪，老人们则捂住了孙儿们的耳朵，眉毛皱纹拧成了一团，就连平日嬉耍的狗也躁狂起来，不停地嗷嗷叫着。

天亮了，又是一天，没精打采的居民们路过新逝者的房门，听到几声“嘿嘿”的笑声：吴老二疯了。

三

吴老二没疯透，透与不透，他自己也会把握着分寸，饿了，会跑到街口偷两根油条，舀一碗豆浆。不巧被抓了现行，吴老二也不跑，傻呵呵站那儿笑，一副伸手不打笑脸人的憨态。

邻居大伯大婶也不以为意，生活虽然不小康，倒也不差那点儿吃食。他们会压着吴老二洗洗手，擦擦脸，收拾干净了，再塞给他点吃的，才放他离开。

相比叔叔婶婶，那些同龄的小男孩们则皮得厉害，他们给吴老二起了很多外号，什么呆子啊，傻帽啊，小神经啊，即便是最老实的男孩子，在同学那儿受了欺负，也会在放学路上拐个弯，找到吴老二踹两脚，撒撒气。得亏吴老二皮实，同伴们的小敲小打也没烙下什么印记。实在受了委屈，吴老二就会默不吭声地跑到对方家门前静坐示威。那时候的家长真不护短，当着吴老二的面把自家小子乒零乓啷一顿打，吴老二这才心满意足地擦干用唾沫冒充的眼泪，心满意足地回了家。

慢慢地，男孩们发现吴老二尽管傻乎乎的，却也有些优点。比如，在玩游戏的时候，可以和他赖皮；在干坏事的时候，可以让他望风，即便是去打群架，也可以带上吴老二。平日胆小如鼠的吴老二虎起脸来，倒也有点儿愣头青不怕事的神态。

有一次，吴老二所在的孔集村的孩子头赵四和邻近南塘村的小霸王约群架，吴老二也跟着去了。到了现场，才发现对方带了几个社会青年，长头发、喇叭裤，还叼着过滤嘴。见势不妙，吴老二的小伙伴们哧溜一声，撒丫子就跑，跑着跑着，发现没了吴老二，怕是被对方给捉住了。赵四咬咬牙，发发狠，带着小伙伴们嗷嗷叫地杀了个回马枪。或许被赵四他们那种敢死队般的冲锋吓坏了，对方丢下抱头挨打的吴老二，弃甲而逃。

小伙伴们抬起赵四，庆贺这一伟大的胜利，赞美赵四是常山赵子龙转世，单骑救主。吴老二也忘记了痛，又蹦又跳，喊着单骑救主，全然不知道这样的比喻，让他和赵四差了辈分。

四

时光荏苒，不觉间，当年的玩伴都已经长大，纷纷接替了爹娘们从煤矿退下来的工作，成了城市新一批的蓝领工人。他们拿了工资，谈了对象，过起了朝九晚五的生活。

吴老二呢，却像是吃了唐僧肉般，除了长高长胖，倒也没有其他什么变化，还是吃百家饭，穿百家衣，睡趴趴屋，每天和比自己小十来岁的孩子们玩躲猫猫、地雷战。

但吴老二毕竟也二十多岁了，经常会感到骚动与不安，特别是春夏两季，当有漂亮姑娘从眼前经过，吴老二的裤裆便会撑起一把小伞，羞得姑娘们骂一句“傻流氓”，便匆匆跑开。吴老二则更是羞红了脸，他背过身

去，把手伸进裤裆里一阵猛挠，想把那羞耻的根儿捋平，结果当然事与愿违。懊恼的吴老二靠在墙根上，不知哪里出了问题，揪着头发等待平静再次降临。

卖包子的顾妈看得明白，捂着嘴偷着乐，对坐在门前晒太阳的赵四他爹讲吴老二思春啦。赵四他爹撇撇嘴说："思春有啥用，他那样怎么能找得到女人，还不如一刀阉了呢。"顾妈听了，叹口气，说了声："也是。"就没了后话。

还是赵四贴心，从地摊上买了张女星周慧敏的海报，挂在吴老二的破房墙壁上，这才制止了吴老二当众的"自赎"。一旦感到骚热难耐，吴老二便一头钻回他那破屋，盯着玉女红红的嘴唇徜徉在自己梦幻的世界。

又过了两年，破败的房道实在不宜居住，政府便在附近空地盖起了几栋楼房，对老孔集村整体搬迁。搬迁当天，老邻居们燃起了鞭炮，摆起了酒席，小孩们则欢呼着顺着楼梯爬上爬下，仿佛有使不完的劲。而就在这一片乔迁之喜中，还是赵四，发现没了吴老二。原来他没钱买新房，只能继续守在即将拆除的趴趴屋里，差点就被欢乐的人们所遗忘。

赵四跑回到老房子，在空寂的房道里，寻得了失了神的吴老二，把他拉到新房的乔迁宴席上。吴老二无论如何不愿上桌，他觉得丢脸了。还是赵四新过门的媳妇，笑着给吴老二搬了椅子，说赵四经常提起他，这才让吴老二局促不安地坐到桌前。

赵四和曾经的伙伴们一合计，觉得不能丢下吴老二不管。于是，他们拉来了一拖拉机砖头，又从单位捎带回来几袋水泥，在两栋楼间盖起了一间车房。车房的一角，还有顾妈他们捐的铺盖、锅灶、液化气等一应生活用具。

他们将这间车房当作象征少年友谊的礼物，要给吴老二一个惊喜。车房落成那一天，赵四和他的弟兄们把吴老二从趴趴屋接了过来，指着车房朱红色的铁门对吴老二说："它以后就是你的啦！"

吴老二嘴巴张着，没法说出一个字，甚至连个笑都挤不出来。赵四急了，戳戳吴老二，说："喜不喜欢你倒是表个态啊！"吴老二这才"嘿嘿"笑起来，眼泪随即也吧嗒吧嗒地掉了下来。

赵四哈哈大笑，对身后的弟兄们说：“你们看看，我说吴老二没傻透吧！”

五

吴老二的车房修好了，里外两间屋，四方四正，两百多平，里墙批了一层泥子，外墙刷了一层青灰，门口平整出一方水泥地，没有一丝土腥味儿。再走出十步远，便是顾妈家种的泡桐树，宽大的枝叶庇荫着来往的居民，使这里成了两栋楼间住户的活动中心。

吴老二每天起得很早，因为上早班的工人四五点钟就要来车房把车骑走。吴老二先是把车房门打开，在炉子上坐上一壶热水，便钻回被窝，将收音机的天线拔出窗外，找寻电波的讯号，迷迷瞪瞪间又睡了一场回笼觉。热水咕嘟嘟地顶起了壶盖，骑车的人便将热水冲一满瓶，兑满清水，再烧一壶。

待到天色大白，来骑车的人便多了许多，男人进屋推车，女人则在外面拎着菜篮子站着，让男人顺路把她们捎带到附近的菜市场。也就是点把钟的工夫，车房里面就空了一大半。吴老二又在炉子上坐上蒸锅，篱笆上放上馒头、山芋和咸菜，酸甜的气味弥漫整个车房。

过不多久，女人们便拎着菜篮，三三两两回到家。她们会搬个小马扎，坐在车房门外的水泥地上择菜、洗菜，聊着自己的男人、孩子。吴老二也会将别人送他的藤条椅从车房里搬出来，坐在女人们的身后，一面帮着料理那些菜茎、菜叶，一方面也会偷偷将鼻子靠近女人的马尾，贪婪地吸上一大口皂角的芬芳。

日过中天，午饭之后，顾妈关了包子铺的店门，搬了张桌子立在车房的空地上，铺上一层床单，码上一桌麻将，待到摆放停当，老头老太太们便聚齐了。一圈牌两毛钱，盈亏都在几元间，不仅解了闷，也活络老年人的脑筋。当实在犯迷糊起了争执，他们便瞧着吴老二，吴老二这时就会一五一十地把谁打的什么牌给复述一遍。当然，也正是因为吴老二这惊人的记忆力，老人们从来只是让他当个旁观者，而不是参与者。吴老二也不恼，他会在这阳光明媚的下午，一辆辆将自行车推出车房，用蘸水的抹布一遍遍擦干净，生了锈的地方，还会用机油抹一抹，好像这每辆自行车都是他的爱骑一般。

日头偏西，老人们伸伸胳膊，跺跺腿，将桌上的毛票揣进兜，各自散去。车房门前那块空地此刻便让位于放了学的孩子们，男孩子弹溜子、摔卡片，女孩子跳皮筋、丢沙包，渴了便到车房里灌一大口，累了便在藤条椅上歇一会儿，一直玩到天色擦黑，妈妈们呼唤吃饭的声音此起彼伏，孩子们这才恋恋不舍地再次离开。

夜晚到了，吴老二就着咸菜，喝过稀饭，躺在床上，又在拨弄着收音机的天线。刑七从门边探过脑袋，“嘿嘿”坏笑着，吴老二明白这笑容中的意义。他披上外套，丢下房门钥匙，一头扎进夜色之中。他在不远处的石墩上坐下，瞪大着眼睛，看到房门被关上，看到灯也被灭了，看到漆黑屋内，光影浓淡地发生着变化。吴老二甩甩脑袋，觉得自己看到的只是幻象。

半小时的光景，车房里又亮起了灯，房门被再次打开，两个人影依次溜了出来。吴老二起了身，回到车房，四下瞅瞅，没啥变化。他侧身在床上躺下，用手在被单上来回摩挲，有意无意间，寻得了一根长发。吴老二将它举到眼前，细细端详，良久沉默后，叹了口气，拉灭了灯。

又是一天也在有意无意间度过。

1998 年盛夏，法国世界杯，赵四那年四十二，吴老二则刚满四十。每到有比赛的夜晚，赵四一伙人便会拎着几瓶啤酒，还有一袋油炸花生米，来到吴老二的车房。球迷和伪球迷们，一起喝酒、一起欢呼、一起熬通宵，困了，便头顶头睡在一起，床上、地上，直到天明。

吴老二不明白一大群人追着一个球跑有什么意思，但他不在乎，因为至少可以混点啤酒喝。吴老二还不明白为什么赵四他们看过球后也不上班，而是直接回家睡觉。吴老二有点担心，却也不知在操哪门子心，也没太在意新闻中天天出现的“下岗”那两个字是什么意思。

慢慢地，街面上游荡的中年人多了起来，男人面色凝重，女人唉声叹气，小孩也收敛起欢笑，大气也不敢出。有的人离开了家，卷起铺盖，挤上火车，去了远方；有的人戴上了安全帽，系上安全绳，爬上高楼，做起了泥瓦匠；有的人开起了出租，晚上遇到劫道的，还没吭一声，便被捅了个透心凉。更多人则继续在街上游荡，像赵四一样，没了威风，垂头丧气。当然也有走偏门的，比如刑七，凑了点钱，开了家赌博游戏机室，把赵四他们那些无业游民们都拉了进去，管吃管住、昏天黑地，不需几天，输个精光。

赵四跑了，丢下了媳妇孩子，还有一屁股的债。刑七带人上门讨账，把赵四的家砸了个遍，还把赵四的老婆掠走了，说是还钱放人。没人把这事儿告诉赵四，因为不知道他躲到了哪里。又过了几天，赵四媳妇回来了，披头散发，没了颜色，一头扎进屋内全无声响。

那天晚上，吴老二出门倒尿壶，隐约看到一个颀长的身体，挂在门口的泡桐树干上来回晃荡。吴老二吓得小腿一软，尿壶“哐啷”一声摔到地上。好容易定了神，才发现树上吊着的是赵四媳妇。他想喊，但是喊不出声；他想跑，但是背后就是车房。他也不知道往哪儿跑，他不敢往前走一步，更别说上去把女人从树上放下来。吴老二顺着墙根坐了下来，守着女人。他想起了女人待嫁时的模样，两个酒窝，笑靥如花；想起乔迁宴席，女人拉他入座，手指冰凉；想起一起洗菜、择菜的上午，她的发梢留香。

七

吴老二的车房也安静了许多，虽然还是整齐地码放着两排车辆，一排自行车，一排摩托车，但是来骑车的人少了，按时交停车费的人更是少了。许多车的车轮都瘪在地上，车座上落了一层灰。

吴老二也懒得管，没有收入，他就得饿肚子。他不好意思向一样贫困的邻居们乞讨，便跑到街上，还像年少那会儿，趁人不注意，偷拿几根芹菜，或是几个包子。起初店主们还是睁一只眼闭一只眼，但是时间久了，却也不堪其扰，终于将准备再次偷窃的吴老二围了起来，一顿乱揍，再报了警。

吴老二被驾上了讯问椅，铐上手铐，大灯打开，照得他睁不开眼。吴老二吓尿了，湿了整个裤裆。警局的小年轻们捂着鼻子，押着吴老二上卫生间，完事后又把他带回讯问室。刚一坐下，吴老二便口吐白沫，全身抽搐。小年轻们吓坏了，赶紧喊来了老法医。法医瞅了瞅吴老二，扒了他的眼皮，摸了他的脉搏，然后返身回到卫生间，哈哈笑着拎回了半袋洗衣粉。原来吴老二偷偷吞了几口洗衣粉，在那儿装羊痫风呢。盘问了几句，觉得没偷什么贵重物品，警察便把吴老二放了。

吴老二孤独极了。白天的时间，吴老二大多是窝在车房里，挨到日头西沉；到了晚上，他便锁上车门，游荡于一个个垃圾桶，拣点值钱的破烂，搜点剩菜剩饭。若是寻得几根骨头，便丢给一样在旁边觅食的流浪狗。如此，慢慢地，越来越多的流浪狗自觉跟在吴老二身后，等着吃现成的骨头，成了半夜街头的一处景致。待到天明，吴老二，还有那群流浪狗，便一起回到了车房，一起歇下。

起初吴老二还会给这些流浪狗起名字，喊他们吴老三、吴老四、吴老五。但是这些流浪狗来来去去，没有定数，吴老二的智商此时就不够用了，便干脆统一喊成吴老二。开游戏机室的刑七在街上若是看到吴老二，便会高呼他的名字:“嗨，吴老二！”吴老二和那一群流浪狗便会同一时间转过脑袋，乐得刑七哈哈笑个不停。

八

赵四回来了，回来杀刑七。赵四没有回老房子，而是窝在了吴老二的停车房。一方面他无法面对即将高考的儿子，一方面也是要在动手前避人耳目。他已经不是当年单骑救主的赵子龙，他必须小心行事，找到最合适的时机，一击毙命。

吴老二每天替他从街上买来吃喝用度，两个人沉默不语，一起喝着酒，抽着烟。吴老二不敢直视赵四的眼睛，它的那些流浪狗也把脑袋伏在地面，他们都隐约预料有大事要发生。终于有一天晚上，赵四在连抽了两包烟后，夹着报纸包裹的菜刀，前脚离开了停车房。而吴老二则后脚溜了出去，找到了刚下晚自习的赵四儿子。

赵四儿子在刑七的娱乐会所前拦住了赵四。儿子对老子说，他马上要参加高考了，他要报考公安大学，他不想有个杀了人的爹，让他通不过政审。儿子冷冰冰的话砸碎了赵四最后精神的支柱。他坐在地上抱头痛哭，哭得像个小孩。而赵四儿子，则像个大人一般，手抄着兜，一旁站着。那晚之后，赵四走了，彻底消失不见。吴老二收拾车房时，发现赵四留下的半包烟，他点燃了一只，眯缝着眼，抽了起来。一口烟雾吐了出来，吴老二的眼睛潮湿了，他不知道这是被烟呛出的泪水，还是其他原因。

顾妈的女儿顾小妹也回来了。在两次背叛、两次离婚之后，她也不打算再嫁了，只是守在患了老年痴呆的母亲身边，悉心照料。顾小妹还接过了顾妈的包子店，换了门头，变成一个小快餐店，主卖一种叫作“啃得起”的汉堡包，十元三个，面包生硬，炸鸡干涩，吸引不到回头客，只能惨淡经营。

少数人回来，更多的人则在离开，用他们不同的方式。曾经施舍吴老二吃食的那些老人们一位位离开人世，子女们请来唢呐队，呜里哇啦吹一段，然后送到火葬场一烧，就算了事。曾经在吴老二停车房门前摔卡片、跳皮筋的孩子们，如今也已经长大，小媳妇不愿住破败的老房子，小伙子便在市区买了新房，成了家，生了子。他们将已经退休的父母也一并接过去，也可以说是养老，也可以说是让他们帮着照顾小孩。在他们看来，一举两得。

空出来的房子，便租给了在附近歌吧、足疗店、桑拿浴里面打工的人们，打手、小姐、赌徒、毒贩，一应俱全。他们不骑自行车，只骑电瓶车，即便这么点距离抬腿就到。他们也从来不交车费，停车取车的时候，喜欢对吴老二龇龇牙，吓唬他。他们也不睡觉，全都是夜猫子，午夜过后，楼栋中还回荡着高跟鞋的踢踏声，喝酒赌博的嬉笑怒骂声，嫖客妓女高潮时的尖叫声，还有吴老二那群流浪狗不满的吠叫声。吴老二会告诉那些流浪狗不要叫，他对它们说那些搬进来的人是坏人，很坏的人，不要去惹他们。狗儿们呜咽着，似懂非懂地耷拉下了耳朵。

但它们还是没有躲过厄运，几个结束单身派对的小伙子，在回屋路上，遇上了吴老二的流浪狗。他们狂笑着将这条黄狗围在中间，喊着吴老二的名字，要它作揖，要它喝酒。黄狗尾巴直竖着，恐惧地狂吠着。年轻人则继续周旋在它的身边，用树枝戳它，用石头砸它。黄狗的叫声更急促了，吵醒了车房里其他的流浪狗。他们冲了出来，吼叫着与那伙人对峙着。吴老二不敢出门，只是将眼睛凑近窗棂往外观察着。

年轻人怒了，他们可不想狂欢的夜晚被几只流浪狗扫了兴。其中一个人上了楼，拿下来几根铁棍，交给了同伴，闷不吱声就将一只流浪狗的脑袋敲开了花。其他的狗看到同伴惨死，掉头就跑回停车房。年轻人们则持着铁棍，从后面跟着进了停车房。

深夜两点，吴老二的停车房，不绝地响彻着流浪狗的惨叫、年轻人的狂笑，还有吴老二撕心裂肺般的哭嚎。时隔四十年，父亲被打死的那副画面再次占据了他濒临分裂的大脑。

没人知道，当那伙年轻人离开停车房，吴老二在屋里都做了什么。对于这么一个小小的插曲，附近那些新住户们根本不会在乎。

他们在乎的是，他们被烧报废的电瓶车。在黎明即将来临前，几条火舌从车房里蹿了出来，紧接着就是一团团爆炸声，还有轮胎被烧化了的煳味儿。沉睡的人们醒来了，瞪着惺忪的睡眼，看着这火花四溅的景色。

他们看到开着消防车的武警赶了过来，还有开着警车的派出所民警，还有开着救护车的医生。武警们架起水枪，带着面罩，冲进火场，将烧成了光腚的吴老二抬了出来，放到担架上，然后由救护车呼呼地鸣笛带走。

警察们则上楼敲门，想搞清楚到底发生了什么事。没有人开门，更没有人应答，他们或许已经躺回到自己的床上，睁着眼，想着心思。

九

事故认定为自杀，吴老二自己放的火。考虑到吴老二的精神病史，以及作出危害公共安全的行为，公安局作出了强制医疗的决定，将烧掉了全部头发和半条命的吴老二送进了精神病院关押治疗。

于是，三个星期过去了，此刻，吴老二坐在活动室的座位边缘，在阳光下若有所失。他的右手握着口袋里面的一把黄色药片，掌心的汗水已经融化了药片的边缘。是该忘记了，吴老二好像是下了决心，叹了口气，将药片全部吞进了肚子，而泪水也在此刻流了下来。

我的猪

一　下地

刁妇下地干活，收完了自家的黄豆，又看了眼田埂边上镇农业公司围墙的豁口。她把装黄豆的袋子扎紧，弯着腰扛进窝棚。然后从口袋里摸出一包烟，抽了根，歇口气。又看了看那个豁口，盯了半分钟，站起身，提着麻袋，弯腰钻过了豁口。

公司农场静悄悄，饱满的豆子把茎叶压低了身段，连风也吹不动。刁妇四下望望，又抬头望望。天空很蓝，过路的鸟雀一只也没有，刁妇抹抹汗，便低着头开始在地里忙乎起来。

半个小时，麻袋满了，刁妇又低头弯腰，从豁口钻了出来，正好碰见骑着三轮车路过的韩寡妇。韩寡妇瞧瞧她，笑笑，把整麻袋黄豆放进了三轮车，又骑到窝棚，装上另一袋黄豆，把刁妇连人带豆送回了家。

傍晚，刁妇拌好了猪食，准备到后院喂猪。门被推开了，刁妇拿着水舀子刚转过身，就被两个人穿夹克的男人钳住双臂，水舀里的猪食也洒了一地。其他人则在家里一阵翻。随后，刁妇和几麻袋黄豆被一并塞到面包车后排，连人带货送到了山王镇派出所。

二　派出所

在一间被铁栏杆隔成两段的屋子里，刁妇见到了韩寡妇。刁妇先是一惊，瞬间明白过来。刁妇想和韩寡妇说句话。铁栏杆外面的男人立刻呵斥："别说话，都靠墙跟给我蹲好了。"刁妇瞅瞅韩寡妇，两个巴掌贴在一起作了个揖；韩寡妇撇撇嘴，反倒冲刁妇笑了笑。刁妇心里好过了点。

外面有人在说话，声音很大："警察同志，我们开个农场也不容易，三天两头被偷，你们一定要狠狠治……里面那两个女人，都他妈的是刁妇……警察同志，我们也不要赔偿，也不要认错。我们就要她们挨治，狠狠治，能关几天关几天……我给你们送锦旗、放鞭炮……”

门开了，一个小伙子进了讯问室，自称姓黄，清清秀秀，白白净净，一口普通话。大黄说了堆法理，又说了堆道理，韩寡妇拼命点头，刁妇也跟着点头。末了，大黄两手一摊：“报案方盯着派出所，一定要处理你们，我们也没办法。”

韩寡妇霍地站了起来：“不会把我们关起来吧？”

大黄又是两手一摊：“治安拘留。”

韩寡妇跳了起来，说：“不就偷他几个豆子吗？”

大黄也站起来，皱着眉说：“不就是这么讲嘛！你们可就真缺那点黄豆？还好偷得价值不高，否则就要被刑事拘留了。”

韩寡妇哼哼道：“不都是拘留吗？”

大黄摆摆手：“和你说不清楚。我和所长汇报了，照顾你们一下。你是从犯，关三天；那个蹲着的，主犯，情节严重点，关五天。”

刁妇也站起来了，说：“我家里那几头猪怎么办？”

大黄说：“什么？”

刁妇还在重复：“我家里那几头猪怎么办，我家里那几头猪怎么办？”

大黄叹口气，笑笑说：“总不能我帮你去喂猪吧。”

刁妇从褂子口袋里掏出一把零钞，透过栅栏塞了过来，说：“小哥，通融通融吧。”

大黄指指脑门上面的摄像头，呵呵一笑，说：“受贿这事儿我还是第一次遇到。”他把钱接了过来，一张张捋平数清，“一共197元5角，我给你在扣押清单上记上，回头交给拘留所当你的生活费。”

另一个年轻警察带着一堆手续进了屋，要她们在文书上签字。韩寡妇不签，说不认字。

天已经黑了，大黄看看钟，耐着性子把处罚文书从头到尾读了一遍，问：“可有什么疑问？”

韩寡妇摇摇头。

大黄说：“那签字吧。”

“不会写字！”韩寡妇言辞铮铮。

“那就按手印！”大黄有些克制不住了。

“不按！”韩寡妇态度相当坚决。

大黄又问刁妇，刁妇也是摇头，说：“我的猪还在家里没人喂。”

大黄把卷宗往桌子上一摔，说：“真不识相！考虑你们年龄大，和领导争取，才给你们从轻处罚。你们可倒好，就这认罪态度，要不再多关几天吧！”

说着，拿起卷宗，要出门。

韩寡妇和刁妇互相瞅了瞅，韩寡妇咬咬牙：“签！”

三 拘留所

韩寡妇和刁妇被塞进闪着警灯的巡逻车里。刁妇还在小声嘟囔，说：“我的猪还没喂哩！我的猪还没喂哩！”

大黄说：“我晚上也还没吃饭哩！”说完，大黄拍着嘴：“呸！呸！呸！”车里先是沉寂，开车的板扎哈哈笑：“人和牲口都饿肚子呢。”

车子靠路边停了下来，大黄从路边买回来十个烧饼。他把其中六个分给自己和同事，把剩下的四个给韩寡妇和刁妇，说：“填填肚子，这个点，拘留所可不管夜宵。”

除了司机板扎，车里的人都在闷声啃着自己的烧饼。半小时后，车停在了拘留所大院。大黄从副驾驶位上扭过头，对韩寡妇和刁妇讲：“拘留所里面管理很正规，不会挨打挨骂，有什么事就向管教汇报，听见了没有？”

黑暗里，韩寡妇和刁妇点点头。

大黄又说：“你们可有什么重大疾病、传染病什么的？”

韩寡妇和刁妇愣在那里，没说话。

大黄说：“待会儿进去，管教要问你们有没有得病，到时候你们如实回答，有就是有，没有就是没有，听见了没有？”

韩寡妇和刁妇又点点头。

大黄不安心，又问：“你们可有什么重大疾病，比如心脏病、脑血栓，或是传染病？”

韩寡妇和刁妇还是没说话。

大黄摇摇头，把两个女人带下车，按响了门禁的按钮。

先是钥匙的丁零郎当声，再就是拖沓的脚步声，当管教终于拐过弯，出现在大黄一群人面前。刁妇恰逢其时的两腿一软，一屁股坐在地上，捂着心口喊："疼！疼！"韩寡妇也如法炮制，倒在地上，捂着心口，咬着嘴唇。

司机拳头砸在方向盘上，骂道："妈的，演戏哩！"

拘留所的管教一定要医院检查报告才肯收押。管教走了，大黄居高临下看着地上的两个女人，恨恨说了声："走，去医院！"

两个女人没动。

大黄实在忍不住了："该不能我打120，让担架来抬你们俩吧？"

刁妇抬眼瞅了瞅空空的走廊，再瞅瞅大黄，站起身，拍拍灰，钻进了警车。

韩寡妇也起身，拍拍大黄的肩膀，说："小兄弟别生气，胸口是有点疼。"

大黄咬着牙，说："别碰我！"

四 医院

已经晚上11点，路上没了车。司机把油门踩到底，面包车一路呼啸着开到医院。

急诊室里，大黄说明情况，医生要给两人开化验单，心脏彩超，一人两百多。听完，两人直摆手："没钱。"

大黄问："有没有便宜点的？"

"心电图便宜，每个人三十。"

两个人还是摆手，韩寡妇说："不做了，不做了，费那钱干啥？"

大黄头也没回，冷冷地说："现在后悔晚了！"

机器吱吱地吐出两条纸，韩寡妇问："啥情况？"

医生打着哈欠说："都是窦性心律。"

"啥意思？"

"意思就是正常。"

大黄还觉得不放心，又要加做胸透和B超。天不冷，两个妇女却直搓手。

韩寡妇说："做B超弄啥，又不怀孩子。"

刁妇也说："是啊，她男人都死多年了，还做什么B超？"

大黄指着走廊的椅子，命令道："闭嘴！坐下！"韩寡妇还想说什么，但是看到大黄掏出皮夹子，数出几张红票子，递给收费的护士，也便没了言语。

一套折腾完，已过午夜。刁妇说要上厕所，韩寡妇也说憋不住了。大黄让她俩进了女厕所，自己守在外面，靠着墙发呆。司机躺在走廊的长椅上打盹。大黄掏出手机，按解锁键，屏幕亮了，手指滑动着，一些条目，好像是当天的新闻。大黄的手指还在滑动着，前进、后退。他又按下解锁键，屏幕黑了；大黄抬起头，扭扭脖子，左右望望，又按下解锁键，屏幕又亮了……

也就是在这个时候，一声尖叫从厕所传出来。大黄一头扎进女厕所，想都没想。又是一声尖叫，大黄这才看清站在身边的女护士，白脸白大褂，鼻眼看不清，但显得挺年轻。护士还在尖叫，伸着胳膊指着一人高的窗户，说："窗户上长了个肥大的屁股，屁股下还有一双手，在努力往外推着屁股。"韩寡妇扭头瞧瞧大黄，笑笑，有些不好意思。

回到警车里，大黄吼道："手！"

韩寡妇问："啥？"

"手！都把手伸出来！"

于是，韩寡妇和刁妇手腕上多了副手铐，一个卡在左手脖子，一个卡在右手脖子。

五　又是拘留所

车子又回到拘留所，已经深夜两点。

管教出来得更晚了，头发更乱了，衣服也更散了。大黄押着两个女人，走在管教后面。四个人，恍若梦游。

到了收押室，管教坐下，说："等等，我自己先量量血压，大半夜被你们吵醒，脑子蒙蒙叫的。"

大黄瞪着眼睛，瞧着上升的汞柱，瞧着下降的汞柱，瞧着管教从抽屉里面拿出一个小瓶子，倒出几粒药丸，吞到嘴里，喝下白水。管教在说话，他愣了一会儿，才明白管教是在和自己讲话。他把关押手续、体检报告一并交给管教，然后，退到门边，低头看见盘腿坐在地上的韩寡妇，脑袋抵着门正在打瞌睡。手铐另一端的刁妇不得已，也坐在地砖上，抬头看大黄，圆瞪着眼，嘟囔道："我的猪还没喂哩。"大黄看着她，沉默着，没说话。

管教整理好手续，用回形针别在一起，打开抽屉，放进去，又拿出一个大本子，一行行地看，最后拿笔勾了两下，问大黄道："带没带生活费？"

大黄从上衣口袋掏出一把零钱，说："197 元 5 角。"

"每个人至少一百元的生活费。"管教的声音不带任何感情。

大黄又在掏钱包。

管教摆摆手，把一把毛票收走，写了个纸条，对两个女人说："钱款两清，你们按个手印。"

按完手印，管教说："跟我走吧。"

大黄站起身，用钥匙把锁在两人手腕上的手铐解掉，说了声："去吧。"

大黄以为两个女人会说些什么，但是女人们什么都没说，转身，跟着管教走了。

六　家

出了拘留所，回到警车上。

司机板扎问："回去？"

"回家！"

"回家？"

"回派出所。"

板扎叹口气道："这一夜算是报废了！"说着，发动警车，音响里面有了音乐。

大黄的心开始往下沉，他已经分不清黑暗来自于黑夜，还是来自自己合上的眼皮。不知过了多久，大黄感到有人在摇他，他的心在往上提，像是长了两个爪子，拼命撕破睡意的囚牢。他从衣领里伸长脖子，脑袋也清醒了一些，手机在急促响着。

所长老夏在电话里面说："刚才关的一个姓刁的女人，在拘留所里面吞了东西，拘留所不能关了，你去把她接出来吧。”

大黄“唔”了一声，挂掉电话，看看手机屏幕，才过去二十分钟。

车又在往拘留所开。大门边上，大黄看见了刁妇，换上拘留所里的青布褂、青布裤，手里还拎着自己的那一套衣服。刁妇的身边站着管教，声音还是不带任何感情，他说：“吞的硬币，关不了了，这是拒收证明，你把人领走吧。”

大黄想问她是怎么吞了硬币的，莫不是被管教亲眼看见了？可是管教此时已经转身回监区了。

汽车再次启动，刁妇从褂子里面拿出一个纸包，里面是一把零钱。刁妇说：“拘留所退的，你拿去，在医院你花了不少钱。”

大黄身子没动弹，只是张张嘴：“不用了，单位给报销。”

面包车停在刁妇的家门口，刁妇让大黄进去喝口水，大黄说：“不用了，收拾收拾赶紧睡觉吧。”大黄不知道这最后一句话是说给谁听的。

刁妇进了门，坐在床边，四下看看，下午墙角边还堆着几袋黄豆，现在空空如也。刁妇站起身，把青布褂、青布裤脱掉，叠好，放进木头柜子里，再换上自己本来的衣服，取了条毛巾前后掸了掸，然后又从地上捡起葫芦瓢，到后院喂猪去了。

架相

一

女人在家烧饭，青椒炒鸡蛋。就这一个菜，下饭，可以就着吃两大碗米饭，下地锄草不会饿肚子。

电话响了，是村里同姓的老姊妹。老姊妹说："弟弟的老婆的二姨在医院治死了，医院不赔钱，咱们过去架相[①]，闹一闹！"

女人问："你弟弟的什么亲戚？没听清。"

老姊妹说："反正都是亲戚，医院治死的人还少啊！咱老百姓们得团结！"

女人沉默不语。

老姊妹补充说："别管什么亲戚，去一天五十块，外加管一顿饭。去吧。"

女人看看锅里的炒鸡蛋，把围裙解开，对屋子里喊了声："出去一趟。"便小步快跑往医院的方向去了。

二

县医院大厅笼罩在一片白色中，白色的幡、白色的幔、白色的孝服、白色的花圈，就不见穿白大褂的医生。他们早已躲起来了。

死者的照片架在冰棺上面，冰棺置于大厅中央，照片上的人远远地看不清楚。死者的近亲属围在冰棺周围，人人都是一脸悲愤，鼻涕流到了嘴唇上都不去擦。

女人在人群中找她的老姊妹，老姊妹站在马路中央，身价五十元的她们只能在外面喊喊口号。老姊妹也看见了她，欢快地招手让她过去，并给了她一个黑纱。

---

① 架相：山王镇土话，意思是有偿或无偿给别人撑场面。

女人说："我家又没死人。"

老姊妹说："全世界受苦难的老百姓都是一家人。"

女人说："你唱戏呢。"

老姊妹说："流流眼泪，喊喊口号，咱来这不就是唱戏呢。"

女人想想，也对，就把黑纱戴上了，跟着老姊妹们一起喊口号："无良医院草菅人命！穷苦百姓无处申冤！"

三

日头越来越高，汗滴从脑袋上渗出来，还没流到下巴，就蒸发进了空气。

院方还是没有动静，没有人敢出来和杀气腾腾的死者家属对话。喊口号的人也没了力气，他们找了阴凉的地方待着，瞅事态的发展，反正在家闲着也没事。打麻将还指不定输赢呢！

两个男人从西边出现，他们给男人发一包孬烟，给女人发一条毛巾，再递过来一瓶矿泉水，鼓励道："再喊喊，坚持就是胜利。"

两个男人刚从队伍的东头走到西头，装烟和毛巾的箱子就被扣下了。一大拨警察来了。

警察把大厅灵堂的人包围起来，女人只能看到蓝色的背影，再看不到死者家属满身的白麻。很快，蓝色也向院外蔓延。警察把医院门前的道路疏通开，堵在外面的救护车终于开进了急诊楼（里面的病人早已被转移到其他医院）。

有个警察小伙子来到女人面前，喊了声大娘："这么热的天，出来不晒吗？"

女人不知道怎么回答，乡村农妇，还没怎么接触过警察，有点儿心慌。

老姊妹接过话："医院草菅人命，咱看不过去。"

警察小伙说："这需要医疗鉴定，如果医院有错，该赔多少赔多少。"

老姊妹说："咱们才不相信啥鉴定呢，都是糊弄咱老百姓的。"

女人像是想起来什么，也说了句："就知道糊弄老百姓。"

小伙子警察说："你们要是不相信，也可以到法院起诉啊，别在这儿堵马路嘛。"

老姊妹说："医生不能信，警察不能信，法院也不能信。现在只能咱老百姓自己给自己做主。”

女人附和道：“自己给自己做主。”

小伙子说：“怎么不能给你做主呢？我们也是老百姓啊。”

老姊妹撇撇嘴：“你怎么能是老百姓？你是吃皇粮的。”

小伙子抹抹大檐帽下的汗，继续耐心劝说：“好，我不是老百姓，但医院现在住着的病人、这路上来往的行人、周边的商户，他们总该是老百姓了吧，你们不也是影响他们生活嘛。”

老姊妹两手握在肚子上，不再搭理小伙子。

女人则偷眼瞅小伙子，长得挺俊的，像自己的儿子。女人还记住了他的警号：020153。

这时，大厅出现了混乱，警察开始强行清理大厅里的灵堂。情绪激动的死者家属则被蓝色的人墙隔离在大厅外。而在马路上的声援团也出现了不稳定的情况，不少人重新回到马路中央，交通再次被堵塞了。

女人看到这一幕，腿软了。她逆着人流，扯下黑纱，开始往远处溜。走到一半，她突然想起来：说好的 50 块钱还没领呢。

她一咬牙，一跺脚，又往人群中央挤，那里有个披重孝的人，旁边站了个光头老头，脑门油光光的，应该是管账的。

在距离光头还有最后五米的地方，女人被小伙子警察拦了下来。稀里糊涂的，女人身子就腾空了，她被穿警服的小伙子们抬了起来。女人挣扎着，两手乱扒着，瘦削的屁股在空中来回晃荡。

女人被抬到很远的地方放下，小伙子警察对女人说：“赶紧回家做饭去吧，别瞎凑热闹了。”

女人看这一堵蓝色的人墙。而隔壁的杂货店的大喇叭里正传出一个男人热情澎湃的歌喉：“咱们老百姓呀，今儿个真高兴。”

女人拍了拍屁股，50 块钱是拿不到了，但她的手里却莫名其妙地多了一个警号：020153。一定是刚才挣扎的时候从小伙子身上撕扯下来的。

女人回到家，锅里的青椒炒蛋已经凉了。

女人坐在灶台前，发了一阵呆，接着把饭菜热了，盛了一碗，端进里屋。那里有女人的丈夫，早年患了矽肺病，嗓子里像是装了一个风箱，体虚得下不了床。

一顿无言的、推迟了的午饭后，女人收拾好碗筷，在堂屋撞见了不请自来的村长疤老三。

疤老三说："我把钱带来了，你看看，真金白银，你赶紧把协议签了吧。"

女人摇头，说："不签，签了我就没有活路了。"

疤老三说："这是村里百姓的集体决定。"

女人说："我怎么不知道？"

疤老三说："我是你们老百姓选出来的，我的决定，就是你们这些老百姓的决定。"

女人想起前年村长选举时，疤老三带着一千块钱到家里游说的场景。她很后悔自己收了那一千块钱。

疤老三没有再废话，他甚至没有使出一个眼色，身边一个黄发青年就从公文包里掏出两摞钱，照着女人的脸颊左右开弓，抽了十几个大耳光子，红色的钞票也在空中翻飞。

女人被抽傻了，直到村长和黄毛离开，她才发现指头上有了红色印泥，而桌子上则是一张土地转让协议，女人一屁股坐在地上，放声大哭起来。

哭了一会儿，女人停了下来，只留下男人在屋里拉着风箱，低声咆哮着一些含糊不清的语词。女人没有搭理男人，悄悄地出了门。

五

女人出门，左右看看，选择了左边那条路，路的尽头有一个水塘。

她在水塘边上坐了好大一会儿，然后起身，一步步地往水塘里面走。水面漫过了脚脖子，然后是大腿，然后是腰身，然后到了肩膀，最后，也只淹没到了肩膀处。

女人傻愣愣地站在水面中央，像是从水底长出的一株植物。

这时，从岸边传来另一个女人的喊声："哎哟喂，都是穷老百姓，你怎么想起来祸害我的鱼塘了？"

水里的女人看岸上的女人，不好意思地笑了笑。

岸上女人又说："你要想死，你到村长家的水塘，他那个塘子深。"

女人又笑了一会儿，哭了，她觉得自己挺傻。哭了一会儿，女人平静了。她从塘里上来，把脚上的泥洗干净，往县城去了。

六

女人想到了上午在医院外，那个小伙子警察说可以到法院起诉，法院会给个说法。

女人摸到了法院的大门，大门上高高悬挂着国徽，女人仰望着，觉得自己好渺小。

在办事大厅，一位别着小国徽的女孩递过来一张纸，让她把控诉内容写出来。

女人望着空白的诉状，难过地说："我不认字啊。"

女孩问女人："大娘，谁欺负你了啊？"

女人说："有人打我了。"

女孩看女人那一脸的沟壑，心有不忍地说："大娘，那你应该到派出所去报案的，让警察去把打你的人抓起来。"

女人窘迫地放下诉状，转身出了法院受案大厅。

女人按照女孩的指引，找到派出所。派出所门洞比法院小了很多，走廊的玻璃窗里有一排照片。女人凑近了看，发现了上午那个在医院劝他的小伙子。

女人站在玻璃窗前有些局促。玻璃反射了她现在的模样儿，她想起了上午到医院喊口号的事儿，还有她撕掉小伙子警察警号的事儿（警号正放在贴着大腿的裤子口袋里）。女人不敢往里面进了。

日头已经降了下来，天色却没有黑透，折腾了一下午。女人的肚子有些饿了，她估摸自己的男人肚子也饿了。她叹口气，返身回家了。

七

一夜无话。

第二日清早，女人没有下地，她结结实实睡了个懒觉。她迷糊间觉得那块耕耘多年的土地已经和她没关系了。

男人醒了，他打开床头上的电视，里面播放昨天的新闻画面：一个警察趴在一辆奔驰的引擎盖上，疾驰在县城的马路上。奔驰车终于被赶来的警车截停了。司机醉醺醺地下车，是女人那个村的村长疤老三。

万幸的是，警察只是受了点皮外伤，村长则被抓起来关进了看守所。

女人突然从被筒里跳出来，吓了男人一跳。女人到了院子，从鸡窝里摸出十几个土鸡蛋，放进篮子里，往派出所的方向去了。

其实，女人也不知道趴在引擎盖上的警察是不是昨天的那个警号是020153的小伙子，毕竟他们都穿一样的衣服，很难区别。

再次来到派出所的门外，女人又犹豫了。她歪过头，看空荡荡的院子没有人，便突然小跑进院，把一篮子的鸡蛋放在地上，然后又迅速退了出来，像是做贼一样。对了，鸡蛋上面还有小伙子被撕掉的警号。

八

女人喘口气，平静下来后，开始往家走。

她的手机响了，还是她的老姊妹说："赶紧来医院吧，领钱了，领完钱咱们接着闹啊。"

女人觉得自己嘴又笨了，她什么都没说，匆匆挂掉了电话。她觉得，老百姓就得老老实实的。

陷入琐碎思绪的女人没有注意到，在此刻，就在派出所外面，一个城管队员和一个卖草莓老汉正在吵吵。老汉抱怨道："平时也没见你们管。"城管也抱怨："文明城市创建嘛，我也没办法。"

在街南头，一个拆迁工地，拆迁户和钉子户互相跪下。拆迁户哭诉老人们都等着回迁呢！钉子户哭诉说："赔的钱太少啊。"拆迁女干部也哭了，说道："我也给你们跪了。"

而更远的地方，还是医院附近的那孑杂货摊，还在一遍遍地播放着："咱们老百姓呀，今儿个真高兴！"

下一站，丽人医院

清晨6点10分，山王镇汽车站。早起的市民已经等候在111路公交车前，准备赶赴一天的工作。熙攘的乘客有的面露焦急，有的仍显困顿朦胧，还有顾自沉默、若有所思。在他们惺忪的睡眼中，有个身影是如此熟悉：灰衣大褂、黑色布鞋，清澈双瞳下一幅如初晨阳光般的笑容。没错，他就是小憨，公交线路的老熟人，穿行在城市巴士上的守护者。

司机老时打开车门，便瞧见小憨第一个蹿上巴士。在迅速占据驾驶位后排的一个座位后，小憨朗声喊道："欢迎乘坐淮南公交，上车的乘客请买票，下一站丽人医院！"老时转身笑眯眯地说道："吃早饭了没，我给你带了鸡蛋卷饼。"

乘客们也习惯了小憨的存在，更有不那么羞涩的姑娘会祝小憨早安。他们习惯有着小憨的每一天，习惯他从日出到日落，在公交巴士上为司机报站名；或是挤开人群，搀扶老人上下车；又或是捡起乘客们有意无意丢在车上的碎屑。这些公交车上的琐碎事儿，构成了小憨一天的生活与工作。当然明眼人都能看得出来，小憨有点儿傻，用医学术语说，就是智力有点低下。

公交上的一些镇上的老人们，也曾见过小憨的父亲老憨，20世纪的一位老售票员。他们还依稀记得老憨娶妻生子的人生抉择，吞下小憨智力低下的无奈现实，以及他中年丧妻后的艰难生活。

当然这些老人们，更津津乐道老憨将小憨带上公交车的那些日子。在工作间隙，老憨会教小憨辨识五毛、一块的钱币及车票，也让小憨模仿着报上几站公交站名，或是端坐在售票员座上，好好享受小憨为他捶肩捏背。

时间在父子相守的十多年中，显得甜蜜且悠长。而对于小镇乃至城市，又是轮转得如此飞快。沐浴在新世纪的阳光下，万事万物都在大踏步地奔流向前，新的大楼、新的马路、新的生活方式，仿佛一切都在变革发展着。而这股洪流，也裹挟着五十多岁的老憨，以及快三十岁的小憨一同蹒跚向前。

很快，公交线路由国营改制为私营。为了节省成本、提高效益，无人售票车逐渐取代了老旧的公交巴士，失去工作价值的老憨和他的售票工友纷纷提前退休。不断飙升的物价，让仅靠微薄退休金维系生活的老憨爷俩困难重重。而祸不单行，被诊断出了肺癌的老憨，在焦虑与不舍中，很快离开人世。

在此后的一段时间里，邻居们看到如遗世独立般的小憨，会突然出现在某个十字路口、某座商场、某条街巷，或是偶尔出现在居委会大院，讨上一顿饱饭。再接着，人们便再也寻不见他的踪影，小憨就这样消失在人们的视界，如一粒沙石被抛向大海，激不起一丝水花。

没有人知道在这段时间，小憨去了哪里，做了什么，流连过多少垃圾桶，露宿过多少广场涵洞，忍受了多少饥寒交迫，受尽了多少冷眼辱骂。当然，这一切的遭遇，或许不会有多少人在意。

后来，听说老憨曾经的徒弟，现在的公交司机，将小憨从一群地痞流氓的拳脚中解救出来，将他带上公交，带至公司；为他洗澡，为他换衣，并让他美美地饱餐一顿，当然这只是听说的故事。

镇上的人所知道的，是之后不久，在穿行城市的环线 111 路公交车上，乘客们看到一位光头小伙端坐在驾驶位后侧，朗声报着公交站名。那些老人们带上老花镜仔细一瞧，说："哟，这不是小憨嘛！还是那傻呵呵的样子，就是脑袋剃成了个电灯泡！"

自那以后，小憨便成了公交巴士上的"常驻会员"。从早到晚，不仅身兼本不存在的售票员角色，更成了乘客们的守护神，让那些扒手们敬而远之。盗贼们可不愿意和脑子一根筋的人打交道。当然这样的"会员"，赢得了所有司机和乘客们的欢迎。偶有新上岗的司机要收小憨车票钱，被乘车的大妈们数落一路。

而小憨也在大家的关爱下，重新焕发了生命的光彩：穿着乘客们翻箱倒柜淘下的衣服，吃着司机们备下的餐饭。小憨在大家的帮助下，如新发的嫩苗，享受着这座城市的各种美好。而他那如初晨阳光般的憨笑，也同样照进每位乘客的内心，在爱与被爱之间，扫去灵魂的阴霾，荡涤心灵的尘埃。

铁拐李和瞎眼黄

一　铁拐李

李老爹终于入土为安，作为长子的铁拐李将拐杖靠在墓碑上，跪在地上深深磕了三个头。当他最后将头抬起，瞧见墓碑上镶嵌的李老爹生前照片，饱经风霜的脸上还挂着难以消减的忧愁。铁拐李暗为父亲的解脱感到欣慰，愣了几秒钟，抹抹眼泪，便起身让过了二弟和弟媳。

从墓区下山，铁拐李的腋下磨出了鲜红的嫩肉，生疼。他扒拉自己的杂货柜，想找碘酒处理一下。里屋的弟媳妇解开头上的白纱，说："不用了，我已经把你的东西打包了，都放在外面的柴火房里。"铁拐李一怔，明白过来，这是要分家了。

散伙饭上，弟媳妇掏出两摞钱，破天荒喊了声大哥，说："老爹生前没留下什么家财，这两万元是老爹葬礼上，你二弟朋友们随的份子钱，全给你了！"弟媳妇把钱往铁拐李怀里一摁，像是不放心，又强调一句，"你知道的，你没啥朋友，这些钱可都是你二弟收的，就当是我们把你那间小屋买下来了吧。"

铁拐李觉得这个画面很熟悉，这是他多年间在电视剧里看到的狗血情节，也是多年间在自己睡梦里预演的悲情画面，即便他心里清楚，作为一个只会修鞋的瘸子，拿走这两万元的散伙费大概是最好的结局了。只是，只是没想到来得会这么快，铁拐李感到很空白，脑海里不断萦绕着"尸骨未寒"四个字。

他转向二弟，他的亲生兄弟，这个世界唯一还有血亲的人，眼神中流露着低贱的尊严和卑微的祈求。可是，他看到的只是二弟缓缓端起酒杯，喉结动了动，吐出一句话："大哥，我敬你！"

好吧，没什么好说的，可以滚蛋了。

铁拐李将自己的铺盖卷丢到一家钉子户待拆的房子里，房主没要钱，只是要求他守住这间空房子，不要被开发商半夜给偷扒了。然后，铁拐李拄着拐，牵着滚轮小车，拖着修鞋工具去找新的工作地儿。他不愿意再在老房子附近营生，被扫地出门总归是很丢人的事情，再求老邻居施舍，更是让他接受不了。

铁拐李把行头放在山王镇菜市口，卖肉的不干，还没争辩几句，肉夫已经在磨刀霍霍；铁拐李把行头放在小吃街口，摊鸡蛋饼的不干，说鞋臭味影响食欲，用一堆碎蛋壳往他头上招呼；铁拐李又把行头停在乞丐聚集的桥洞下，老乞丐们更不干，说铁拐李来抢地盘抢生意，一起对他施展打狗棍法。

游荡了半个小镇，铁拐李终于瞅上步行街西门的一小块空地，可以遮风避雨，对面还有个平价鞋城，可谓是风水宝地。更为可贵的是，空地前只有一个算命的瞎眼老头操着南方口音在那儿给人掰活着什么。铁拐李暗自忖度：比起瞎子，我这个瘸子还是有优势的。

铁拐李笃定主意，拉着滚轮车，停在空地前，默不吭声一件件将工具放在地上，一副“此路是我开，此树是我栽”的霸气。铁拐李偷眼瞅身边的瞎子，只见他翻着眼白，掐着手指，气定神闲地为人解读着三生五世，丝毫没有觉察到铁拐李的存在。

下午的阳光很好，铁拐李靠在身后的石阶，眯缝着眼享受半日奔波后的悠闲，不觉间，竟然睡了过去。似醒非醒间，铁拐李的腰间一阵酸，他伸手去抓，却抓到了一根木棍。铁拐李翻身起来，看到瞎眼老头正在用手杖戳着自己。

铁拐李还没开口，便听到瞎眼老头一声叹息：“前人栽树后人乘凉，前人修路后人行。”铁拐李眨巴眨巴眼睛，觉着瞎眼老头的话太文绉绉，没参透他啥意思。

两个人沉默了一会儿，瞎眼老头沉不住气了，突然用手杖不停戳着地，说：“先来者为尊，你个修鞋的瘸子占了我的地儿，连个屁都不准备放？”

铁拐李的锉刀当啷一声掉在地上，下巴也像是脱了臼，惊得挂在脖颈上合不拢。呆了许久，铁拐李才把下巴复归原位，不利索地问道：“你怎么知道我是瘸子，你怎么知道修鞋的？”

瞎眼老头捻着胡子，慢悠悠地说道："本尊开了天眼，什么看不清？"顿了顿，"全县的男女老少都要敬我一声大仙，黄大仙！"

"大仙……"铁拐李不自觉学了舌。

"好吧，瘸子，你留下吧，老头儿正缺个伴呢。"

就这样，在瞎眼黄的恩赦下，铁拐李总算安顿了下来。

二 瞎眼黄

瞎眼黄是个瘦老头，青布褂，灰长裤，鹰钩鼻上顶着一副大墨镜，颇有种暗藏玄机的神秘；而飘逸的胡须，则更有股仙风道骨的味道。

不下雨的时候，瞎眼黄搬个马扎，靠墙而坐，迎着阳光照射的方向晒太阳，半天不会动一下，只有两只招风耳不时神经质地微颤。

遇到来客了，黄老头也还是岿然不动，很有种姜子牙愿者上钩的清高。直到来人作个揖，喊一声大师。黄老头这才伸出手，作个请坐的姿势。

来人大多是回头客，都被黄老头指点过迷津，或是老带新，在口口相传中，来求一求未来的运气。他们说黄老头有股贵气，他从来不开口问来客要算命钱，给多给少都是个缘；他们说黄老头有股仙气，虽然看起来年事已高，却精神抖擞，声如洪钟，脑门上时时泛着光亮；他们还说黄老头有儒家之气，引经据典，学贯古今，让迷惑者茅塞顿开，让苦闷者心思通达。

当然，传说就是这样，人吹成了神，神吹成了鬼，鬼又投胎成了人，而其中那些花花绕的始作俑者，便是瞎眼黄自己，其中门道，时间久了，就连铁拐李也看出了一二。

黄老头是不主动要钱，但是他会在话里摞缸子，什么千金散尽啊，什么破财消灾啊，一顿坑蒙诱拐，由不得来算命的人不解囊。而实在遇到那种不接缸的石头缝子，黄老头免不了有意无意拿厄运点拨几句，然后跷起二郎腿，不语送客。

黄老头的仙气，铁拐李也知晓其中奥秘。黄老头大概是头上经常起疮，痒得厉害，便从药房里配了一种无色的膏药，抹在头顶上。太阳一晒，化成了液体，糊满了整个脑门，油光锃亮，这倒也被黄老头解读为精神矍铄的标志。而黄老头的年龄，在铁拐李细细看来，倒也不像他吹嘘的七十有三，偶尔背着人啃起猪蹄子来，牙口胃口倒是一点也不含糊。

至于那股什么儒家之气，在铁拐李听来，就像是讲评书，东拉西扯，倒也很有趣，引得铁拐李也不觉间慢下手边的活儿，凑近耳朵听一段，什么一枕黄粱啊，什么赵州顶履啊，道家佛家的一顿猛灌，再指着旁听的铁拐李，说："看人家一个瘸子，自力更生，艰苦奋斗，一切便皆有可能，正所谓易经第一卦，天行健君子以自强不息，地势坤君子以厚德载物。"喃，话说得这么圆满，倒不像是来算命，像是来接受精神洗礼的了。

的确，近了就没了美感，没了神秘。铁拐李有时候听瞎眼黄瞎掰活的时候，会忍不住笑出声。瞎眼黄就会装作无意碰倒那根导盲杖，砸到铁拐李的脑袋上，算是警告。

铁拐李觉得棍子砸得挺准，像是长了眼。而这只眼，是否隐藏在那黑色的镜片后，铁拐李也说不准。

反正在路人看来，一个沉默的修鞋瘸子，一个神神道道的算命瞎子，倒也非常和谐。

三　铁拐李

铁拐李的生意一直惨淡经营。县城里的人已经发达起来，不会再过那种新三年旧三年、缝缝补补又三年的日子了。男人的皮鞋断了底，扔！女人的高跟鞋断了帮，扔！小孩儿球鞋烂了面，扔！于是，卖鞋的生意是越来越好，而修鞋的生意只能勉强维持。

铁拐李也想发展些副业，搞些横向经营。比如，给人修个车、补个胎什么的，但街东头修车的老头不干，拎着一个打气筒颤巍巍地来到铁拐李的摊上，一副要拼命的架势。铁拐李不服，被瞎眼黄劝住了。他从包里掏出一包软中华，敬了一根，说了几句好话，才摆平了这事。临走了，老头儿还顺走了铁拐李的一盒铁钉。铁拐李生闷气，整个下午鼻子都哼唧哼唧的，瞎眼黄把剩下半包软中华扔给铁拐李，劝他说："老头儿都快八十啦，我掐指算他也没几天活头，不久的将来，你就能垄断这条路的修车市场啦！"

于是，铁拐李便老老实实地修他的鞋。逛这条步行街的女人很多，免不了会有崴了脚、断了鞋跟的，便会临时跑到铁拐李的摊上，把鞋一脱，坐在小马扎上看手机。铁拐李则左敲敲、右打打，埋头专心干自己的活，或是假装专心干自己的活。

他会偷眼看女人的脚，特别是那些漂亮女人的脚，有的精致如小船，在小腿的带动下划着优雅的弧线；有的白皙如玉笋，浅浅的血管跃然于光滑的脚面上；有的隐约如薄纱，在颜色不同的丝袜下，朦胧着神秘的味道。

瞎眼黄也会观察女人，用鼻子，像是一把笊篱，先把那些由脚丫散发的酸臭味给剥离，寻踪觅迹般去找那些掩饰在酸臭下的中味、后味。他会嗅到香水的味道，知道这个女人养尊处优，未尝世间艰辛；他会嗅到青菜的味道，知道这个女人忙于家常，经年累月间忘却自我；他甚至会穿透衣衫，嗅到乳香，知道这是位新妈妈，正体会着初为人母的快乐。他会冷不丁地对这位新妈妈说："孩子不要带得太暖哟。"

一语中的，就这样，新妈妈把鞋子丢给瘸子，屁股则挪到了瞎眼黄那里，听他瞎掰那些自创的育儿经，却总会在某一点达到共鸣，于是愈发对瞎眼黄敬佩有加，忍不住求一签、算一卦，奉上一份礼金。

螳螂捕蝉，黄雀在后。铁拐李是他的钩，鼻子则是他的线。瞎眼黄经常把瘸子的客人钓到自己的算命摊，按他说，这就叫作强强联合。听到这，铁拐李总是不屑地撇撇嘴。

四　瞎眼黄

瞎眼黄内心还是觉得铁拐李挺可怜的，他上下嘴唇一拨拉，便是大几十，他铁拐李忙乎半天，不过两三块。瞎眼黄便拐弯抹角周济他，一包烟撕开，留一半，送一半，说是抽多了咳嗽；猪蹄子买两只，吃一只，送一只，说是吃多了腻味。

起初铁拐李还不愿意收，事关尊严，兹事体大。但经不起瞎眼黄频繁馈赠，便也不发一言地抽了他的烟，吃了他的肉。有的傍晚，瞎子和瘸子收了摊，凑着垃圾桶边啃猪蹄。瞎眼黄要情面，希望铁拐李好歹表达下谢意。可铁拐李吃了也不嘴短，啃完猪蹄后，把油手在衣服上蹭蹭，扭头就走。留下瞎眼黄愤恨地骂道："喂不熟的瘸子，真是瞎了我的眼。"不过转念一想，自己就是瞎子，便瞬间没了言语。第二日，却还依然好烟好肉供给瘸子。

瘸子也想表达一下谢意，但他就那闷葫芦的性格。不同的身体构造，让他早年学会了贱人一等的低调，不去争也不去抢，不夸好也不骂坏，连个“不”字，都很难说得出口。因此，当瞎眼黄提出要到他的“寒舍”一访的时候，铁拐李不置可否，连个“哦”都没吭。

于是，傍晚到了，两人收了摊。铁拐李拉着小拉车，拄着拐棍在前面左摇右晃。瞎眼黄在后面敲着导盲杖，顺着车轮吱呀声亦步亦趋。铁拐李有时停下来，回过头，发现瞎子也停下来，哼着二泉映月，百无聊赖。铁拐李咬咬牙，转过身继续往前走。铁拐李打心眼不想让瞎老头跟着，他那破窝，有什么好看的。再说了，他一个瞎子能看出什么，更何况看完了，还得他把瞎老头给送出来，不然迷了路该怎么办。

走着走着，到了一片废墟。楼房被拆成了碎石，遍地都是，只有中间一条被钉子户们踩出的小道。瞎眼黄不走了，他停在一片碎石前，犹豫着。铁拐李摇摇头，把小拉车上的家什扛在肩上，再把瞎老头安顿坐在拉车上，拉着他往前走。拉车上的颠簸让瞎眼黄上下牙不停打着架，他想张口要铁拐李慢一点，但一转念，脑海中出现一幅一人一拐一车的画面，便自觉地闭上了嘴。

铁拐李的“寒舍”到了，早已被颠得七荤八素的瞎眼黄的心情，却也变得十分感伤，他用导盲杖敲着掉白灰的天花板，他用鼻子嗅着破出棉絮的铺盖，他用嘴巴呼吸着断水多时的卫生间的恶臭，他用空出来柔软松弛的左手牵着铁拐李粗硬长满厚茧的右手，说道：“跟我走，瞎老头带你去享享福。”

瞎眼黄把铁拐李带到了一家澡堂，放下了铁拐和导盲杖，除去了衣物，让热水漫过各自的脖子，感受皮肤慢慢变软，骨头慢慢变酥的过程。两个人谁都没说话，沉默中，却有着老友般的默契，而升腾的水汽则仿佛是最好的催眠剂。过了许久，瞎眼黄问铁拐李：“泡好了没？泡好了，我找人给你搓搓背。”

于是，另一个瞎老头，穿着一条大裤衩，进了澡堂里。瞎眼黄介绍说，这是他御用的搓背师傅，瞎眼方，手法一流。瞎眼方先用刷子给搓澡的床板刷干净，再拿塑料盆接了一盆热水浇透，作了个请的手势，把铁拐李让到

床板上。

铁拐李只觉得两只大手在自己的身上翻来覆去地揉搓，一边搓，一边洗，长这么大，还没享受过这待遇。他倒有点儿不自然，两个大男人，摸来摸去，瘆得慌。但慢慢地，当热水冲去那些陈年污垢，当他被掩埋的毛孔慢慢透过气来，铁拐李觉得出一股极大困乏的舒坦，再大的刺激都抵挡不住涌来的睡意，他竟慢慢地闭上了眼。朦胧间，一头大狮子从雾气中漫步而来，绕着床板上的铁拐李走了一圈，将它大大的脑袋悬于铁拐李的脸上方，垂下的狮鬃一缕缕将铁拐李包裹。突然，狮子仰头痛苦嘶吼，狮鬃化成红色的血流，将无力挣扎的铁拐李淹没。

五 铁拐李

自从澡堂坦诚相见后，铁拐李和瞎眼黄的关系更亲近了几分。铁拐李会主动向瞎眼黄讲述自己的家庭，父母的无奈、兄弟的无情，甚至铁拐李还讲到了银行户头上分毫未动的那两万元钱。

瞎眼黄问铁拐李以后作何打算，铁拐李摇摇头，说：“不知道，干一天是一天，就像街那头的修车老头，都快八十了，还在外面给人扒胎补胎。”

说完，铁拐李扭头瞧瞧瞎眼黄，黑色的墨镜下没有任何表情。铁拐李突然觉得修车的老头和瞎眼黄都是一样的，孤苦伶仃，老无所依。他心里有些难受，但转念又觉得可笑：他又有什么资格替别人感到悲哀呢。

铁拐李也会忍不住问瞎眼黄：“你不是自称开了天眼吗，那你的未来会怎样？”瞎眼黄板着脸说：“没有自己给自己算命的，天机不能妄自菲薄，会折寿的。”说完，瞎眼黄把鼻子往铁拐李的脑袋上凑，向他耳语道：“你命中必有贵人相助！”

铁拐李瞧着龇着黄牙嘿嘿笑的瞎眼黄，不屑地说道：“你还是省省口舌，我可没钱付你的算命费。”

话多了，两人间自然就少了许多禁忌。瞎眼黄一直喊铁拐李为瘸子，像是使唤佣人一样，说：“瘸子，给我买根冰棍。”“瘸子，把我的瓜子壳倒掉。”“瘸子，扶着我去撒尿。”

铁拐李慢慢也把瞎子喊顺了口：“瞎子，可收摊？”“瞎子，可有烟了？”瞎子，你刚才也太扯淡了，没少收那富婆钱吧。”

两个人每日就是靠坐在鞋城门口的那片空地上，干着活，晒着太阳，闲扯着淡，像是两位国王，不愁吃不愁喝；也像是两只食草袋鼠，没有天敌，对人无害。

六 瞎眼黄

慢慢地，瞎眼黄的话少了许多，他成了倾听者，铁拐李那祥林嫂般的喋喋不休竟成了瞎眼黄追索回忆的背景音，他的思绪早已飘回到南方的故乡，飘回到自己走过的几十年时光。

幸好有那副大大的墨镜，遮掩了瞎眼黄的所有情绪，即便瞎眼黄觉得悲哀已经化成了水，从皱纹里渗出；痛苦已经深入了骨髓，摇晃着他的指尖，啃噬他的脑袋。

难以自持——瞎眼黄就从布袋里掏出一包烟，撕开，点上，猛抽几口。不过瘾——便偷偷将焖烧的烟头按在小腿肚上，细细的嘶嘶声由外而内，接管了他的全部精力。最后烟头灭了，瞎眼黄半靠在台阶上，气若游丝，慢慢平静下来。

一日，一对情侣来算姻缘。男人梳着飞机头，带着金链子；女人则衣衫宽松，像是怀了孕。男人谄笑着，把两百元递给瞎眼黄。瞎眼黄把男人的手推开，对女人说：“你和她不合适，分了吧。”女人咬咬嘴唇，没说话。男人跳起来，咋咋呼呼问为什么。瞎眼黄捡起靠在一边的导盲棍立在身前，站起身，说道：“为什么？因为你不爱她，你要和她分手！你昨天过来找我设局，让我说你们八字不合，让我说你们命中相克，不得好死。如此，你便可以自由；如此，我也便可以赚你手中的那两百元钱。”

男人的脸憋得通红，女人大滴的眼泪滑落脸颊。瞎眼黄敲了敲导盲棍，往男人脚边吐了口唾沫，说道：“脓包，滚吧！”

女人走了，男人跑着去追。不一会儿，男人又回来了，还带了两个男人。这是来找事了。铁拐李挡在了瞎眼黄的身前，手中横握着颤抖的铁拐。双方就这样僵持着。突然，铁拐李听到背后一声闷响，瞎眼黄倒在了地上，嘴里吐着血沫儿。

男人们傻了，或许是在一瞬间想到了电视报道里那些假摔讹诈的老人，但这演技也太逼真了吧。他们不敢逗留，丢下两句恶狠狠的话，一起转身离开了。

铁拐李扶着瞎眼黄去了医院。瞎眼黄摆摆手，两根手指一捏，作出个数票的举动，暗示没有看病的钱。最终，在瞎眼黄的坚持下，铁拐李将他送到一家小诊所，挂了两瓶吊水，躺在诊所的床上休息。铁拐李则一瘸一拐，跑前跑后伺候着。

瞎眼黄听着铁拐李的拐棍在地面忽远忽近的敲击声，微微一笑，心想：想不到我也能遇到个瘸腿贵人。

七 铁拐李

铁拐李有些烦，瞎眼黄也是，近来有人和他们过不去。谁？城管！

城管也是先礼后兵，先是一个光头城管队长偶尔开车经过，车也不下，只是从车窗扔给他们一张限期搬离通知书，然后绝尘而去；有时是两三个志愿者大妈，戴着红袖章，拿着大喇叭对他们喊“创文明城市，做文明市民”；有时来一群年轻小伙子，下巴干干净净的没有一丝胡茬，把他和瞎眼黄围成一圈，大眼瞪小眼的沉默对视。

铁拐李脾气硬，他站起来往前逼一步，城管小年轻则往后退一步；铁拐李再往前一步，小年轻齐齐伸出胳膊，说：“君子动口不动手。”瞎眼黄无所谓，听着收音机里的小曲儿，挨个数落小伙子们的事业、姻缘。

文明县城达标的日子越来越近，光头城管队长再次把车停在了他俩的摊前，拉了手刹，熄了火，下了车。

来者不善啊！铁拐李低头不语。光头队长绕着他俩转了一圈，不耐烦地喊道：“搬、搬、搬，赶紧搬。”瞎眼黄从包里又摸出一包软中华，把烟递给光头队长，问：“政府，干吗搬啊？”

光头队长没接烟，只是从嘴里蹦出四个字：“影响市容！”

铁拐李忍不下去了，挣扎着站起来，说：“我们怎么影响市容了，瞧不起我们残疾人？”

光头队长往后撤了一步，没有再废话，而是作了个手势。

身后几个没穿制服的小伙子就上来没收他们的工具，有个小伙子胳膊上还文了一条青龙。

铁拐李一看要来真的，也尿了，拉起瞎眼黄赶紧跑。城管也不追，只在后面瞎咋呼，看到他们离开自己负责的步行街，便打道回府。

之后的几天，小镇的人们便经常看见：一个瘸子一手拄着拐杖，一手拉着小车往前奔，他的小车上除了装修鞋的家什，还有一个瞎老头。而这个瞎老头则一手攥着导盲棍，一手扒住小拉车的边沿，生怕摔下车。两人好容易找到一处落脚点，又一群城管杀到，他们再次开始了小拉车的逃亡。

如此，阵地战便成了游击战，铁拐李和瞎眼黄苦撑到了文明城市达标验收的前夜。

而此时，城管大楼会议室里一片黑漆，只有投影仪发射出的光束投在白墙上，显出了修鞋的铁拐李、算命的瞎眼黄、摊鸡蛋饼的廖大妈、修车的孙老头等一帮人等。城管胡局长坐在长桌的一端，手中的烟头忽明忽灭。幻灯片放完了，胡局长狠狠地抽了口烟，烟雾从鼻孔里喷出来。包括光头在内的中队长们都在压抑的氛围中等待胡局长的指示。胡局长将烟蒂拧灭在烟灰缸里，站起身，发了话："明天把这几个人都给我拉到训练基地去，坚决不能让他们出现在街面上。"胡局长顿了顿，用手指叩了叩红木桌面，"谁他妈给我碍事一时，我给他碍事一世！"说完，转身出了会议室。

八　瞎眼黄

一大清早，瞎眼黄的胃就不太舒服，吃了根油条，吐了；喝了碗稀饭，也吐了。瞎眼黄好容易挨到茶摊，想要壶黄山毛峰，却发现露天的茶摊空空荡荡，穿堂风呼啸而过，瞎眼黄有了不祥的预感。

瞎眼黄又一步步撑到了算命摊，几个小伙子便前前后后把他围了起来。有人接过了他的导盲杖，有人扛过了他的算命幌，还有人左右架起了他的胳膊，说："老爷子，您跟咱走吧。"然后他就被小伙子们架上了车。

"哐当"一声，面包车后门被关了起来，瞎眼黄感到自己的手被人握住。铁拐李说道："瞎子，我还以为你算准了要出事，今天歇摊了呢。"瞎眼黄先是擦擦汗，再是摆摆手，说："百密而一疏啊。"铁拐李无奈笑笑，关切道：

“瞎子，怎么满脸是汗？”瞎眼黄慢慢靠在面包车壁上，笑笑说：“要死的人了，百川入海，血肉归尘。”说完，面包车里就陷入了沉默。偶尔听见经常在街上晃荡的傻子吴老二在低声抽泣，还有他脚边那条杂毛狗在喉咙里呜来呜去。

在路上颠簸了半个小时，县城的尘嚣慢慢宁静下来，路边出现了农民的挑担叫卖声，而从车窗汩汩涌进的风更多夹杂着春日麦苗的气息。瞎眼黄将半边脸侧向窗口，沉默感受着这一份平静，风慢慢吹干了他脸上的汗，也吹乱了他花白的头发。

面包车拐了几个弯，进了个院子，到了目的地。车门被打开，一车人被带进了一间大屋子，瞎眼黄在铁拐李的搀扶下，顺着墙根慢慢坐下。而此刻，房门也被从外面关上，上了锁。门外的人向屋里喊道：“有上厕所的，吱一声。中午给你们送饭。”

一上午滴水未进的瞎眼黄捂着胃，上牙狠狠地咬着下嘴唇，竟没发出一声哼唧。铁拐李从水瓶里倒了一杯水，冰凉的，端给瞎眼黄。瞎眼黄喝了一口，含了半天，才咽下喉咙，然后便怀抱着拐杖，靠在墙边，独自消化体内的痛苦。而铁拐李在经历了一上午的折腾后，也慢慢睡着了。

不知道沉睡了多久，铁拐李感到有人在推他。瞎眼黄咬咬牙对他说：“瘸子，你把外面管事的喊进来，老兄我可能要先走一步了。”铁拐李还没睡醒，懵懵懂懂的，他把挂在眼前的一根稻草捋掉，摇摇晃晃走到门前，把那个光头队长喊了进来。

光头队长的耳朵凑在瞎眼黄的嘴边，听瞎眼黄说了一个名字，还有一串电话号码。然后他扭过头，疑惑地看了看瞎眼黄，像是试图寻找某种欺骗痕迹，随后便一言不发出了屋子。

过了一刻钟，光头队长带几个小年轻涌进屋里，一口一个黄老，前倨后恭地将瞎眼黄护送出了屋子，留下铁拐李愣愣地看着一群人的背影，不得而解。再过了十几分钟，一辆黑色帕萨特急刹进了院子。大腹便便的胡局长忙不迭下了车，进了隔壁的房间。没一会儿，瞎眼黄又被搀扶着出了房间，领着往小车走。瞎眼黄停了下来，转过身，一大群人也跟着转过身。瞎眼黄进了关铁拐李的屋子，对着看傻了的铁拐李说道：“瘸子，等着我！”

然后，瞎眼黄就走了。

然后，铁拐李再也没有见过他……

九 尾声

文明县城的评选结束，铁拐李的县城出人意料地落榜，据说是那位胡局长捅了大娄子，得罪了什么领导。有人看到胡局长收拾一箱文件，搬出局长办公室时，不停地摇着头，说："百密而一疏啊！百密而一疏啊！"

铁拐李的生活则回到原来的轨道，依旧日出出摊，日落收摊，依旧拄着越发光亮的铁拐，依旧住在那栋拔不掉的钉子房。只是铁拐李嘴巴空落落的，没有人再和他拌嘴了，最多是逮到愿意聊天的修鞋客人，瞎扯几句。他的心里更是空落落的，经常下意识地扭头看看瞎眼黄曾经的摊儿，琢磨着瞎眼黄还让他等多久。

一日清晨，铁拐李刚安置好修鞋摊，对面店面的房东沈大娘就径直走到铁拐李的面前，递给铁拐李一封信，还有一把钥匙。铁拐李很疑惑，他将钥匙放在一边，拆开了信封，一页纸，几行字歪歪扭扭、形如蝌蚪：

瘸腿老弟：

收到这封信的时候，大概我们已经天人两隔了。

我来自南方的一座城市，退休前是一名机械工程师，因为一场事故，瞎了眼，老伴去世得早，儿子便接我到了他的家。家里有保姆，有司机，有警卫，独独缺了我的那几个子女。我知道他们都忙，顾不了我这个瞎子。不过我也无所谓，我养花养草，养鱼养猫，并不寂寞。

后来到医院体检，我查出了胃癌。我没有很难过，我想到了离家出走，毕竟这个世界还有那么多我没有去的地方，于是我一个人悄悄出了我的城，到了许多城，包括你的城。

你知道，我不懂算命的，我只喜欢瞎扯淡，我喜欢人们搭理我这个瞎老头，让我有存在感。后来我遇到了你，听了你的故事，我想帮你，想成为你的贵人，于是我没有再往前走，而是选择留了下来。

慢慢地，我喜欢上了你这个瘸子，在一起啃猪蹄的时候，在一起泡澡的时候，在一起互相寒碜的时候，是你让我更加快乐，是你温暖了我这个瞎老头最后的时光。你是我的贵人。

人生就是不断地放下，然而痛心的是，我还没来得及与你好好告别。希望你能记住我这个瞎老头，希望你能继续热爱身边的人，珍惜当下的生活，相信光明与美好，无论曾从怎样的污秽和黑暗中走来。

最后和你说一声，我把鞋摊对面的那家空门面房给盘下来了，当作一个小礼物，送给你。

就这样吧，再见！

铁拐李读完这封信，抬起头，越过沈大娘的肩膀，望向远方的天际。泪水朦胧了他的双眼，而初升的朝阳，却透过这汪泪水，显得无比光辉、无比润泽……

红玫瑰、白玫瑰

山王派出所门前的马路往下走两百米，路南头，就在顾妈包子店的隔壁，有一家“大台北”奶茶店，如同全市、全省乃至全国的“大台北”奶茶店一般，黄色的门头，红色的灯箱，绿白格子相间的天花板。如果你踮起脚，伸长脖子，还能看见坐在高高柜台后面的店老板，一个广东仔，深深的眼窝、高高的颧骨、三七分头，标准南方模样，不用说话都能看得出来。

虽然每天上下班四趟路过这家店，但大黄对它的关注绝对不及供养大黄好几年早饭的包子店。直到有天晚上巡逻，司机板扎的胳膊肘戳戳大黄的腰眼，眼睛却在瞟着奶茶店，操着一般人我不告诉他的语气：“这家店，嘿嘿，有故事。”

有了心，留了神，的确发现了故事。

除了广东仔，若要细心观察，还能发现广东妹，两个，深居简出，同样隐藏在高高的柜台后面。广东姊妹长相差不多，肤黑、腰细、个儿矮，不大的脸上点缀着小巧的鼻眼，不同的刘海是区分两人最显著的标志。留齐刘海的，大黄心里暗称她为红玫瑰；斜刘海，就叫白玫瑰。红玫瑰、白玫瑰，广东仔好福气！

红、白玫瑰很低调，不怎么和人接触，广东仔也是，语言阻隔的不仅是交流，也阻隔了信任。从天色擦黑，到夜幕沉沉，直到饺子店收了摊，大排档熄了灯，小卖部里面的电视不再言语，红玫瑰、白玫瑰才会端出盆，刷锅刷碗，洗衣洗菜，一盆水脏了，倒进路边的下水道，再接一盆，继续洗。广东仔也从柜台后钻出来，半躺在藤条椅里，无聊地看两个女人在洗洗涮涮。

男人看女人，大黄在看他们。生活是琐碎的，但即便再波澜不惊，却也透着股味道。这种味道，在一个男人和两个女人间，氤氲朦胧、不清不楚地存在着：日积月累的行为模式，虽当事人习以为常，认为隐藏得天衣无缝，但却在不经意的举手投足间，露出了马脚，更何况冷眼观察的是破过许多案的警察。

好奇心终难抑制，有个夏夜，凌晨十一点，大黄将巡逻车停在了奶茶店门口。板扎睡眼惺忪地说："停这干吗？"

"买杯奶茶。"

板扎望着大黄，面瘫两秒后，立刻像打了鸡血，有了精神："我也去。"

大黄点了杯芒果冰沙，板扎点了杯红茶。大黄递过去十元钱，广东仔不愿收，一番推搡，大黄把钱扔进了柜台后面的铁皮桶。

广东仔开始配料榨汁，红玫瑰打开门，从黑瞎瞎的里间出来帮忙。不大的空间，两个人的身体不时碰在一起。板扎向大黄探询，大黄清清嗓子，说："你们搬过来几年了？"

"到年底满四年。"男人不抬头地回话。

"生意怎么样呢？"

"一般般，学生放假时差一点，开学后好一点。"

沉默一会儿，大黄直奔主题，问道："房子是租人家的吧，消防设施有没有呢？"

男人抬起头，看看大黄，张口不语。

"能进去看一看吗？"板扎按捺不住了。

广东仔看看红玫瑰，再看看大黄他俩，没有说话，只是把柜台延伸出来的隔板掀开，身子侧到了一边。大黄和板扎鱼贯而入，穿过小门，被里间的黑暗吞噬。待到鼻子充满了霉湿，待到眼睛适应了黑暗，大黄看见了房子中间的一张床，双人床，还看见白玫瑰，穿着睡衣，坐在床边。白玫瑰没有看他俩，也无心看电视，手中的遥控器在给电视下着一个个切换频道的指令。

环顾四周，除了厨房和卫生间，再无多余的空间，一条铁丝如对角线，连接了卧室的两个角，上面悬挂着三人的衣物，像一面面无力的旗帜。

不知怎的，大黄嗓子有些堵，回头看看板扎，他一脸木然。大黄转身往外走，板扎走在前面。广东仔已经把两杯饮料做好，递给他俩。大黄关照一句："这么晚了，早点关门，注意安全。"

广东仔点点头，冲他俩笑笑。

回到巡逻车，大黄和板扎都没说话。良久，板扎叹口气："冰沙快化成水了。"于是，大黄再次把车打着火，空调吹来凉风，慢慢充盈整个车厢，将他俩从沉闷中解脱。

第二天清早，夜巡结束，大黄躺在床上，困顿欲睡，迷迷糊糊间觉出，那种味道，一个男人和两个女人间的，不仅仅是爱，是性，是甜蜜；也是苦，是悲，是无奈。而其中的当事人，在太多的不足为外人道中，也慢慢学会了坚忍，学会了沉默。

百味杂陈，或许，这才是生活最真实的味道。

我就是任性，怎么了

有钱很任性，没钱也任性；打人很任性，被打也任性；帅男很任性，丑女也任性；雌的很任性，雄的也任性；驴子很任性，骡子也任性；地球很任性，太阳更任性；你们很任性，我也很任性。

哼……

——大黄语录

在大黄到山王派出所后，他听老警讲了两个发生在当地的故事，觉得很任性，也觉得很好玩，就在日记里面写了下来。

任性（男人篇）

这个事情发生在“非典”横行的2003年。

教数学的孙老师在东部城区吃饭，没喝酒，但结束得很晚，只得打车回西部郊区山王镇的家。

二十多公里的路程，坐在副驾驶的孙老师不断偷眼瞟跳动的计价器，心越揪越紧。

终于到了目的地，52块钱。孙老师给了司机50元。

司机说：“还有两块钱。”

孙老师说：“不便宜点？”

司机说：“不行，计价器上面多少，就得给多少。”

孙老师说：“不就两块钱的事？”

司机说：“不行，给钱。”

孙老师不说话了。

司机说：“你们这些住农村的人就老抠。”

孙老师说："你说什么？"

司机说："要是没钱就别打车，赶紧给钱。"

孙老师的脸憋得通红，但是司机看不见，他的脸还没有计价器上面的数字红。让他该死的计价器又跳表了，原来是闲时等待，从52元跳到了54元。

司机说："穷鬼，你到底给不给钱，54块。"

孙老师大概想起了他练过的太极三十六式，他的拳头攥着。

司机却从车座底下拿出一把刀，指着老师说："你他妈的赶紧给钱！"

孙老师把蹿到喉咙的怒火憋回到肚子，默不吭声又给了司机5块钱纸币，然后摔门下车。

司机从车窗把1块钱硬币扔了出来，然后开车离开。

那一天晚上，数学孙老师有没有睡着觉，没有人知道。

毕竟大黄能看到的，只有报警记录和案件当事人的口供。

第二天晚上，孙老师坐了公交车又去了东部城区。因为"非典"，许多人都戴着口罩，他也找了个口罩戴上。

他在前日打车的地方站着，伸出胳膊，一辆出租车停在了他的身边，他上了车，还是回西部郊区。

路上，孙老师只问了司机一句话："你的出租车是东部，还是西部的。"

司机说："东部的。"

老师"唔"了一声，便没了言语。

出租车在城市的道路上行驶，路灯渐稀，直至消失，四下除了车前灯的光亮，一切都笼罩在黑乎乎中。

然后，司机觉得有个东西顶在了他的后脑勺上，司机挠挠后脑勺，把一个铁疙瘩打落在副驾驶座上。

图穷匕见的时刻到来——把司机吓了一跳，那是一把枪。

一个急刹，孙老师从后排几乎摔到前排，但还是抢在司机前把手枪攥到了手上。

孙老师一手摸着撞疼的脑袋，说："给钱。"

司机说：“大哥，轻松点。”

孙老师说：“我他妈的很轻松，快给钱。”

司机说：“给多少钱？”

孙老师愣了一下，说：“看着给。”

司机说：“你说什么？”

枪托砸在司机脑袋上，孙老师吼道：“快给钱。”

司机从座位下面拿出一个钱盒子，里面全是毛票。

孙老师又吼道：“把钱包掏出来。”

司机哆哆嗦嗦地从裤兜里掏出钱包，递给了孙老师。

孙老师用空出的手翻了翻钱包，然后连骂三遍：“穷鬼！穷鬼！穷鬼！”

骂第三遍的时候，孙老师几乎就要笑出来了。

孙老师把钱掏出来，摔在司机脸上，却把钱包塞进了口袋里。然后，他打开车门，退到车外，但突然又想起了什么，他命令司机把车钥匙拔了给他。

孙老师倒退着，眼睛依然死死盯着车里的司机，其间还被石头绊倒了一下。他低声骂了一句，然后把车钥匙塞在石头下面，然后转身跑了。

司机后来回忆说：“那个男人边跑边笑，好像是胜利大逃亡似的。”

孙老师跑了，跑进了黑暗里，那天晚上，他有没有睡好觉，没有人关心。

后来，这个小城连续发生了十多起抢劫出租车案件，全都是针对在东部城区营运的出租车，都是从东部上车，在西部作案。犯罪嫌疑人一直蒙着口罩，拿了一把枪，抢多抢少看心情，有时候抢一个钱包，有时候抢几块钱，有时候则是当着司机面把驾驶证、行驶证撕成碎片。

出租车司机和警方对犯罪嫌疑人作案不是图财这一点达成了共识，以至于后来又发生了一起案件，犯罪嫌疑人把司机身上搜刮得干干净净，连吸铁石上扒着的几个硬币都带走了。听了被抢司机的介绍，大家一致认为这是另外一个人干的。

警方没有闲着，他们在东部和西部都设了蹲守点，希望能够抓现行。但那个犯罪嫌疑人一直变换作案地点，他的作案手段越来越娴熟，他的作案心态也是越来越从容。他看到一个司机的钱包里有张女孩照片，他对司机说自己也有一个一样年龄大、一样可爱的女儿，这为警方对犯罪嫌疑人的摸排缩小了范围。但实际上，这个孙老师连老婆也没娶上，他是个老单身汉。

回到正常生活，平时一直阴阳脸的孙老师也明显开朗许多。他已经不带打手掌的铁条子上课了，也会在走廊上和别的老师主动打招呼。有好事的人要把同一条街上的老处女介绍给他当老婆，相亲的时间就约定在中秋节后。

结果，全国人民欢迎的团圆赏月的那天，孙老师出事了。

那天傍晚，他从自己房子出来，锁好门，准备去附近的父母家吃团圆饭。或许是小孩手里燃烧的火把撩拨了他的神经，引得淡淡的月亮竟有点儿虚空的味道，引得空空的街道竟有些凄凉的调调。

他没有去父母家，而是坐上公交车，拎着两个本来要送给父母的礼盒，去了东部。下车，往前挪了几步，然后伸出了胳膊，一辆出租车停在了他的身边。

一切或许会像往常一样娴熟：掏枪、抢钱、走人，然后回家过节。

但这次出了点儿意外，孙老师或许不会意识到，他曾经抢过这辆出租车，他曾经把口水吐在人家的方向盘上。他还装着很随便的样子问司机："你的车是东部的车，还是西部的车啊？"

但驾驶位上的司机心里清楚得跟明镜儿一样。

司机找了个理由，把车绕到了另一个道上，那里有一堆趴窝等客的同行。还是急刹，司机下车，拔腿就跑，边跑边招呼，然后十几个司机便把孙老师从车里拽了出来。

他们从孙老师身上搜出了一把枪，往天叩了扳机，"砰"的一声，一股黑烟。司机问这是什么枪。孙老师说是偷学校的发令枪。司机要揍这个孙老师，孙老师说他有点儿发热，不知道是不是得了"非典"。司机是不信的，但又有着不怕一万，就怕万一的心理。他们摸了摸孙老师的额头，果然有点儿发热。他们便把孙老师绑在了电线杆上，打电话报了警。

孙老师当然没有得"非典"（那一年全市都没人得"非典"），他的紧张劲儿过去了，脑袋也不热了，被警察铐上手铐关进了看守所。

后面没什么说的，他因为系列持枪抢劫，被判了十五年，现在估计还在牢里面蹲着。

任性了三个月，蹲了十五年劳改，这生意做的……

任性（女人篇）

大黄也听过一个女人任性的故事。

是的，女人是任性的，不任性的女人是汉子。

女人的任性是可爱的，女人的任性也是无奈的。她们的任性……有时候真的不太好说。

那感觉，就像是在贴身的裤兜里揣了一个带刺的苍耳，你最好别乱动，因为越是动，越是痛。

苍耳还是小东西，有的女人表面很强大，内心却很脆弱，她们像是航行在湖面上的一艘大船，即便是晴空万里，风平浪静，但湖底始终藏着一个尼斯湖大水怪，不时跃出水面透透气，一尾巴打碎了船舵，然后整条船，不对，是整个人就都不好了。

扯远了，现在开始讲故事。

她是一个美丽的女人，不仅美丽，甚至还有点儿俏丽，如果只看她的脸，一点儿都不会猜到她已经怀孕六个月了。

美丽的女人大多孤傲，她也差不多，从医院辞职后，她整天在家里养胎，成了全职太太。她不愿意下楼和那些妇女们瞎扯谁离了婚、谁找了小三。她觉得：做了就做了，有什么可聊的？她经常扶着窗台，看每一栋楼的楼顶，看每一栋楼顶上方的云彩。身后的小保姆则正在她的身后做着家务。

她在想着什么？她在想着从楼顶上一跃而下的感觉吗？

疯狂的事情她也干过，她还在拘留所过过夜，但那是曾经，那是她的小秘密，她没有告诉丈夫，包括她现在想什么，她都不会告诉他。

藏在她心里的事情多了去了，比如她计算着丈夫夜晚归家的时间，品评着丈夫身上出现的陌生香水味，收集着丈夫衣服上出现的所有超过 5 厘米的碎发。

日头过了中天，她出了门，一手扶着楼梯，一手扶着腰，一步步下了楼，来到路边，上了公交车。一位男士给她让了座位。一切都像往常一样，她看着窗外，景色从她的瞳孔飞逝而过，她依然面色平静。

她今天多坐了几站路，那里有一个老旧的小区，没有保安，也没有门禁。邻近矿区，女人们通常下午聚在一起搓麻将，男人们则在矿上上班，房间里通常不会有人——她观察好几天了。

她看中了二楼西户的一家，东户那家门前落了一层灰，应该是许久没有住人了，她对此不感兴趣。她慢慢蹲下，看了看西户的锁芯，然后从国外代购的手包里掏出一个小盒，里面有些细小的铁棒。她拿出一把，还把一个小铁片塞进了门缝里，轻扭两下，门便开了。

房间里打扫得很干净，显示出女房主的勤快，也决定了她不能久留。但越是干净的房子，她就越想留下些什么。

她坐在床边，床单很干净，透着肥皂的香味，让她忍不住地躺了下去，脑袋则枕在枕头上。闭上眼，阳光从木制框架的窗户投射在她的脸上，好舒服，就像小时候一样。

她告诉自己不能睡着，勤快的女房主可能随时回到家里。她翻开床头柜，除了劣质的避孕套，剩下的便是一些不值钱的首饰。她拿走了一副耳环其中的一只，却把她的一只黑色丝袜塞进了床板下面。

然后，她在房间里转着圈，看到墙上挂着的一张合照，在红色底子下，男女房主坐在一起，笑得有些僵硬。合照下面有两行字：

安全生产，幸福一生！

山王镇矿工会

女人的手指在照片上摩挲，划过了男人和女人的面庞。然后，她关门离开，好像是不带走一片云彩一般。

回到家，日头西沉，小保姆已经离开。她把那只耳环放在了客厅的茶几上，期待着半夜归家的丈夫可以看到。然后，她吃好晚饭，洗好澡，躺在床上看书，看着看着，困了，便安然地睡着了。

第二天，起床，丈夫已经离开，耳环还在客厅的茶几上。她瞅了瞅，

把耳环放在了一个小木盒里，然后塞进了有着中式雕龙的香樟木床底下。

然后，挨过整个上午，吃过午饭，她又拿起手包，出了门，坐上公交，另一处早已踩好的点还在等着她。

进入别人的房间真的只是小菜一碟。十年前，她谈过一个男朋友，修摩托车的，精通开各种车锁，后来触类旁通，也学会了开各种门锁。那时候男孩没钱，为了给她买生日礼物，一天晚上偷了十家住户，偷到第十家的时候，从床底发现了一个箱子，打开，傻了眼，里面放了好多好多好多钱，多得他傻了眼。他咬咬牙，拿了床单把钱包了，打好结，刚出门，便被发现了。后来，法院认定盗窃价值是68万，判了20年有期徒刑。那段爱情到此也就结束了。

男孩没留下什么，只有一个小盒子，里面是各种开锁工具，算是留下了一个如毒瘤般的念想。当女人在愈发乏味，甚至是隐约透出背叛气息的婚姻中越来越喘不过气来时，她翻出了这个小盒子，沉默地看了半天。毒瘤便在她的心中开花结果，压迫着她的心脏，让她不得不做出点儿事情来。

因此，女人频繁地入室盗窃，与其说是在向他的丈夫作无声示威，更不如说她是在释放心中那朵罂粟花蕊中的毒汁。每次躺在别人家的床上，或是坐在别人家的梳妆台前，或是矗立在别人家厨房的灶台前，她都能更加准确地感受到自己，不仅仅是心理层面的知觉，更是嗅味视听触觉等每一种感官上的真实。只有那时，她才是真正的存在的。

女人只挑选那些老旧的小区作案，那里没有视频监控，更不会有保安，人员的流动性也大，更关键的是，门锁好开。最初作案时，女人被兴奋与恐惧摄着心魄，深怕打开门会看见屋内的人向她投来探询的目光。但随着案件越做越多，她也越来越平静，甚至在平静中，还会有一丝如恶作剧般的狡黠，特别是当她带走某些女房主的纪念品，同时留下自己的某些痕迹后。她会对离开后发生的事情作蝴蝶效应般的无限联想。

有一次，她在作案时，女房主突然回家。她主动去开了门，凝视着傻了眼的女房主，轻轻告诉她："我把建斌（抽屉里的户口本上写着）还给你吧。"然后，飘然离去。

女人心中的毒瘤像是经历了一次次放疗，慢慢不长了，甚至有变小的痕迹。

但是，放疗也是有危害的。

当她又一次作案，在夏末的一个傍晚，她被人推醒。她的第一个想法便是：糟糕，怎么睡着了。但很快，她恢复了平静，站在她前面的女房主问她："你是谁？"

女人回答道："我来找你丈夫王国青（抽屉里的一张一代身份证上的名字）。"

女房主问："你找他干什么？"

女人摸着自己的肚子说："这是他的孩子（她的心里正在偷着笑）。"

女房主沉默一会儿，却先笑出声来，说道："我丈夫死了三年了。"

后面的事情简单许多，女房主打电话报了警，警察把女人带回派出所，给她提取了指纹，输入到指纹库，一下子比对上了她在许多起案件现场留下的指纹——她真的留下了太多的痕迹。警方从女人家里的香樟木床底下搜出了小盒子，里面全是偷来的物件，一件也不少。

搜查的时候，警察问她的丈夫见没见过这些赃物。惊呆了的男人挠了挠后脑勺，摇了摇脑袋。关于她丈夫对赃物不知情这事儿，警察还质询了女人。女人鼻子"哼"了一声，没有说话。警方还告诉女人，许多被盗的家庭，因为她恶作剧似的留下不该留下的东西，而引发了夫妻间的争吵，其中一对还离了婚。女人笑笑，还是没再说话。因为怀孕，女人被取保候审回到了家。她丈夫开车到派出所接她，她在后排哼了一路的歌。

再后来，女人离了婚。她提出的，孩子丢给了男方。

再再后来，她被法院判处了一年半的有期徒刑，在监狱里剪了个清爽的发型，据说还见到了一同服刑的前男友。

再再再后来，老警也不知道了，大概是被释放，然后淹没在人海中了吧。

收尸人

认识老柴是在大黄刚入警的时候，掐指算来也有三年半了。

那是一个迷雾笼罩的清晨，在一片盘根错节的棚户区里，一对忘年之交的情人，在连续的偷欢撒野后，女人突然一命呜呼，猝死在这间待拆迁的趴趴屋内。偷情老男人吓得出了魂，用被单草草包裹了女人的裸体，便吓得躲进了派出所。

大黄、夏所长，还有法医林玲，很快赶到了现场，掀开棉被，看见了女人僵硬的躯体，还有被定格的表情，无言诉说着生命最后那巨大的痛苦。初步勘查后，排除了他杀的可能，没有发现出血点，也没有勒痕印迹，只是隐约的尸斑慢慢地显现在皮肤之上。

在固定证据时，需要对死者拍照，可给死者翻身的时候遇到了麻烦。在这样一个冬日清晨，尸体早已僵硬，一只胳膊横在身体一侧，让大黄他们无从下手。林玲出门招呼了一声，一个脑满肠肥的老汉便从警察身后挤了进来。他用戴着黄色橡胶手套的大手，在死者的胳膊肘处来回按压，动作虽沉稳缓慢，但却蕴含着很大的力道。两三分钟后，死者的胳膊便顺从地贴在身体的一侧，显得安详了许多。

待勘验手续完成，老汉和几个农民工打扮的中年人抬着铁担架进入屋内，把死者往巷道口的一辆金杯牌面包车上转移。大黄注意到担架的中间已经有很深的凹陷，大概曾躺在上面的逝者已经不可计数。

大黄问夏所长那个老汉何许人也。夏所长看看大黄，用一种相当诡谲的语气说道："他便是老柴，收尸界的元老。"

后来又见过老柴好几次，也大多是在相似的案件现场，比如跳楼、上吊、服毒等。老柴总是先耐心地等在一旁，斜叼着一根烟，不时和他几个农民工兄弟们插科打诨着。他的特征实在很明显，明显得如同撒旦降临。光光的脑袋，缺了门牙的大嘴，四尺以上的腰围，还有眯成缝的小眼，仿佛在不断窥探着生与死。虽然老柴做的是死人的交易，但是老柴却有种很强大的气场，好似从体内四溢的阳气在包裹着他，让人们既感到踏实，又感到坚定。

随着接触次数渐多，大黄也对他的这个收尸团队有了了解。将死者运往殡仪馆的生意，他从二十世纪八十年代就开始做了，据说是从他的祖辈上传下来的行当，在山王镇这个小地方也算绝对的市场垄断。每每遇到没人管的尸体，老柴便和他从老家农村拉出来的这支收尸队伍，开着叮当乱响的面包车，往返于殡仪馆和这个城市的每个角落之间，为那些死去的人们送上最后一程。

老柴的生意有很大一部分是和公安打交道，特别是清理那些群众报警发现的非正常死亡的人尸体，在水沟里，在山坳中，在涵洞下，在一切无人问津的地方。有的死者看着很安详，有的死者看着很反胃，有的死者，甚至已经失去了人的轮廓……

前些日子，大黄接到报案，一个小区住户反映在家睡觉的时候，有黑色腥臭的液体渗过楼板，滴到住户的脸上。联想到最近楼道内日益变浓的恶臭味，住户恐慌起来，赶紧报了案。

赶到现场后，大黄发现老柴和他的农民工弟兄们已经在楼下抽烟叙话，大黄心中的不祥预感又被做实了一分。走上顶楼，打开房门，一股腐尸所特有的强烈臭鸭蛋味，如排山倒海般向大黄他们扑来，催使他们的泪腺不停分泌着液体。大黄使劲地挤了挤眼，才分辨出那具匍匐在床上的女尸，还有她身下那一摊黑黄色的液体。大黄绕到她身体的一侧，打开床头的挎包，掏出身份证，才核实了她的身份和年龄：22 岁，花样的年华，却在阳光明媚的初夏时节，孤独地死在这空空的房间，任由尸体腐烂变质。负责现场勘查的老费指了指她的左手，一支针管注射器被她紧紧地握着，一瞬间，真相了然，又是毒品夺走了一个年轻的生命。

封锁现场后，大黄联系到了她的父母，只是通知他们速来，并未在电话中具体说明什么情况。半小时后，死者的父母、弟弟乘车赶到了现场。即便再怎么斟酌用词，死者的母亲听到噩耗后，就立刻昏了过去。而她的父亲则是蹲在地上，把翻盖手机打开又合上，几次三番，不知所措。最终还是死者年仅十七岁的弟弟鼓起勇气，陪着大黄上了楼。在他的见证下，大黄和老费翻动尸体，进一步做现场取证、拍照，并基本确定吸毒过量是引发猝死的原因。勘验结束，老柴他们一伙人便抬着担架上了楼。在即将把尸体运出楼栋口的时候，老柴找了条毯子，将尸体轻轻覆盖，为不让楼外众多的看客们太受刺激，也为死者留下一点尊严。期间，死者的母亲哭天喊地地冲上来想看看死去的女儿，被老柴宽大的手掌推开了。就这样，在老柴他们的护送下，死者躺进了那辆面包车的后排。

面包车很快就开走了，老柴却还留着没走。他和负责现场指挥的夏所长打了声招呼，便直接切入正题，说："今天这个活干得比较苦，怎么着也得给弟兄们多点酬劳，八百块怎样？"夏所长听着老柴的话，不置可否。等到他说完，夏所长拍了拍老柴肚子说："八百太贵了，等我回去汇报之后再说。"随后，夏所长感慨道："最近你老柴生意很好啊。"老柴眨了眨眼，"嗯"了一声，没有流露出任何情绪。末了，老柴摆摆手讲："过两天到你们单位结账。"说完，便转身离开了。

这便是老柴，城市的收尸人，虽有点让人不寒而栗，但是却又不可或缺。他和他的弟兄们，甘愿陪逝者走上一段路途，虽然没有锦衣玉帛、唢呐鼓乐，但至少也不再孤单，不再被遗忘，因此也算是值得大黄尊敬的一个人吧。

癞子

一

邓癞子最后一次出现在山王派出所，是在一个黄昏。他裹着风衣，戴着墨镜，把户口本和火化证递给正准备下班的警官大黄后，摘下了帽子搁在柜台边上。大黄先是瞅着这周润发一般打扮的男人，再翻开户口本，然后狐疑地说道："邓癞子，你头发怎么长出来了？"

邓癞子摘下墨镜说："刚蹲完劳改，得从头开始嘛。"说着，去整理他的头发，却不小心把假发给碰歪了，邓癞子赶紧调整了一下假发发型。

大黄好像没看到这一幕，他低着头继续问："你啥时候释放的？也没来派出所串串门。"

邓癞子往后退了一步说："谁没事往派出所串门啊。"

大黄说："你牙疼的时候不是经常来派出所嘛？"

邓癞子说："现在牙不疼了。"

大黄把户口簿还有火化证摊开在桌面上，上面是邓癞子的娘的照片。

邓癞子有点急了，说道："我还要赶火车，你赶紧把老太太销户吧，我只能送她到这儿了。"邓癞子的声音都透出了哭腔。

大黄办完了销户手续，送邓癞子到派出所门口。看门狗小黑突然蹿了出来，一嘴咬在老熟人的裤脚上，邓癞子甩着腿，嚷道："别闹，别闹！"

大黄问："你要坐火车去哪？"

邓癞子把风衣潇洒一抖，戴上墨镜和帽子，沉一口气，然后说："我要去开始新的生活了。"

二

娃娃是可爱的，这话适用于大多数人，但邓癞子不包括在内。别的娃

娃出生时样貌差别不大，邓癞子出生时则像是狗啃了几口，他脑袋上不仅坑坑洼洼，还歪歪斜斜多出许多沟壑，接生的护士没敢抱他。

对于自己惊悚的长相，邓癞子怪姐姐和哥哥消耗了他娘身体过多的优质资源，只把剩下的边角余料遗传给了他。邓癞子的爹邓六七可不这么看，他觉得邓癞子本来就是一个意外，但究竟是哪顿酒后制造出来的意外，他爹也不是很能说清，总归是不像邓癞子的娘，就已经很感谢上帝了。对了，这里忘了说了，邓癞子的娘是个有些智力低下，但一直很安静的女人。

好吧，爹是个酒鬼，娘是个傻子。

苦难可以让一个人变得可怜，比如邓癞子的大姐邓丁香。由于是老大，且是个女孩，丁香大姐是遭受她爹拳头第二多的人（仅次于她妈）。但由于丁香长了一双楚楚动人的大眼睛，且脸上经常绽放着拳头留下的花蕊，她得到了她高中班主任的怜爱。那个很年轻很帅的语文老师娶了丁香，然后带着她搬得远远的，离开了山王镇。

苦难可以让一个人变得可赞，比如邓癞子的大哥邓先锋。他的爹，他的娘，他的姐，他的弟，家里的一切，对于他来说都是负担，都是别人嘲笑他的素材。或许是他名字里先锋的寓意，又或许是他看了某本励志的小说，他从初中起发奋读书，高考时考上了一所名牌大学。邓癞子的爹要给他放两挂炮，请邻里吃个饭，顺便多收些礼钱。但邓先锋没给他机会，一拿到录取通知书，就像是拿到释放通知书，当天就背起书包到大学所在的海边城市打暑期工了，几乎没再回来，毕业后也就在那里安家落户，开始了另一段生活。

终于说到了邓家老三，邓癞子。原谅刚才扯了太多他的姐姐、哥哥的生平，因为邓癞子实在没什么可说的。如果非要为苦难再加一个定义。那么只能说，苦难可以让一个人变得可耻。上了学的邓癞子和他哥一样，成为同学们嘲笑的对象，那些下流的语言经常用来描绘他脑袋上惨不忍睹的癞子。

你们不是下流吗，我要比你们更下流。邓癞子这么想，也这么做。他像跟屁虫一样跟着一个麻风病康复的老头后面好几个白天，对同学们说，我身上也有那致命的脓液，然后就去抱、去蹭那些同学们。害得同学们回家要不声不响地洗好几遍澡。

渐渐地，同学们就不和邓癞子玩了，邓癞子也不稀罕和他们玩。他喜欢他爹的那辆面包车，每每他爹喝大了，他就把车钥匙拿过来，偷偷在夜里的街道开上几个来回，有时候还让他的傻娘也坐在副驾驶上，油门踩到底，让傻娘感受什么叫作兜风，邓癞子则扭头看她娘咧着嘴笑。对了，这里插一句，邓癞子从小没觉得谁好，除了他娘，因为他娘看他的笑和别人看他的笑不同，他娘的笑让他感觉很舒服。

这辆面包车是邓六七所在煤矿上办公室的，不仅用于单位的公务，比如送领导去开会，去喝酒，去钓鱼；也被他爹私用，比如接个新娘什么的，赚些烟钱花花。邓癞子的爹有个令人称道的地方，不管平时喝得多大，只要手握到方向盘，他的脑袋就能保持清醒，即便是一下车他就会醉得不省人事。邓癞子也有个令人称道的地方，那就是他虽然年龄还不满 16 岁，还没到考驾照的年龄，却能把车开得和他爹一样溜。慢慢地，邓癞子也开始接一些私活。

什么私活呢？

拉尸体。

是的，镇上的老柴拉起了一个收尸队，主要业务是帮派出所把那些非正常死亡的尸体拉到殡仪馆。非正常死亡，顾名思义，就是没有寿终正寝，各种奇葩的死相，要不是老柴他们见多了，一般人估计看不了两眼就要吐。老柴找邓癞子入伙，不仅是看他能开出来一辆拉尸体的面包车，更重要的是看邓癞子长得凶神恶煞，比老柴自己还凶神恶煞。老柴说这样的人阳气足，能镇得住恶鬼。

于是，这辆金杯牌面包车就被充分利用了起来。白天的时候接送领导，周末时候接新娘，偶尔还被邓癞子开出来拉尸体。爷俩各干各的，且互不通报，领导也不管车子报销了多少油，大不了坐坏了一辆，再买一辆。一切都在和谐的氛围下运行着。

可邓癞子虽然车开得溜，却没有他爹的酒量大。一个初夏傍晚，他拉着老柴交给他一具在河里泡了许久的尸体，准备拉到殡仪馆去。走到半路，邓癞子瞅见大排档里几个熟人在啃猪蹄，邓癞子肚空心痒，就下车去蹭他们的饭。半斤酒下肚，邓癞子就出溜到了桌底下，被酒友们架着回了家，车

则停在了排档外。

第二天，他爹邓六七去接亲，找不见车。别人告诉他，车停在大排档那里。也是一夜宿醉的邓六七找到这辆车，拉开车门，觉得味道有点怪。他以为是前日晚上虾蟹吃多了，开着车就去了新娘家。

新娘打扮得花枝招展，干号着和她的父母泪别，脸上的妆却一点也没花。新娘上了车，也觉得车里有股腥臭味，但是出门的鞭炮炸响了，不由得新娘不走了。可邓癞子的爹刚把车子启动，又是一声炸响，很闷。邓六七还以为是车子出了毛病，回头一样，发现后备厢里鼓起来的黑胶袋瘪了下去。邓六七便去拉开拉链，新娘也捂着鼻子凑过脑袋。

袋子被拉开了，血啊脓啊肉啊流了一车。邓六七哇的一口就吐了出来，新娘也哇的一口，哭都没哭花的妆这下彻底扭曲了。

这事成了当年山王镇十大社会新闻之一，并衍生出好几个结果。邓六七因此丢了工作，理由不言自明。领导们终于有机会买一辆轿车，理由同样不言自明。新娘子哭得比有记载来山王镇所有新娘都要伤心，老人们说这丫头和娘家感情深。老柴因此失去了为派出所拉尸体的生意，理由是非法雇佣童工（邓癞子）。邓癞子因为无证驾驶，被治安拘留，但又由于年龄不满16周岁，仅仅是签个字，实际没有把他关起来。

这也是邓癞子第一次和公安局打交道，但他几乎没任何感觉，蹲在讯问室里。他甚至觉得自己比旁边那个戴手铐的小偷要威风许多。

邓六七是把邓癞子给恨到骨子里了。在他的两个子女相继离开后，他本来希望这唯一留在身边的癞孩子能够稍微争点气，至少以后接他的班。但没想到却害得他丢了工作。那段时间，他遇到人就说，这癞孩子坑爹啊。那时候网络还没流行，作为“坑爹”这个词的原创者，邓六七不知道比上日后那些“坑爹”的网络热门事件，邓癞子做的那点事还真算不上什么。

三

没车开的邓六七愈发将他的生活沉醉在酒精中，虚虚晃晃过日子，只靠他老婆的低保过生活。而成了年的邓癞子也开始想女人，但没哪个女人愿意和他好，他长得那个癞模样，就连镇上公开的那个男同性恋都不愿意和他走在一起。但邓癞子实在是想女人啊，他从家里搬了个单人沙发坐在矿电影院的门口，打扮得周吴郑王一般的庄重，每天注视来往的女青年，希望哪个女人能够多看他两眼。但女孩们都对这样的眼神感到恶心。同样在电影院门口拉皮条的陈二姐就来撩邓癞子，她说："我那里有好姑娘，你要不要去啊。"

邓癞子一撇嘴，说："你那的女人都能当我妈了，长得比我还难看。"

陈二姐说："你要是多给钱，我能给你找到好的。"

邓癞子还是撇嘴道："我还是个处呢，我要找纯洁的，要有感情投入。"

陈二姐骂道："你就是他妈的瞎讲究。"

邓癞子找对象的标准一降再降，最后要求是个女人就行。在这样的指导方针下，他终于找到了真爱。一天，在电影院门口蹲点的时候，他发现一个女孩在街上站着看他，他没见过这个女孩，据他记忆搜索，山王镇上到八十岁老太，下到五岁女娃，就没这么一个人。这个女孩就像是从天上掉下来的一样，矗立在人来人往的街道上，定定地看着她，嘴边挂着和他娘一样傻傻的笑。邓癞子也开始瞅着这个女孩，嘴角也咧着裤腰一般的笑，当这两个年轻人对视超过 8 秒后，邓癞子知道他的真爱来临了。他穿过街道，拉起女孩肮脏的袖管，把她带回了家。

到家后，邓癞子对他爹说要娶她当老婆，他爹也开始盯着这个女孩看。那天邓六七没喝酒，他的脑子很清醒，在盯着女孩也看了 8 秒后，邓六七知道这是一个傻子。邓六七看向邓癞子，邓癞子高兴地说："不错吧。"说着，就要把女孩往卧室领。

邓六七一看儿子要干犯法的事，就冲进卧室把他给踹了出来。邓癞子不愿意了，他突然想起阿 Q 的一句话，便顺嘴扯了出来，说："尼姑的脑袋和尚摸得，为什么我摸不得！"他爹没明白什么意思。邓癞子解释道："你能娶个傻女人，为什么我不能？"邓六七的脸都气成了猪肝颜色，挥着拳头就去揍邓癞子。邓癞子也不示弱，和他爹干了起来。两个男人的咒骂声，两个傻女人的尖叫声，还有邻里的助威声，充斥了这栋七十年代建起来的筒子楼里。

后来山王镇派出所的夏所长带着大黄来了，把这对爷俩，还有那两个傻女人带回了派出所。爷俩被关在了讯问室，消了半天火，等出来时，都没

了斗志。他们到了办公室，发现那个傻姑娘正依偎在邓癞子娘的怀里睡觉。女孩醒了，看了那个男人，又抬头看了邓癞子的娘，竟然也喊了声“娘”。

邓癞子拍拍屁股，说：“罢了，罢了，都认亲了，这姑娘我不娶了。”

老婆没有了，但邓癞子却从派出所大黄那里学了一条法律：和智力低下（无性防卫能力）的女人发生性关系就是强奸。回到家后，他一看见他爹抱着他娘往卧室钻。邓癞子就跑到门口喊，邓六七强奸傻子了！

几次三番，邓六七被邓癞子喊得兴致没了，欲望没了，血压却噌噌地往上蹿。终于有一天，邓六七听到自己的脑袋里面传来“砰”的一声。他恍惚间，还以为又是自己车里的那具尸体炸了，嗓子“哦”了一声，就一命呜呼了。

葬礼上，邓癞子请了一个唢呐班子，吹拉弹唱，告诉大家邓六七死了，招引了许多人来看。邓癞子说：“老邻居们，你们来都来了，也不祭奠一下？”邻居明白邓癞子什么意思，就五十、一百的，随了份子。这些钱邓癞子都揣到了口袋里面。邓癞子的大姐和大哥也回来了，只身一人，一个家眷也没带。出殡那天，邓癞子的娘哭得稀里哗啦。大姐看娘这么伤心，也跟着抹眼泪。大哥的喉咙也不断滚动着。大黄看了，问：“邓癞子，你怎么不哭啊？”邓癞子眼睛斜向他娘，不屑地说了句：“傻子才悲伤。”

葬礼结束，邓癞子本想着报个警，谎称收的份子钱被偷了，但瞧见大姐大哥各自回各自的城市，没和他纠缠那几千块钱，也就没报警，只是买了好酒好肉，开着门，和他娘一起吃。邻居下楼，路过他家门口，看到他娘正在吮着手指，不禁发出啧啧感慨。邓癞子很自豪地说：“傻子不悲伤啦！”

自此，邓癞子便和他的娘过起了相依为命的日子。

四

没了爹的邓癞子可谓是虎归山林，鱼归大海，在追求爱情上更是没了节制。很快，他便盯上了楼上的梦梦妈，一个离了婚的女人。邓癞子发挥近水楼台先得月的优势，每天八次以上到梦梦妈家里去问候。他去了也不拎东西，也不做家务，就是一屁股坐在沙发上，静静地看着这个女人。

梦梦妈刚开始还以为邓癞子是来串门的，就没拒绝，但没几次，便发现了邓癞子心怀的鬼胎，每天横在门口，誓死保卫着自己房屋的主权完整。但这并没有难倒邓癞子，有天梦梦妈出去买菜，等到回来时，发现邓癞子正跷着二郎腿坐在屋里看电视。梦梦妈问邓癞子怎么进来的。邓癞子说："你的钥匙不是藏在门头上面吗。"梦梦妈把门头的钥匙揣进了口袋里。但邓癞子摇头说："晚了，我已经配了一把钥匙。"梦梦妈哭着喊道："我这是遭了什么报应啊。"筒子楼里的人开始聚集到梦梦妈的门边看笑话。邓癞子站起身，张开怀抱，对这个比自己大了十岁的女人说："宝宝，别难过，来抱抱。"梦梦妈开始尖叫："强奸啦。"住户们也开始笑着喊："强奸啦！"却没人上前拦着邓癞子。这喊声让邓癞子想起了派出所，便兴致全无回了楼下自己的屋子。

可这小小的失败并没有阻碍邓癞子再来追求梦梦妈。梦梦妈也是被逼急了，打电话找来她的前夫。看到梦梦妈屋子里多出一个五大三粗的男人，邓癞子有点㞞了。他把手在衣服上蹭蹭，伸出来说："前任好！"可他的胳膊还没伸直，一拳就已经揍在了他的脸上。

邓癞子被男人骑在身下，整整挨了16记重拳，门牙都被打松了。之后，他扶着墙，对旁边围观的住户说，他打了我多少拳？住户说："好像16拳。"邓癞子说："记着，他打了我16拳。"然后便扶着墙，下了楼，径直去了派出所。

他报案去了。

前面说了，自打他从街上捡回来的傻女孩被派出所收走后，他和派出所熟络起来。他记住了那句"有困难找警察"的宣传标语，不仅是在他爹要和他娘亲热时候会报强奸，更是在街上溜达时看到各种违章停车的、占道经营的、贩卖假货的，他都会报警。他自称自己是人民监督员，但如果占道经营的能够给他口袋里面塞几把花生瓜子，他也会选择闭嘴不举报。

反正吃亏的事不干，如果不吃亏，还能赚点，那更是好上加好。

所以，当邓癞子肿着脸，托着下巴来到派出所值班室时，他的心情还是不赖的。

事情的进展正如邓癞子的预料，由于梦梦妈的前夫把邓癞子打成轻伤，且邓癞子一点没还手（有那个计数的邻居证实），这个前夫被刑事拘留了起来，下一步还要面临着法院的审判。这下急坏了梦梦妈，她找到邓癞子，希望能达成和解协议。

怎么和解呢?

有钱好办事。

尽管邓癞子的住院费加起来不足5000块，他还是提出了3.2万元赔偿的诉求。邓癞子的理由很简单，一记拳头2000块，16记拳头3.2万块，这是邓癞子心里想的，但他嘴上没说。他只是说什么医药费啊、误工费啊、营养费啊、精神损失费啊，等等。梦梦妈觉得邓癞子狮子大开口。邓癞子说不赔钱那就法院见，毕竟人在里面关着呢。梦梦妈急啊，她把房子卖了，凑了3万块钱给了邓癞子。邓癞子说罢了罢了，给你打个八折吧，应收女人3.2万，最后连那两千块钱的零头也抹掉了。邓癞子对大黄说，这是看着他和梦梦妈情分一场。

男人被放了出来。邓癞子还想追求梦梦妈，却没想到经过这事，梦梦妈和他前夫的感情得到修复，两人复了婚。梦梦妈因为把旧房子卖了，就搬回了男人在新建的淮上西苑小区的房子。邓癞子虽然有点懊恼，但能赚个3万块，也是很不错的了。而且他还促成了一段婚事，真是积德行善。邓癞子真是这么想的。

知道邓癞子小发了一笔，陈二姐又上门来推销她的姑娘了，可以计时，可以包夜，也可以包月，时间越久，打折力度越大。邓癞子想了想，让陈二姐领了一个姑娘到了他家。陈二姐很高兴，以为经过梦梦妈这一事，这个癞子对恋爱失去了兴趣。没多久，陈二姐领了一个小姐回来，长得很丑，邓癞子觉得长得比他还要丑，就对小姐说："先把灯关了，你等我到院子里面洗个澡。"屋子里面一片黑暗，小姐脱光了衣服进到全是腥臊味的被窝里，屏住呼吸。结果，等了十来分钟，门开了，大黄带了两个辅警进来了。原来是邓癞子利用这个空当跑去叫警察到他家来抓卖淫的了。

小姐被抓走了，邓癞子找派出所要举报费。所长给他批了两百元钱的线索费。邓癞子高高兴兴回了家，却发现他房门上被泼的都是屎。筒子楼里的住户不堪恶臭，大多搬到亲戚家去对付一晚上，但他们没埋怨泼屎的人，倒是把邓癞子骂了个无数遍。

五

邓癞子被打晃的那颗门牙提溜搭挂的在唇边，很碍事，也很别扭。邓癞子便想把它给拔了。可真要是拔了这颗门牙，就会空出个关门的，不仅不合适，还影响形象。邓癞子在街上溜达了一圈，盯上了崔五爷珍藏的一幅金牙，金光熠熠的，要是带上，肯定亮瞎许多女人的眼球。

但这幅金牙就像是崔五爷的广告招牌，轻易不会转手。邓癞子谋划了许久，来到了崔五爷的拔牙店里。崔五爷的这家店历史比较久远，他爹就是拔牙的，但主业是剃头，还兼顾着正骨，新中国成立后就在医院门口摆了把椅子，不仅把这三样活儿都干了，还把医院的牙科、骨科生意抢走不少。后来子承父业，发扬光大，在医院对面盖了个铁皮屋，挂了个招牌，生意愈发红火，医院都破产了，他的生意还在继续。而且很有意思的是，这么多年了，崔五爷还是坚守老一辈的拔牙手艺（这点特别像街尾板寸王的理发店，不管男女，只剪板寸），基本不打麻醉，也不用什么医疗设备，所以他的店里时常传来各种惨叫声。家长吓唬小孩都说，再不听话给你送到崔五爷的店里去。

话说远了，邓癞子来到崔五爷的店里，坐在那把有几十年历史的椅子上，张开嘴，指了指自己的门牙，呜里哇啦说不清楚话。崔五爷拿着小钳子敲着一颗牙，说："是这个？"邓癞子摇摇头，崔五爷又敲了另一颗牙，说："是这个？"邓癞子停了停，没再言语。崔五爷看到这颗牙晃悠得厉害，就小钳轻咬，一使劲，门牙就下来了，然后举到了邓癞子的眼前。

邓癞子立即从板凳上跳了起来，捂着腮帮子，大叫道："叫你给我把下面的门牙给补了，你怎么把我上面的门牙给拔了？"

崔五爷急了，说："我敲这颗牙，你不是点头了嘛。"

邓癞子也有理，说："你的钳子也碰到了下面的牙啊，我就是要你给我补下面的牙的。"

崔五爷愣在了那里，他知道这是来找事的了，他知道邓癞子的名声，知道他是个难缠的主儿。他看着邓癞子捂着腮帮子在屋里转悠，好像在找什么东西，然后他说："五爷，你没从医资格证，就敢给我拔牙呀。"

崔五爷两手插在胸前说："你看怎么着吧。"

邓癞子说："那我明人不说暗话，你给我把牙补回来。"

崔五爷说："就你那颗烂牙？"

邓癞子说："当然不是烂牙，你要给我补一颗金牙。纯金的，就是你盒子里面藏着的那副。"

崔五爷说："你他妈的心真黑，比你这颗烂牙都黑。"

邓癞子不说话，就是捂着腮帮子哼哼唧唧。

崔五爷说："好吧，我来给你种颗金牙。"崔五爷从盒子里面拿出那副金牙，拔出那颗门牙，也没消毒，把邓癞子按在椅子上，硬是把这颗金牙往邓癞子的嘴里塞。邓癞子反抗不过崔五爷的蛮力，开始在那直叫唤。外面路过的两条癞皮狗听了这叫唤，心儿发了个颤，默默地都走开了。崔五爷缓慢地、残忍地把这颗牙种到了邓癞子的牙床肉里。

邓癞子喘了几口粗气，从板凳上起来，舌头在金牙上舔来舔去，试图缓解种牙带来的疼痛，然后骂道："崔五爷，你可真狠。"

崔五爷说："拔牙比种牙简单，这和上山容易下山难的道理是一样的。"

邓癞子说："什么狗屁道理。"

崔五爷说："要不我再给你拔了，你感受一下拔牙到底多简单。"

邓癞子连忙摇手，说："得，我不要了。"

崔五爷说："那我俩就算扯平了，我也不收你拔牙种牙的手工费了。"说完，要送客。

邓癞子说："那不成，你非法行医的事情，我还得管一管。"

崔五爷说："癞子，你还要什么。"

邓癞子说："你把那副牙给我，我们就算清清楚楚、干干净净了。"

崔五爷说："那这副牙你拿走，我不要了。"

邓癞子刚眉开眼笑，就感到了牙疼得厉害。他赶紧把那副金牙揣进口袋里，刚跑出门，就听见崔五爷在后面喊："你的门牙疼，你捂腮帮子做什么？"

六

邓癞子赚了这副牙，给自己留了一颗，剩下的打算等他娘牙全掉光的时候，给她全套上。但这个念头很快便被他打消了，因为他时常感到牙疼。

这种牙痛是间歇性的，不发作的时候像是没事人一样，一旦发作起来，就是深入骨髓，挑拨神经，成天成夜的，把邓癞子搞得都有点神经兮兮的了。于是，他经常肿着脸往派出所跑。大黄问邓癞子来干吗。

邓癞子指着头上的警徽说："我总是觉得有人要害我，这玩意儿能保护我。"

大黄说："谁要害你？"

邓癞子摇摇头。大黄又说："你怎么知道有人要害你的？"

邓癞子龇着牙说："我的这颗大金牙在给我传递信息呢。"大黄知道邓癞子这是疼傻了，就劝他把这颗金牙给拔了。邓癞子不愿意，说："这颗金牙能告诉我仇人的远近，我怎么能把它给拔了？"

大黄又说："你怎么把你老娘也带来了。"

邓癞子说："万一要是仇人把我老娘绑走了怎么办？到时候我是出面，还是不出面？"

大黄觉得这个癞子得了被迫害妄想症。

邓癞子越发频繁地带着傻娘往派出所里钻，而且他还尽可能地往枪库的门边靠（虽然他不可能进去），他觉得枪能保平安。派出所来的时间久了，他就看多了各种各样报案的，以及警察怎么办案子的。对于那些常见的小偷小摸、打架斗殴的处理程序和结果也知道个一二。不仅如此，他还从派出所的晾衣架上拽了一件警用便服衬衫穿在身上。有的人来报案了，看到他在院子里叉腰站着，便跑去找他讲案情。还有闹事的来派出所瞎折腾，看到邓癞子穿着个藏青蓝便服在院子里，知道自己缠不过这个人，便知趣地哪里来回哪里去。派出所的夏所长私下说："这个邓癞子虽然臭，但他驱蚊啊。"

但邓癞子的牙痛却没有缓解。有一天，他从别人那里听说了罂粟花可以止痛，便偷偷跑到报废的矿后面，找了块偏僻的荒地，也种了一百多株。那个春天，邓癞子净忙这事情。他把他娘带到矿后面的荒地，给她泡好茶，点好烟，然后就在那几分地上忙乎。罂粟花是比较好伺候的，但尽管这样，对于长期不劳动的邓癞子来说，还是一件很不容易的事。忙好了这一切，邓癞子告诉他娘："不要往外说我去哪里、做什么事了，说了我就不给你烟抽了。"邓癞子的娘笑眯眯地点点头，她真的很好抽烟这一口。后来，罂粟花开了，邓癞子的娘就不抽烟了，她看着这美丽的花朵，嗅着这迷人的香气，觉得这比抽烟要好多了。这花开了许多天，邓癞子也就任由他娘嗅着香味许多天，直到花败了，邓癞子才去收集它的果实。

果实收集好了，都藏在家里。在派出所蹲久了，邓癞子也知道这玩意儿违法，他就偷偷在家处理这些果实，可还是被隔壁的顾妈看见了。正在带外孙的顾妈就找邓癞子想借一点果实，想没事熬点汤可以给小孩治拉肚子。邓癞子不干，说："你到底哪只眼看到我家里有罂粟壳了。"顾妈一看邓癞子这态度，不给就不给吧，也不跟他缠，就自己回屋去了。

巧就巧在，有一段时间没看邓癞子到派出所避难，大黄还有点惦记这个不安定分子，就在当天晚上到邓癞子家走访。邓癞子先是装家里没人，但他的傻娘热情地给大黄开了门。邓癞子就卡在门边不让大黄进去。大黄一看邓癞子这样，就知道有问题，闯进去后才发现这一百多株罂粟，当即呼叫派出所来人，把邓癞子和罂粟都带到了派出所。

也没二话说的了，邓癞子被治安拘留了 7 天，还罚款了 2000 块钱。被送拘留所前，邓癞子要警察从他家门口拐一趟，并告诉他娘，这 7 天他出去度个假，让她每天到饭点就到派出所去，警察会给她吃的。他娘点点头。

邓癞子说到了，警察也就做到了。

反正就是多一张嘴的问题，夏所长不想邓癞子出来缠派出所。

这是邓癞子第一次蹲拘留所，且不说这七天的生活真的像是旅游一般，大开了他的眼界，什么赌博、嫖娼、卖淫、吸毒、打架、猥亵（耍流氓）、偷自行车的他都见了。不仅如此，他还见了三个缅甸姑娘，她们被组织非法越境来到中国当媳妇，后来被警察给抓到了，正临时羁押，准备之后遣送回国。得知只要给三万元就可以娶这么一个缅甸姑娘，邓癞子非要问人家要联系方式，说自己愿意出五万元来当嫁妆，他还说他不在乎对方嫁没嫁过。

除了体验生活，邓癞子还惦记着一件事，是谁告诉大黄他家里藏着的罂粟的。他总觉得是有人举报的，否则大黄也不会来得这么准、这么快。想来想去，他觉得顾妈最有可能。不就是不给她几棵罂粟嘛，这个顾妈可真是小心眼。不行，邓癞子要报复。

出了拘留所的邓癞子立即着手实施他的报复计划，他是怎么做的呢？很简单，每天在顾妈的门口摆一个香蕉皮（也有西瓜皮），就等着顾妈能够踩上去，两腿一趾溜，摔个半身不遂。但顾妈也才六十岁出头，而且还经常跳广场舞，每次看到顾妈肉腰一扭，轻轻躲过，门缝里的邓癞子气得牙痒痒。

可顾妈也不是吃素的，时间长了，她看出这么多的西瓜皮、香蕉皮是有人想害她。她也就躲在门缝后面往外看，终于抓了邓癞子一次现行。顾妈和邓癞子爆发了一场高分贝的争吵。吵到激烈处，顾妈开始找人。她把她的儿子和女婿都喊了过来。儿子动的手，他把邓癞子给打趴下了。挨了打的邓癞子第一念头就是又可以找派出所讹他龟孙的一笔钱，但后来一看动手的是顾妈的儿子，就放弃了这个想法。

那天晚上，关在屋里的邓癞子就在想，为什么她女婿不动手呢，如果是她女婿动手，我就可以找他要上一笔了。关在屋里的顾妈也在想，为什么女婿不动手呢，我还给他带外孙呢。唉，毕竟是外人，指望不上啊。过几天，大黄知道这事了，就问邓癞子："你怎么不告顾妈的儿子呢？"邓癞子觉得很诧异，他说："如果别人和我娘吵架，我也会上去和他干的。"又过了一个月，顾妈觉得和这么个癞子生活在对门，实在不爽，便不再给他女婿带外孙，而是搬到他儿子家，也就是附近新建的淮上西苑小区，一心一意给他儿子带孙女去了。

如此，筒子楼里又少了一户。

七

再说回到邓癞子在拘留所的收获，除了各种各样的见闻，邓癞子还结交了几个在赌场放高利贷的朋友。他们看得出邓癞子身上的那种癞性，便让他帮着讨那些在外面欠着的赌债，许诺给他 5 厘的提成。这些放高利贷是这么想的，先礼后兵，如果邓癞子软的要不来，那再来硬的。

邓癞子还真就接了这活，他把欠债的名字记在小本本上，一户户的去跑。欠债的不给邓癞子开门，邓癞子也不急，就癞在人家门口，逢路过的人就说屋里这个人欠了他的钱，不仅这么说，还说屋里这个人睡了他的老婆。屋里的人气不过，出来和他吵，他也和对方吵，屋里人动了手，邓癞子却不还手，直接打"110"。屋里的人傻了眼。邓癞子说："要不你殴打我，进拘留所几天，要不你把欠债还上，还不全，还个大半也可以，再赔我个几百块钱医药费，你打我这事就清了。”

邓癞子巧妙地用一件事引申出了另外一件事，又用另外一件事反过来促成了第一件事。多数人癞不过他，就以赔医药费的名头还了赌债。这种把赌债合法化成为医药费的方式，让赌场老板们对他刮目相看，觉得这个人大有可为的。邓癞子也越发频繁地出入大大小小许多赌场，并逐步扩大了他的业务范围。

有一天，一个放高利贷的找到邓癞子，和他商量一件事。他的一个朋友开了一个游戏机赌博的小场子，被警察冲掉了，现在正在抓老板。他希望邓癞子能够冒充老板，到拘留所里蹲几天，说白了就是顶包。

邓癞子问清了赌博场内赌博机的数量、参赌的人员、每日的营业额，综合估算了被拘留的时间，然后给对方开出了每拘留一天支付 500 元报酬的要求，经过讨价还价，降到了每天 200 元。邓癞子还要求被顶包的人在他被拘留期间照顾好他娘的生活起居。一切谈妥后，邓癞子穿了一套很老板派头的衣服，和他娘说要出去旅趟游，就去派出所自首去了。

这是邓癞子二进宫，但他无所谓。十五天的拘留期并不无聊，他住着不用干活的文明号，抽着从外面送进来的好烟，每天集体学习法律法规（他主要关心各类违法犯罪的刑期），没事打电话问问他娘好，时间很快就过去了。对方也很守信用，在他从拘留所出来后，请他到饭店美美地吃了一顿，然后给了他 3000 块钱。

有了第一次，就会有第二次。越来越多被查抄的赌场老板找到了邓癞子，要他去顶包。邓癞子每次都友好协商，他给自己定了两条规矩：第一条规矩，被处罚（治安拘留或法院判刑）超过 3 个月的生意不接；第二条规矩，在顶包期间，对方不照顾他娘的不接。有的人问他，为什么要规定在 3 个月内，时间长点不是更能赚到钱吗。邓癞子说，时间长了见不到娘，心里不放心。

而随着新的小区建立，许多住户也陆续搬离了这栋筒子楼，如今剩下的人已经寥寥可数。邓癞子把这些顶包赚的钱存了一大部分，也准备到新小区里面买套房子，一方面可以把他娘接过去住，另一方面有了房才能娶到新娘。但就像前面说的，他又不急于一下子赚太多钱，他始终觉得人不应该为钱所累。所以，他也只给赌场老板顶顶包，其他违法犯罪不在他的业务范畴内，他一律不接。

但赌场这行也是越来越难干，邓癞子有亲身体会。随着警方打击力度的增大，许多开赌场的人最终离开了这个行当，正如那些老住户们离开筒子楼住进新小区，而将这些废弃的楼房丢给外来的租客们一样，这些外乡人在慢慢调整并制定着新的规矩。原来还不起钱的，放爪子钱的老痞子们最多就是把欠债的关起来几顿打，对欠债的家人不会有过激的行为。但现在放贷的都是年轻小伙子了，他们心气盛，且下手狠，有次把一个欠债的人的老婆逼得上吊自了杀。邓癞子觉得不能跟这些人在一起混了，他准备房钱赚够了就收手，可手里还缺个三万块，邓癞子心里急。

又过了一段日子，有个叫小锐的小混混找到他，说有个事需要他顶个包。邓癞子问什么事。小锐说和几个人一起出去打了个架，把对方打伤了，他没动手，但提供了打架用的刀子斧子。小锐说得可怜，他说他马上就要结婚了，希望邓癞子能够帮帮他。小锐还说，如果他帮着顶包了，他愿意给他五万块钱。

五万块钱，不仅凑足了房钱，还能多搞点装修。邓癞子心里面这么想。

但邓癞子最关心的还是案情和刑期，小锐便找了几个参加案件的同案犯，大家在一起串了下口供，大家都说邓癞子只是开车顺便路过，其他人从他的后备厢里拿了刀具上去打架的。邓癞子放心了，他拿了先期支付的一万元定金，交代小锐照顾好他的傻娘，就到公安局自首去了。

可一进了讯问室，邓癞子就明白他被小锐坑了，其他同案犯突然改了口风，全部说是邓癞子召集了他们，并带头上去砍了人，他们只是在旁边看着。一方面是单一的受害者，另一方面是众口铄金的指认。邓癞子先是按照事前约定的说自己只是开车提供刀具的。但警方不相信，说邓癞子连驾照都没有，怎么可能会开车。邓癞子说自己会开车。警察不理睬他，他们已经在心里认定邓癞子是一个说谎的人了。

既然有口难辩，邓癞子就很憋屈地承认了打人的事情。他想着即便打，也不会打出什么事（他以自己被打的经验总结的），多蹲一段时间，把房子钱赚到手再说。

但等到他被关到看守所后，他才知道对方被打成了重度昏迷，现在还在ICU里面抢救呢，打人的事情眼见着就要变成命案了。邓癞子慌了，他不想干了，但此时已经不由得他了。小锐找人带话进了看守所，他告诉邓癞子，如果他不扛下来这个事情，他一出来，小锐就会找一帮人去砍他。邓癞子很怕，他怕如果继续默认这个案子，他有可能会被判很重的刑期。他也怕如果翻供，小锐那帮人不会饶了他。他在这种惧怕与纠结中熬过了一个星期，自己还是没有下定决心。他想他的傻娘了，他托看守所的警察找到了派出所的大黄，让大黄去看看他母亲的情况，他对小锐那帮人照顾他母亲已经不抱希望了，他只是想知道他母亲现在怎么样。

但大黄告诉他，他母亲下楼摔断了腿，被送到医院里面救治，情况很不好。听了这个，邓癞子蹲不住了，他立即申请了法律援助，告诉律师自己是被陷害的。律师说："你不是承认了是你上去打的人吗？"邓癞子说自己是顶包的。律师告诉邓癞子："警方的调查对你很不利，就算是你的确是无辜的，你也会因为顶包而被控伪证罪，也要蹲上半年。"邓癞子说："我不能蹲上半年啊，我娘现在在医院呢，我现在就要出去。"律师说："那我也没办法，法律就是这样规定的。"邓癞子彻底傻眼了，从容过了半辈子，邓癞子还没遇到过这种煎熬。

那一夜，号房里面的人渐次打起了呼噜，血从号房流到了走廊里，原来是邓癞子用削尖了的牙刷把子刺破了他的手腕动脉。邓癞子一直忍着，直到他确信自己的血量流到了必须送医院急救的时候，他才喊了出来。看守们立即将邓癞子往医院送。在意识还没消失前，邓癞子还嘱咐警察把他送到市二院救治——因为他的傻娘就在市二院住院。

邓癞子没死，但小命也丢了一半。邓癞子和他娘都住到了同一家医院的ICU里。邓癞子不仅每天撑着劲去看他娘（手上还戴着手铐，用衣服罩着），他还动用了所有的积蓄去救他娘，在医院执行24小时监视居住的大黄和其他警察也知道了他自残的原因，觉得这个癞子似乎还真有点性情。

就这样过了一个多月，邓癞子一天天的康复，而他的傻娘却在一天天的病危，医生说她的娘身体里面长了一个恶性肿瘤，生命就在那几天的时间。看守他的大黄每天允许邓癞子陪在他娘身边3个小时。邓癞子瞅着昏迷不醒的母亲，警察则站在拐角处。除了医生时常出入外，还有一位邓癞子雇来的护工，每天照顾他的傻娘。

那天晚上，邓癞子的娘突然醒了过来。她睁开眼睛，脑袋转向了邓癞子这边，枯树皮一样的手也伸了出来。邓癞子想握住她的手，但突然发现自己的手上还铐着手铐。邓癞子回头看着墙角的大黄，大黄掏出手铐钥匙，让邓癞子背过身，悄悄给他解开了手铐。

邓癞子握住了傻娘的手，傻娘的眼睛流出了泪，嘴巴断断续续地说：“儿啊，你要好好的。”邓癞子拼命地点头。

也就是那天晚上，邓癞子的傻娘离开了这个世界。

这之后，那个被打伤的人也从重度昏迷中醒了过来。他指认了小锐是上来砍他的人，他还说自己从来就没见过邓癞子这个人。而警方通过其他渠道的侦查，也确信了邓癞子在案发时不在作案现场。邓癞子故意伤害的案子算是了结了，但他作伪证的事情却依然要被追究。他被法院判了有期徒刑六个月。

八

六个月后，当邓癞子从牢里释放，回到山王镇上，碰到崔五爷，就要把那副金牙还给他。崔五爷说：“这副牙你就留着呗。”邓癞子问：“为什么？”崔五爷说：“和你说实话吧，这副牙原来是地主老财的，后来他被我爸批斗，活生生从他嘴里拔出来的。之后人也被其他红卫兵打死了。”邓癞子说：“怪不得我总是牙疼呢，原来是带了怨气。”说完，就用手把那颗金牙给拔了去，拔牙的疼也就是一小会儿，再之后，邓癞子就再也没觉出疼来。

邓癞子把房子租给了别人，挨到夜里，他到镇上电影院门口，放了把火，烧了傻娘的所有衣物，哭一场，又呆坐了许久，想到自己的爹妈都没了，又默默抹了几把泪。到了第二天早上，邓癞子肿着红眼泡到镇上有名的红鼻子牛肉汤第一锅喝了碗浓汤，抹完嘴巴，又在服装店买了衣服，买了假发，揣着剩下不多的钱，到派出所办了销户的手续。大黄问他到哪里去。邓癞子说要到外地从头开始，再之后，大黄就没在山王镇的街道上看见过邓癞子。

看门狗

一

2010年1月，大黄到山王派出所报到，一条杂毛狗横在大黄的面前，不让大黄进门。

那条狗像个拖把头，身上的毛一缕一缕的，把整个身子都裹了起来，头上的毛太多，只露出一排在寒风中打战的牙齿，喉咙里发出呜呜噜的声音。

门岗老头从值班室探出脑袋，喊了句："傻老吁，滚开。"

那条狗抬头看了看老头，缓慢地起身，拖着一条后瘸腿，走开了。

傻老吁，便是这条狗的名字。

而门岗老头，大黄后来称呼他为老周。

如果你混过公安，会发现派出所、交警队、防暴队等许多基层单位的院子里都是有狗的。少数是单位头儿养的，多数是街上的流浪狗主动来投奔。一方面，一线单位一天三顿都开伙，这些流浪狗怎么也可以混个肚饱；另一方面，警察们也不赶这些狗，不是因为有好生之德，而是顾不上，自己忙得都像狗一样，院子里的狗还能充当点内保的作用。

二

傻老吁在来山王派出所前，曾在邻近的毕家岗派出所待了些年。后来毕家岗派出所食堂来了新厨师，傻老吁对他很没好感，总是龇着牙，现出一副进攻的姿态。厨师走到哪，它便跟到哪，厨师心很慌。

片警们把厨师的职业经历一查，才发现，他曾开过狗肉馆，杀了不少条狗。估计傻老吁是嗅到了厨师身上残留的同类的血腥味，才表现出深深的敌意。

一边是把菜做得有滋有味的厨师，另一边是在派出所混吃了许多年的杂毛狗，谁走谁留，所长犯了难。傻老吁作出了选择，某天午饭前，它溜到厨房灶台下，翘起蹄子，在米袋边撒了泡尿，然后便悄无声息地离开了，回到了对它来说兵荒马乱、弱肉强食的街头。

估计在街头混社会的那段时间，傻老吁活得很惨。当它后来跟着老周来到山王派出所时，后腿已经残掉了。

老周说他也没警服穿，但这条狗就是不依不饶地跟着他，估计他身上有某种外溢的正义感。

所长说："拉倒吧，人以类聚，物以群分。它把你当成同类了。"

老周撇撇嘴。

至此，傻老吁便在门岗室边上安顿了下来。

三

傻老吁这个名字，也是所长老夏给它起的。这个名字本来属于辖区的一个惯偷，瘸腿，弱智，有羊角风，成天颠儿颠地在街上溜达，看到想要的东西，进店里拿了就走，如果店门是关着的，硬生生去挤玻璃门，愣是把厚厚的玻璃门挤碎。

每次有类似的案件发生，所长就带人把傻老吁抓过来，把拿来的东西归还给人家，再让他 70 多岁的老娘领他回去。不是警察不想把傻老吁关到牢里，只是四院（精神病院）早就给他出具了中度弱智的鉴定报告，完全不负刑事责任。傻老吁的家也穷得叮当响，母子相依为命。这年头，没钱？精神病院也不是那么好进的！

可能是联想到作为狗的傻老吁也是颠儿颠的，偶尔还躺倒在地上抽会儿风，吐点儿白沫，所长便也唤它为傻老吁。

有时候，警察们把小偷傻老吁抓了过来，所长一声断喝："傻老吁，又偷了什么东西？"不到一分钟，作为狗的傻老吁便颠儿颠地跑进讯问室，抬头看所长。

所长又喝道："傻老吁，滚开！"

讯问椅上的傻老吁忙着起身，所长又喝道："不是说你，说狗呢！"

作为小偷的傻老吁又乖乖坐回到讯问椅上。

作为狗的傻老吁耷拉着脑袋离开了讯问室，它走过的路面，灰都被抹干净了。

虽然作为人的傻老吁智力欠了那么点儿，但作为狗的傻老吁，却有着一条老狗应有的淡定，甚至还有点儿睿智的感觉。

四

派出所的人忙，像那些忙事业的新爸爸一样，闲下来的最多是和人或狗逗逗乐，真正照顾傻老吁的，是门岗兼司机的老周。或许都是老光棍的缘故，他们俩有一种天生的相依相偎感。

有的时候，冬天午后，太阳好，老周钻进车里，把座位放倒，沐浴着日光睡午觉，而傻老吁则在外面的引擎盖上趴着。老周的鼾声打得像是在车震，引擎盖上的傻老吁流出的口水算是免费刷车。

有的时候，所长看傻老吁脏得实在罩不住，就把皮管子接上水龙头，要给傻老吁冲凉水澡。平日慢慢吞吞的傻老吁惊得又咬又跳，让所长怀疑它是不是得了狂犬病。老周把水龙头拧了，找来大盆，泡上洗衣粉，滴些巴氏消毒液，和匀了，把傻老吁抱起来，撂进盆里。傻老吁虽然还是挣扎，却不会去咬老周的手。

还有的时候，派出所办案子，熬了通宵，还没结束。在门岗室打了一夜瞌睡的老周看天亮了，到街上买许多油条豆浆，给小伙子们当早餐。傻老吁跟在老周脚边，看老周端着油条豆浆准备离开，傻老吁咬他的裤脚。老周有些迷惑，但看到早点摊老板羞赧的笑，便想起来还没有付钱，赶紧掏钱。一番推辞后，老板收下了钱。

傻老吁是一头鸡窝疯，老周却是光脑袋。傻老吁在狗界属于温饱线下的阶层，老周也差不多。还好两个人都是一人吃饱，全家不饿。

和傻老吁一样，老周的来历也需要考据。他大概是很多年前被人介绍到派出所开车，也没有编制，连辅警都算不上，但为人极和善，和谁都能开玩笑，谁也都能开他的玩笑。于是，一晃许多年，熬过了好几任派出所所长，有的都升了局长，自己却依然窝在门岗室里，拿着八百块钱的编外工资。

但就这样一个年过半百的小老头儿，在开车带警察去抓捕的时候，眼力头却活络得很，经常先于警察发现罪犯，必要的时候，也会冲上前去搭把手，也因此扭过老腰。记得有次夜里守候逃犯，看到一个麻脸从巷子出来，大黄一头冲了上去，刚掏出手铐，就被老周一把按下了，把麻脸吓得不轻。老周给麻脸让过路，低声对大黄说："什么眼神，要抓的人23岁，这家伙都快50了。"大黄嘿嘿笑，因为他是老周，如果是所长这么说，大黄可不敢笑。

但老周毕竟是编制外的人，也没有制服。偶尔破了大案子，上面领导来视察犒赏，为了给领导留下警容严整的好形象，所长便很不好意思地让老周带着傻老吁到外面溜达两小时。穿着白衬衫的领导来了，大家洗好手，排成一排，等着和领导握手，媒体记者也拿着长枪短炮一顿猛拍。推拉门外，回来早了的老周和傻老吁不小心也会成为照片的背景。照片里，老周有点儿失神，傻老吁还是露着一副白白的狗牙。

去年，市里面组织公安非编制的人员参加考试，只要通过考试，便可以转为辅警，能拿到快两千块钱的工资，还有五险一金。快五十岁的老周也去考试了，但成绩垫底，没有通过考试。上面对于人员的管理越来越规范，财政支出更是越来越严格。没多久，领不到工资的老周便收拾好背囊，离开了工作了快二十年的派出所，到另一个厂里当保安去了。

傻老吁也跟着老周走了，但没过几天，被老周送了回来。老周说厂里面环境太差，也没有食堂，还不如让傻老吁在派出所这里吃现成的。所长同意了，他把自己的板凳上的屁垫放到门岗室里，又找了些破棉被裁剪了，算是给傻老吁搭了一个窝。老周又给傻老吁洗了遍澡，然后回厂里去了。

五

傻老吁有点儿寂寞了，派出所的工作越来越忙，警察们不逗它玩了，外面的狗更不把它当回事儿。

傻老吁成天就是在派出所院里溜达，有时候站在警车前，想跳到引擎盖上，但却心有余而力不足。它连路都很难走直了，经常瘸腿打弯，摔倒在地上。所长把它脑袋上的毛剪掉，才发现傻老吁的眼睛烂了，都流脓了，带到兽医医院，清创，滴眼药水，也不管用，傻老吁瞎了。所长问兽医傻老吁的年龄。兽医看了它一口烂牙，说怎么也得有十二年以上，没几年活头了。

所长把傻老吁带回派出所，关照食堂的阿姨，每天给傻老吁喂点儿汤泡饭。阿姨撇撇嘴，觉得平时凶巴巴的所长竟然还有妇人之仁。

就这样，又过了些日子，有天晚上，所里抓了群偷车贼回来。通宵讯问，人困马乏，有个偷车贼施展软骨功，偷偷从讯问椅里钻出来，溜到了院子里，看到关紧了的推拉门，便一脚踩上横杆，想翻过去。傻老吁从黑暗里钻了出来，咬住了男人的腿。男人有些不稳，从横杆上下来，把傻老吁踹开。傻老吁又扑上去咬男人的腿，男人提起另一只脚，狠狠地踩了下去。

傻老吁松了嘴，发出一声呜咽。听到惊动的侦查员冲进院子，把翻到一半的偷车贼给拽了下来。

傻老吁又挺了两天，期间兽医也来过，说没得治了。到了第三天傍晚，傻老吁死了，一口牙都碎了。

所长给老周打电话，没人接，到厂子里面找老周，被人告知老周在仓库搬运东西的时候，货架翻了，把老周砸在地上，死了。

大黄把傻老吁埋在了派出所后面的拆迁工地。

至此，派出所就没有了常住的狗了。

至此，门岗室也没有常住的人了。

至此……

其实，很多东西都是在不停变化的，对吧？

枪神

一

多年之后，当老莫从又一个黑暗的梦魇中惊醒，他的脑海中还在游荡着被他击毙的越南兵那似笑非笑的面孔，还有随即向后飘散的血雾。他努力睁大眼睛，黑色的瞳孔凝视着黑色的墙壁，回忆便如退潮时的海浪，消弭在吞噬一切现实的暗黑漩涡之中。

二

那不是老莫杀的第一个人，当然也许不是他杀的最后一个人，但却是老莫唯一把面孔看得如此真真切切的人。在老山攻防战的末期，战场两端的士兵更多是躲在山涧的掩体，打打冷枪，骂骂娘，心情好了，便用各自的乡音，哼着象征和平的家乡小调。老莫呢，除了盘算着下次轮休的时间，便时不时将八五式狙击步枪探出阵地，一枪枪地将冒失的越南兵点名，不需要验证是否命中，老莫便已经游走到另一处狙击阵地。到底消灭了多少敌人，老莫不会去算。杀人嘛，又不是积德的事，他这么想。

原以为战争会在小打小闹中走向终结，一日清晨，老莫却顶了战友的缺，被征召到一个侦查分队中，在迷雾的遮挡下，在被炮火犁过无数遍的战场上，一尺一寸向对方炮兵观察哨可能存在的地方摸去。

几乎就在一瞬，灰色的晨雾凝结出一个影影绰绰的身体，年轻的越南士兵抬起了脑袋，望着老莫，嘴角的笑容仿佛还在回味某个玩笑，又或是在享受战争即将结束的释然。他就这样看着老莫，看着老莫端着枪，扣动扳机，将他的左眼打出个空空的血窟窿。

老莫也这样看着这个越南兵，看着他仰面倒下，年轻的面孔还定格着似笑非笑的笑容，黑红的鲜血则溅污了挂着露珠的几片草叶。老莫有些发怔，直到队长扯过老莫的衣领，一起跌入身后的弹坑。

整排的越南兵冲出战壕，静默中只听见零乱急迫的脚步声，沙沙般像是要吞噬一切遇到的生命。与此同时，更大的死神则呼啸着从老莫身后的天空飞来，落入冲锋的越南士兵中，掀起泥土与器官搅拌而成的血腥。

轰隆隆的炮击持续了十分钟，才宣告结束。老莫抖去覆在全身的尘土，探出了脑袋。硝烟笼罩着前方的阵地，他试图寻找被他面对面屠戮的士兵，却只看见四下散落的残肢断臂。愣了半天，他才想起抹去脸上的血和肉。熟悉的触感有了新的变化，他在自己的下巴处摸索着，却只是徒然地发现自己的下巴被削去了半边，零落的牙齿在空气中神经质地打着寒战。

观察哨被端掉，越军的炮兵也便失去了眼睛。更大规模的炮击后，战友们如潮水般冲了上来。激荡的人流中，抬着老莫的担架却在向后转移。老莫被送到了野战医院，随即又转送到昆明的大医院。两个月后，当老莫别着军功章，出现在一个内陆县城公安局长的办公室门前，他已经退伍转业成了一名刑警。

潘局长握着老莫的手说“欢迎新同事”，老莫从刚整过形的嘴角挤出一个笑容。他微笑的影像出现在潘局长办公桌一侧的镜子里，狰狞且恐怖。潘局长愣了一下，握着的手松开了。老莫赶紧收起了令人尴尬的笑容，向潘局敬了个军礼，便出了门。转身的刹那，那个被打死的越南兵的年轻脸庞又一次从老莫的脑海里掠过。

是该开始一种新的生活了，老莫暗自想道。

三

山王派出所所长老夏很喜欢带老莫出去抓捕。这个蒙古族汉子有时会觉得自己就是猎手，而老莫就是停在他肩上的鹰隼，只待一声令下，便会立刻向猎物扑去。既稳又狠，既冷又准，是老夏对老莫的评价。

老夏印象尤其深刻的是他们第一次的合作。那是一天夜里，市公安局指挥中心打来电话，在邻县地下赌场杀了人的屠夫邹一刀很有可能于当晚潜回本地。指挥中心要老夏带人去他家核实一下。放下话筒，老夏叫起了在宿舍床上躺着看《七侠五义》的老莫，揣了把六四式手枪，骑着摩托车就往邹一刀家赶。

罗、莫二人来到邹一刀的住处，屋里黑瞎瞎的没有一个人。老夏又想到二道河坝子下的一处民房，邹一刀一伙人经常在那里扎金花赌钱。老夏和老莫离着房子很远，便把摩托车熄了火，然后摸着草丛往房子靠近。屋内摇曳的灯光让老夏觉得很有戏，他兴奋地回头看看老莫，枪口也不觉间抵到了老莫的眉心。老莫眨眨眼，用手指将枪管往下压了压，没吱声。

房子近了，老夏向老莫做了个迂回的手势，要老莫到房子后面堵着，以防屋里的人跳窗而逃，他自己则打算从正门进入实施突袭。而就在分工完成的一刹那，屋里突然传出了狗叫，房门被打开，邹一刀的影子出现在光亮下，手上还牵着那条吃够了屠宰场里猪下水的狼狗。

狼狗吠叫着，邹一刀张望着，老夏半蹲着。老夏感受不到身后的老莫，他好像消失在了空气里，没有气息，没有温度。最终，邹一刀像是看清了什么，一把松开狗绳，让狼狗向罗、莫潜伏的地方奔来，自己则转身往坝子下的黑影跑去。老夏觉得很痛苦，十来年的从警生涯，他被狗咬过，被猫挠过，甚至被猪拱过，这些不可理喻的动物行为有时比罪犯要危险得多。他站起身，拿枪对准了这条飞奔的生灵，却只感到背后一阵风。老莫迎着狼狗冲了过去。在碰撞的瞬间，老莫一个侧身，再一个右摆拳砸在狼狗的脑袋上，狼狗连哼哼都没发出，就重重地摔在了地上。

再看邹一刀，他已经一头钻进坝子下一人高的蒿草丛里，不见了踪影，只有晃动的蒿草尖大概标识出他的位置。老夏端起六四式手枪，却没法抠下扳机，在这种情况下直接击毙犯罪嫌疑人似乎不太稳妥，于是他向天放了一枪，喊道："邹一刀，你他妈的给我出来，否则老子就不客气了。"枪声在空寂的旷野上空回荡，压低了所有的声响，草丛也寂静下来，仿佛在嗅探着危险的远近。但也就是一瞬间的犹豫，草丛又沙沙地晃动起来，并不断向坝子的远端延伸。

那是光明与黑暗的分界，越过坝顶那盏路灯，邹一刀便可隐遁无踪。老夏赶了几步，停在蒿草丛前，他不能轻易跟着钻进草丛，任何回马枪的埋伏都有可能发生；他也不愿将邹一刀这样放走，这的确是个立功的好机会。老夏踌躇着，瞅了瞅老莫。老莫把手掴住老夏的手腕，另一只手则把六四式手枪接了过去，平端着枪，对准了五十米开外的那盏路灯，一动不

动。老夏想说点什么，他不怕老莫打不准，他怕老莫打得太准，直接把邹一刀给毙了。但老夏此刻却有点出戏，觉得老莫持枪的姿势实在潇洒，像极了最近上演的《便衣警察》里的男主演。于是，老夏像是一名静默的观众，隐约间等待一部好戏的上演。

草丛的两端又没了声响，夜风停止了吹拂，鸣虫也停止了捣乱，所有的生灵都屏住了呼吸。一秒、两秒，月光下的枪管，冰冷幽蓝，三秒、四秒，草尖上的露水，氤氲扩散。五秒，邹一刀突然从草丛那端跳上坝顶，又一个箭步想跳到坝子的另一侧。突然，他腾空的身体失去了平衡，转过的正脸在路灯照耀下显得极为惊恐，长长伸出的舌头像是刚走了一趟鬼门关，却又随即重重地摔落在坝顶上。

老莫关了枪保险，和老夏一起跑到邹一刀身边，看到他抱着自己被子弹击中的脚面不停鬼嚎。老夏呼一口气，这当然是最好的结果。老莫则把枪交还给老夏，努努嘴说："火力太弱，连个贯穿伤都打不出来。"

此役之后，老莫一战成名，枪神的称号也不胫而走。

四

来者不善，这是老莫给开赌博游戏机室的刑七的第一印象。

那日傍晚，暑热只在抽丝剥茧地退出白日战场，留下一地烂叶的菜市，在各类鸣虫的飞翔中，显得既平静又聒噪。刑七斜倚在翻板凉椅上，腆着圆滚的肚子，眯缝着小眼，瞅着对面面馆新来打工的四川妹子。油亮的光头在夕阳照射下泛着色眯眯的光亮。穿着警服的老莫毫无声响地闯入刑七意淫的画面，掀开门帘进了面馆。

来了新警察了，刑七挠了挠头皮，得应酬一下。他让马仔拿了两包软中华，放在肚皮上等着老莫出来。不一会儿，老莫擦着脑门上的汗出了面馆。刑七起身迎了上去，笑嘻嘻地和老莫打招呼，点头哈腰地让老莫只看到一个不断摇晃的光头。

老莫退了一步，向刑七敬了个礼，这让刑七一怔。一怔是刑七看清了老莫那被炮弹重塑的脸，二怔是刑七还真很少遇到敬礼的警察。慌乱间，刑七也依样画葫芦回敬了个礼。老莫问刑七有啥事。刑七说："你是刚调来的吧，还没有幸结识一下呢！”说着，就把两包烟往老莫裤兜里塞。

这次老莫没有退步，而是用手握住了刑七的手腕，冷冷地说道：“同志客气了，我不抽烟。”刑七还想把烟往前递，可手腕却真切感受到老莫蕴含的力道，于是送也不是，缩也不是，气氛有点尴尬。

还是老莫打破了僵持，问刑七干什么营生。刑七笑呵呵地收回烟，指着身后的游戏机室说：“赚点小钱。”老莫望着卷闸门里黑洞洞的空间，“嗯”了一声，两步便迈进了游戏机室内。适应了满屋的烟雾，他看清了靠东墙码成一排的赌博机。刑七跟在老莫身后提议道：“玩两把，算我的！”

老莫没吭声，径直走到赌博机前，突然从裤兜里掏出一个伸缩警棍，回望了有些没搞清楚局面的刑七，便将警棍狠狠地砸向了赌博机。

第一棍砸在了荧荧亮光的赌博机屏幕上，第二棍砸在了刑七的心坎里。引狼入室啊，刑七暗骂。但刑七还算有些定力，他按住了要上前拦阻的马仔，用眼神示意他们：让他砸！

刑七的定力是在多次被砸实践后摸打出来的结果。一方面像这种砸法最多损毁些部件，伤不了内核，修修补补还能用；另一方面他也不确定老莫的砸是真疾恶如仇呢，还是只表个姿态——让刑七更服帖些。毕竟虽然这些年来公安局一拨又一拨来砸场子，刑七的赌博机生意反倒是越干越大。“狡兔死，走狗烹”，刑七对他和公安局的关系这么总结道。

老莫哼哧哼哧地砸完那几台赌博机，丢给老莫一句警告的话，就离开了游戏机室。刑七拧巴着脸，目送老莫出了门，便打电话叫了几个同样干着灰色产业的老板，约了一家大排档，准备晚上开个碰头会。

碰头的结果还是试探，怎么试探呢，请吃饭！要是老莫赴约呢，说明老莫还是“上道”的，要是请不动，那就要另想办法了。

次日，派出去的马仔很快带回了消息，老莫愿意赴宴。刑七满意地挠了挠光头，心想我刑七也还是有点脸面的。

五

宴席安排在旺龙大酒店，是刑七的一个把兄弟开的，招牌菜是霸王别“鸡”，讲白了就是王八烩公鸡。

刑七和他的马仔们围坐在餐桌前，等待老莫赴约。刑七用筷子夹起一个鸡头，心中暗想，吃了我的饭，我便成了霸王，你便成了鸡。

刑七的霸王梦没做成，一伙人苦等了两个时辰。开饭店的把兄弟让刑七到吧台接电话。电话里，老莫说，如果刑七是因为开赌博场子的事请他吃饭，那他可以省省了；如果只是想认识认识，那以后打交道的机会多的是，早晚不在乎这一顿饭。末了，老莫还把自己的警号报给了刑七，说欢迎刑七对他随时监督。

刑七愤怒了，他的光头闪着复仇的光芒，嘴角则泛着歇斯底里的白沫。突然间，他将听筒一遍又一遍砸向座机，红色的塑料片在撞击中不断飞溅，直到手中只剩下半只听筒把子，把兄弟才敢上来劝刑七消消火。刑七咬牙切齿地重复着一句话："太不上道了，太不上道了……"说着，就带着马仔们离开了饭店。留下结账的马仔还不忘把那盘霸王别"鸡"打包塞进了自己的挎包里。

恨归恨，却不能硬着来。这点刑七明白，枪杆子里出政权，他刑七本事再大也大不过法律。还是要智取，从饭店出来，刑七便一头扎进了桑拿浴，在水汽升腾的澡堂子里思索着对敌良策……

六

第二日，老莫起床下楼刷牙，发现有个小伙子蹲在派出所门外的石头墩上抽烟。老莫没太当回事。待到老莫从包子店吃完早饭，老莫又发现了这个小伙子，有意无意用眼神瞟老莫。老莫"嘿嘿"一笑，心想我老莫真有面子，还给配了个跟班。

吃完早饭的老莫不急着回单位，便带着这个跟班四处瞎转，一阵变速疾走，让那个身材像虾米一样的跟班累得直喘粗气。老莫觉得肉包子消化差不多了，心满意足地回到单位，跟班则擦把汗，重新坐回到石墩子上，又点了根烟抽了起来。

老莫问同事大黄，认不认识那个跟班。大黄隔着窗棂瞅了眼后说，那个虾米就是刑七店里看场子的马仔。原来如此，老莫心中冷笑：班门弄斧，还搞起反侦查来了。

白日已尽，弦月悬空，正是赌博游戏机场子上客的好时候。老莫让大黄穿上自己的衣服，出了派出所院门，朝远离刑七场子的小吃一条街走去。待到跟班的马仔也跟随着大黄他们远去，老莫带着两名年轻派出所警员，穿着便服，推一辆平板车，杀向了刑七的老巢。

刑七还没看清迎面推着车的来人，老莫他们就已经闯进了场子里面。游戏机室顿时炸了窝，有夺门而逃的，有抱头蹲倒的，有赶紧藏钱的，还有趁乱揩女服务员油的。一声枪响，大家都望向那只枪口朝上，还在冒着青烟的六四式手枪。老莫龇着半面没有皮肉覆盖的牙床，冷冷地说道："都别动。"

老莫就这样端着枪，另外两名队员则把赌博机一台台搬到了平板车上，然后一个在前面拉，一个后面推，渐行渐远。老莫脑袋转了一圈，目光与枪口一道搜寻着人群中的刑七。当确信刑七已经跑路后，老莫向噤若寒蝉的男女们撂下一句话："别再让我看到这有赌博的，否则我见一次，砸一次。"随后便也转身消失在夜幕中。

七

刑七没有跑路，而是在枪响的那一刻，一头钻进了床底，见证着这犹如抄家般的打砸，但越是看，刑七越是平静，他甚至自嘲地想到，我上门搞别人老婆的时候还没轮到钻床底，这下可真是搞得太漂亮啦。

刑七的平静中蕴藏着杀气，干大事的人一定要冷静，刑七一直这样告诫自己，既然撕破脸皮，只能图穷匕见。没上过几天学的刑七脑海里竟然蹦出了这个成语。嗯，那就图穷匕见吧。

跟班没有了，游戏机室也铁将军把门了，老莫以为这事告一段落了。他还是每天早上到包子店吃一笼肉包子，喝一碗胡辣汤；晚上就住在派出所，睡前准时到门外的公厕撒泡尿。这个生活规律不仅传输在老莫的神经元中，也记录在某人的小本本上。

过了一月有余，秋风渐起，老莫依然在深夜光着膀子出门撒尿。尿液哗啦啦地浇在小便池壁上，全身通透。把残留的尿液抖干净，老莫低头系上裤袋，准备出厕所大门。就在这时，冷冷的月光变成一道弯弧，劈头向老莫砍了过来。老莫一惊，顺着弯弧一甩头，就听见钢刃与石墙的撞击。老莫趁机握住钢刃一端的手腕，一提肩，一背摔，面前黑色的身躯便成了一道弯弧，摔进了身后的小便池里。

老莫还没来得及回头看身后的情况，厕所门外的光亮又被两个瘦猴似的影子堵住。两个人像是拿不定主意前进还是后退，只是像门神一样守住了厕所的出口。老莫很烦躁，刚洗的澡，被这么一折腾，算是白洗了。老莫一个箭步，瞬间和他们贴了脸，短暂的眼神交汇，两人"哇啦"一声，转身分头就跑。老莫趿拉着拖鞋，几个大步，便追上了其中的一个，一个扫堂腿，把他扫倒在地。再看另一个人，已经越跑越远。老莫摇摇头，大声喊了句："再跑我就开枪了！"

或许真是被老莫枪神的名号吓到了，那个瘦猴还真停了下来，两手抱着脑袋，慢慢蹲了下来。老莫忍住笑，走到瘦猴身后，两只手指比画成枪口，抵住了瘦猴的后脑勺。良久，嘴里突然爆出一声"砰"，瘦猴立刻全身紧绷，应声倒地。老莫呢，则是对着天上的月亮哈哈大笑。

八

老莫下手狠了点，这导致了两个结果：一是送走了雇用打手的刑七，被吓跑胆的他连夜出逃，据说是去了南方某座沿海城市；二是招来了出了名的泼妇龅牙姜，她是被摔进小便池打手的老婆。

埋伏事发后的第二日，老莫接了个电话，叫他到县公安局潘局长的办公室去一趟，说是这个龅牙姜带她老公来告状了。派出所所长老夏开车送老莫去县公安局。虽然老夏对老莫私自放走那三个打手有意见，但他和老莫一样，不想过去，只看未来。但老夏有种不好的预感，他从后视镜里偷眼看老莫，老莫则是安静地注视车窗外，不知是瞧见了什么可乐的事情，老莫咧嘴笑了笑。

警车停在分局大院，老夏从驾驶座上扭过身子，盯着老莫说："你别说话，一切让我来处理。"老莫看看老夏，又龇龇牙笑了笑。

还没进潘局长办公室，老夏就听见了女人撒泼般的哭闹。老莫呢，则闻到了熟悉的尿骚味，原来那个打手连衣服都没换，直接穿着沾着屎尿的汗衫就来告状了。

一见到老莫，龅牙姜就冲了上来，一拨拨地将唾液往老莫脸上招呼。老夏是了解这个女人的，她在刑七场子的边上摆了个烟摊，顺带帮刑七放放风，一对龅牙便是她彪悍的代言，就连她在外面要横惯了的老公，回到家也要畏惧她几分。

老夏把老莫拉到身后，要龅牙姜平静一下，先坐下来讲事。老夏瞟一眼潘局长，发现他靠在座椅上，皱着眉头，没说话，只等着听事情的真相。但龅牙姜可不给老夏机会，说老莫拿她老公要酒疯，说老莫把她男人按在粪坑里，一颗板牙都崩断在茅厕崖壁上。

听到此，老莫鼻子哼笑了一声，觉得如此龅牙姜便和她老公更加般配了。这声哼笑更加激发了龅牙姜的斗志，她一下扯住了老莫的警服，眼泪鼻涕全蹭在老莫胸前的警号上，一副以命抵命的样子。老莫说："你放开。"女人不听，继续哭喊道："警察草菅人命啦！警察害死小百姓啦！"老莫又说了遍："你放开。"女人还是不依不饶。

老莫没有把同样的话说第三遍，而是一个反肘，将女人的手腕折成了九十度，女人则顺势尖叫着跪在了老莫的脚边。老莫抬头望向潘局长，却发现他站起了身，关切的眼神越过了自己的肩膀，向身后望去。原来，龅牙姜悲情下跪的一幕正好被市纪委的暗访组撞见，老莫纵有八张嘴也难再说清……

一个月后，暗访通报下来，老莫殴打来访群众，行政记大过，撤销当年评优资格。

九

红头的批评通报贴在了县公安局机关大楼的大门上，不管是警察还是群众，无论是地痞还是混混，都能看得到，有人叹息，有人偷乐，也有人觉得跟自己没关系。老莫也看到了通报的内容，他是在用心看。他或许在脑海里对照那些罪状回想自己的那个折腕、那个背摔；或许是在脑海里勾勒着一张张扭曲了的脸，邹一刀的、刑七的、龅牙姜的，还有那白白胖胖的暗访组组长的一脸疾恶如仇。

老莫把自己关在派出所的枪库，取出一把五四式手枪，弹夹、枪管、套筒、卡笋，一、二、三、四地拆下，码放整齐，发会儿呆，再卡笋、套

筒、枪管、弹夹，一、二、三、四地装上，然后举枪瞄准，心中默念“一、二、三、四”；然后再一、二、三、四重复拆卸的四个步骤。

慢慢地，老莫平静下来，那些脸啊、牙啊的被清空出了脑海，留下来的只是手掌中的每一个部件、每一根弹簧、每一根撞针。瞄准的时候，老莫甚至闭上了眼睛，任由举枪的动作长久定格，再度睁开双眼，却发现靶心中央的目标没有游离丝毫。

日头将落，老莫走出了枪库，警服松垮地披在肩上。老夏瞅瞅他，老莫和平地笑了笑。老夏放心了，让大黄把藏起来的子弹放回到枪库，心想事情到此也就告一段落了。

可事情没有完，就像有些电视剧会不断出续集一样，现实也是一个不断反刍和发酵的过程。对于老莫踢走刑七场子的事情，派出所内部意见并不统一，马副所长便是其中之一。姑且不说老马是不是收了刑七的钱，或是喝了刑七多少酒，仅仅从刑七每年给老马提供的情报，就够老马破几个大案件了，因此踢走了刑七，无疑是断了老马一条重要的情报渠道，这让老马很不爽。

老马的不爽挂在脸上，也说在嘴上，特别是老莫被处分后，老马更是有事没事拿话头呛老莫。老莫不搭理，每每遇到这个情况，便拍拍老马的肩，转身走开。老马被拍得莫名其妙，觉得他的肩头别人还没资格拍，便更是没深没浅地挑老莫的刺。

老莫不喜欢这种絮絮叨叨的人，虽然老马的战果也是有目共睹，但他的工作方式更多显出一种奸猾，特别是在讯问的时候，像是和犯人比着坏，有些话说得比地痞还不堪入耳，有些小敲小打更是透着阴狠，幅度不大，却钻心地疼。

这些老莫尚且能睁一只眼闭一只眼，但老马却不知好歹地欺到自己的头上，老莫只能给予有限度的忍。而这种忍，就体现在对老马的拍肩上，一方面是让老马不要躁狂，看清自己；另一方面老莫也在默默计数。老莫心中定了个标准，对待敌人零容忍，对待无赖事不过三，对待同事呢，十不过九吧。

但无论老莫多么想老马悬崖勒马，这糟心的第九次还是来了。在一次失败的午夜围捕后，老夏带着派出所警员到大排档吃夜宵，老莫和老马也在其中。几杯酒下肚后，老马又开始和老莫比画上了，说老莫只知道傻乎乎地往前冲，不管团队配合；说老莫那张脸老远就把犯罪嫌疑人吓跑，追都追不上；还说老莫不是号称枪神，也没见他把偷车的贼给毙了。老莫把手掌搭在老马的肩上说："你喝多了。"老马把老莫的手掌打落说："你算个屁，听我说话！"

所长老夏说："老马过分了啊。"老马嬉笑着说："所长，你看老莫那戳样……"他转头望向老莫，却听到腰间"咔嗒"一声，像是慢镜头回放一样，老马看到老莫卸下自己枪套里的手枪，端举着这块生铁对着自己的脑门，距离不过十厘米，近得老马无法将两个眼球对焦到枪口上。又是一声"咔嗒"，老莫打开了保险。这下老马看清了黑洞洞的枪口，还有枪口后老莫那张整过形的脸。老莫龇着裸露的牙，一个字一个字对老马说："你喝多了。"然后，关保险，收枪，把枪插回到老马的枪套里。前后也就半分钟，现场的人目瞪口呆，连案板前切菜的厨师也忘记了把菜刀放下。

老马突然起身往后退，却被铁凳绊倒在地。他指着老莫喊了声："你有种，等着！"然后一个翻身，向县公安局跑去。老莫则是一口干掉杯中的酒，扭头向相反的方向走，黑色的后脑勺先隐没在夜色中，然后是黑色的夹克，最后连白色的运动鞋也看不见了。

十

潘局长把老莫再一次请到自己的办公室，对面还坐着派出所的老马。潘局长盯着老莫看，老莫盯着老马看，老马则眼巴巴地瞅着潘局长。老马时而搓搓手，潘局长时而清清嗓，但都没人说话，气氛很尴尬。沉默良久，潘局长叹口气道："老莫，你给老马道个歉，这个事就算过了！"

老莫站起身，双手笔直地贴在裤缝线上，用最真诚的目光直视办公桌后面的顶头上司，平静地说道："潘局长，别为我坏了规矩。"

潘局长摸下巴的手停了下来，情不自禁地说："规矩……"像是得到某种启示，又像是收获某种欣慰，潘局长正色道："那就按规矩来吧。"

板子落在了两个人的屁股上，老马因为饮酒配枪，被行政记过；老莫因为违规使用枪支，被关禁闭一个星期。另外，老马和老莫的持枪证也同时被吊销。

刚考来的特警小胡负责看守老莫，他每天就守在禁闭室外，百无聊赖。老莫则在里面读书看报，冥想打坐。每到日头快落山的时候，老莫便会用借来的绳子跳绳，一次跳一万，轻盈的脚尖点着地，发不出一点声响。小胡自觉身体不错，就和老莫比赛，跳绳、掰手腕、俯卧撑，甚至是擒拿。小胡精力充沛，老莫经验老辣，两人各有胜负。

小胡听说过老莫枪神的大名，便想方设法求老莫传授枪法。老莫说："你先陪我打会儿坐。"小胡不情愿地陪着老莫盘腿坐在席子上，眼皮却不时地翻动，斜眼瞅着好似入定的老莫。

老莫呢，眼睛一闭，七荤八素的纷繁遭遇便从脑海深处涌来。他用意念设立了一道防线，将这些人啊、事啊，分门别类，抽丝剥茧，一点点地融化掉，而不至于让它们乱了心智。心静了，气匀了，这个世界变得无比通透。

末了，老莫轻轻地说道："小胡，在你十点钟方向的墙上，趴着一只马蜂，你把它赶出去。"

小胡抬眼望去，果然看到了墙壁上的那只黄蜂，再扭头瞅瞅老莫，依然是闭着眼，一副气定神闲的样子。小胡不禁感叹道："老莫，你都神掉了！"

十一

禁闭的日子过成了闭关修行，不觉间，老莫觉得自己的煞气消退了，一种平和灌入了他的丹田，甚至是原本有些桀骜的小胡也成了他的忘年交，不认为他那张撕裂的脸有什么可怕的成分。

别过小胡，老莫打起被装，扛在肩上，迎面遇到了上楼开会的潘局长。老莫脚后跟"啪"的一磕，敬了一个标准的军礼。潘局长的眼神从手中的文件移开，瞧着老莫，想找寻一丝不平与怨恨。但潘局长看到的，却依然是那个从部队刚退伍的战士，身板笔挺、目光锐利。潘局长赞赏地点点头，拍了拍老莫的肱二头肌说："回去吧，好好干。"

老莫变了吗？

他自己也在思考着这个问题。他边思考，边走在川流不息的人群间，落日的余晖洒在脚下的青石板路上，反射出一种柔和的光晕，把老莫从脚到头包裹起来。老莫停下脚步，他想成为太阳，扫荡所有的阴霾。可阳光不会拐弯，只能直直照亮没遮挡的地方，对那些阴暗的旮旯却无可奈何。老莫叹口气，继续往前走。

不觉间，老莫行至一处三岔路口，对面的红灯让他停下了脚步。就在此刻，老莫的思绪被一股热浪卷走，路口的一家火锅店蹿出了火舌，人们拥挤着，连滚带爬挤出店门。

没有人注意，在四散逃命的人群中，会有一个中年人裹着棉被，一头扎进了火场，消失在浓烟后。火锅店里的人逃得差不多了，有的人用清水清洗伤口，有的人跑去电话亭打火警电话，有的人蹲在地上清点财物，有的人则啥事不干，双手插进裤兜看热闹。

火越来越大，烟越来越浓，围观的人们不断后撤着步伐，保持着安全距离。有的人看得厌了，准备回家吃晚饭，却被一声尖叫勾回了注意。浓烟的中央出现一个燃烧的人像，颇像一位殉道的僧侣，坚定地朝着光亮处移着步伐，人像的两侧还拖拽着两个冒着火舌的气罐。

老莫高喊着“闪开”，将煤气罐放在店外的空地上，抖掉燃烧的棉被，从行李包里找出一床垫被披上，转身又消失在浓烟中。

时间定格了，空间定格了，就连呼吸也好似定格了。喧嚣转眼变成了沉寂，只听见火焰噼里啪啦舔舐着木材，融化着塑料，燃烧着空气。人们就这样静静地等待着。突然人群中又爆发出女声的尖叫：“出来了！”

老莫再次从浓烟中闯了出来，摇晃着又将两个煤气罐拖到空地上，然后便跪在地上猛烈地咳嗽，任由垫被在他的脊背上燃烧，闪亮的火星则不断飞扬到半空。隔壁卖花鸟鱼虫的老汉从大鱼缸中舀了一桶水，劈头盖脸地将老莫浇透。老莫感谢地摆摆手，挣扎着站起身，一步一晃，再次返身进了火场。

警笛声越来越近，越来越急迫；路人的心跳也越来越快，越来越急迫。他们都期待着浓烟能够再次汇聚出那个熟悉的、燃烧的身影。母亲捂住了孩子的眼睛，姑娘开始偷偷抽泣，男人们更是挣脱了妻子的拉扯，冲上去和老汉一起舀水为燃烧的煤气罐冷却。

消防战士终于赶到了，小伙子们穿着厚厚的防护服，带着头盔，一个个冲进火场。没一会儿，他们拉出了老莫，烧得火红的手中还拽着一个煤气

罐，嗤嗤的火苗正灼烧着他的眉眼。两个消防战士用灭火器一阵喷射，熄灭了火苗。他们掰开老莫的指头，揭开身上的垫被，把他抬到了上风处，平躺着放在地上，便又杀回到火场。人群则以老莫为圆心，渐渐围了上来。

又过了两分钟，急救车来了，几十双手（男人的、女人的、医生的、小贩的）一齐将老莫轻轻放到担架上，又抬进了救护车。

然后几十双眼睛（浑浊的、清澈的、含泪的、祈祷的），目送着急救车呼啸驶远。

十二

是醒着吗？为何视觉却没有醒来？

是睡着吗？为何痛觉却在不停撕扯？

黑暗不再纯净，它矫揉了丝丝黏稠的光亮；光亮不再清晰，它只是夹缝中的光影变幻。

意识开始苏醒，听觉变得敏锐。老夏在门外耳语："怕是要失明了。"

老莫将脑袋歪向一边，对着秋风汩汩吹进的窗棂，脑海中勾勒着落叶、车流、路人，不觉间，眼泪从烧煳了的眼睑缝隙中，慢慢溢出。

生命中的第二次整容手术，消毒、切痂，植皮、缝合。一半麻醉、一半清醒；一半海水、一半火焰。

又过了三个月，当老莫被搀扶着，走出了充满福尔马林味道的医院，他下意识地用手摸了摸自己的脸。

"如月球般坑洼！"这是老莫最直观的想法。

老莫谢绝了所有的采访，只是将自己关在宿舍里面发呆。人们都想见一见这位救火英雄，尽管不确定是否会被烧伤的面孔吓到。他们堵在派出所的门外，送上鲜花、送上鸡蛋，甚至买了许多套新被褥。

老莫听得见楼下的喧嚣，老莫也能听得见楼里的动静。他听见所长老夏悄悄地打开门，把一副墨镜放在了桌子上；他听见大黄悄悄地打开门，将一根导盲杖靠在了门后；他也听见了老马悄悄地打开门，在他身边坐下，抽了根烟，握了握他的手，然后把剩下的整包烟留下，一言不发地走了出去。

老莫觉得，他可以看得见这些人的脸，他们的表情，他们的动作，光影有着浓淡变化，气息有着远近不同。他伸手向前摸去，指尖触碰到的除了无所不在的空气，就是一片虚无，老莫又开始质疑他所看到的那些面容。

潘局长也来了，打开了一个小盒子，拿出一个小物件，在空气中丁零当啷地响着。老莫知道，这是立功奖章。潘局长问老莫有什么要求。老莫想了想说："把我的持枪证还给我吧。"

潘局长没说话，算是默许了。

十三

老莫将自己再次封闭到那间十平方米见方的枪库，持枪证就放在枪库的桌子上。他摸索着打开枪库的柜子，拿出一把五四式手枪，粗硬的线条，厚实的分量，握在手里很心安。

他又拿出一把六四式手枪，7.62 毫米口径的枪口，冰冷、小巧，可以直接揣进口袋。

放下六四式手枪，他摸到了新配发的左轮。木质的枪柄，空空的转轮，他一甩臂，转轮"咔嗒"一声卡入枪身。

他想起一种叫作俄罗斯转盘的游戏，随意放一发子弹到转轮内，让玩家们轮流对准太阳穴扣动扳机，赌一赌好运的眷顾或噩运的无常。

不觉间，老莫也将手中左轮抬起，唇齿将 9 毫米口径的枪口吞没。如果就这样把自己的脑袋轰掉，该是一副多么绚烂的画面啊。老莫有些情不自禁，灰暗的生命像是再次涂抹了鲜艳的色彩。

老莫闭上了眼，试图清空所有的回忆，一桩桩、一件件，用无边的黑暗打包，全部丢开。

只有一件，老莫无法抹去的，便是那张年轻越南士兵的脸，那张微笑的脸，那张还未感知下一秒死亡的脸。

造化弄人啊……

凝滞了许久，肌肉一阵抽搐，似乎笑、似乎哭，老莫将枪管移出了口腔，一声轻轻的叹息，回荡在屋内。

归置好枪支后，老莫关上了灯，眼前的世界也便从灰色变成了黑色。老莫摸到椅子，戴上墨镜，坐了下来。

十四

老莫索性在枪库里搭了张床板，定居下来，开始了与枪支日夜相守的日子。所长老夏也觉得很心安，一是枪库有了常年值守的人员；二是老莫的性格也慢慢有了转变。这一点派出所的同事们也有了感受。

他不再倨傲，不会再提那些战场上的故事，不会再对看不惯的事情固执己见。开会的时候，他只是抱着个茶杯，微笑着坐那儿听。

他不再冷漠，他开始和人交流，无论工作，还是家常，他甚至修补了和老马的关系，主动和老马交换烟抽。

他也不再封闭。除去晚上的时间，他也会戴上墨镜，走出派出所的大门，用听觉，用嗅觉，用模糊的光影变化，用左敲敲、右敲敲的导盲杖，去感知这个世界。

他会坐在茶摊边，听一听打牌人的闲言碎语；他会和收破烂的老人，聊一聊黑市上摩托车的价格；他会和交警一同守在放学的路口，用导盲杖拦阻闯红灯的冒失小鬼；也会横坐在网吧门口，堵住那些来上网的少年。

于是，这个世界，在老莫的心底，慢慢呈现出了新的轮廓。一日午后，老莫坐在楼顶的健身房里晒太阳。老夏和大黄在那儿打乒乓球。老夏一记暴扣，黄色的红双喜划过一条弧线，向老莫飞去。

老莫正襟危坐，墨镜后的他没有任何表情，只是迎着声响，抬起右手，黄色的乒乓球稳稳地落到他的手心。

“哐当”一声，老夏的球拍惊得跌落在球台上。

老莫也很惊讶，这只黄色小球怎么就会飞到他的手心。

他将小球举到眼前，试图去捕捉它的颜色，甚至忘记了拿掉那副墨镜。在一番失败的端详后，老莫把小球揣进了口袋，若有所思地带回了枪库宿舍。

于是，每至深夜，留在派出所值夜班的侦查员便会听见“嗒——嗒，嗒——嗒，嗒——嗒”的清脆韵律，他们知道那是老莫在枪库里耍他的乒乓球，等分的节奏赶得上墙上的挂钟。玩了一个小时，便是“咔嗒、咔嗒、咔嗒”的金属碰撞声。值班的侦查员也知道，老莫又在拆卸、组装枪械了。不同于乒乓的回声，金属的碰撞越来越紧、越来越密，密得让楼下的大黄看球都安不下心。他实在忍不住，就拿了个秒表，悄悄推开了枪库的门。

月光随着推开的房门倾泻进来，照亮了老莫的侧脸，是那半面残牙裸露的脸，除了狰狞，没有任何表情。月光也照亮了桌面的枪，是那把老古董，极具分量的军用五四式手枪，幽幽地泛着铁蓝色的光。

老莫转过头，向大黄点点头，便将那把五四式手枪翻滚于指间，幽幽的蓝光便也忽而明亮，忽而暗淡，忽而分裂，成了两个部分，成了四个部分，弹夹、枪管、套筒、卡笋，一一放在桌面上。老莫顿了一下，便又开始了他的指间魔术，蓝光开始合并，成了两个部分，成了一个部分，成了握在老莫手掌中那只可以毙命的武器。

“咔嗒”一声，老莫扣动扳机，完成了一次没有装弹的击发。大黄也在此刻再次按下了秒表。58 秒，一个极好的成绩。

老莫侧过脑袋，咧嘴对大黄笑笑，门边的月光可以穿透他裸露的牙床，向窗外游走，弥散到很远地方，换回一只夜鸟的叫声，让这个夜愈发的静谧。

十五

一年到头，12 月末，下了第一场雪，正赶上年底训练考核的日子。老夏和派出所的同事们刚在初雪中完成 3 公里的长跑，便上气不接下气地赶到靶场。25 米定点射击和一分钟速射在等着他们。老莫则在靶场内，将从队里带来的手枪一一发给大家。油光闪亮的样子显示出枪支良好的保养状态。

这几年，因为社会治安安定，大多数基层单位都实行了刀枪入库、马放南山的武器管理制度，疏于保养的枪支在实际使用时，便会出现卡壳哑火等情况。可是每日被老莫把玩在手间的枪支却像是人体器官的延伸，怎么用怎么舒服，甚至是扣动扳机击发所需的食指力量，也比其他枪支要平和许多。一场考核下来，老夏的派出所实现了大满贯，包揽了全部项目的第一，前来观摩的潘局长在别的县公安局局长面前高兴得合不拢嘴。

考核结束，人员逐渐散去，灯光渐次熄灭。老夏收拾好装备，准备带老莫离开打靶场。他看见老莫在靶位前伫立，背对着自己。老夏走上前去，看到老莫手里拿着一只空弹壳，放在鼻尖嗅着硝烟的味道。

老夏一阵心酸，扭头就进了控制厅。过了两分钟，靶场的灯光再次亮起，老夏回到了老莫的身边，将一把五四式手枪放在老莫的手心。老莫扭头看看老夏，墨镜难掩他的惊异。

老夏笑着拍了拍老莫的肩膀，说："打几发吧，怎么说你也是有持枪证的人。"

老莫低下头，沉默了许久，像是在掂量某种分量，像是在积蓄某种力量，又像是在找寻某种回忆。

最后，老莫抬起头，喉结动了动，对老夏说了声"谢谢"。

两声铃音，靶场进入速射模式。木质的移动靶从宽大的正面突然直立，短暂停顿，一秒、两秒。大黄急着对老莫喊："九点钟！"

一秒、两秒，时间在老莫的感官世界内被拉长，他听到了木板弹出的声音，听到了白雪簌簌落下的声音，听到了大黄的高喊，听到了扣动扳机的"咔嗒"声，听到了子弹冲出弹膛的喷发，以及穿过木板正中的一声钝响。

接着，一切变成了顺理成章，一只只靶子被弹出，一只只靶位被击倒，空荡荡的打靶场只剩下那些击发的回响。9秒，老莫完成了限时半分钟的6次击发，发发命中。

老夏和同事们欢呼着，扑向了老莫。老莫关掉手枪的保险，轻轻地放下，转过身子，对飞奔而来的同事们挤出一个微笑。

雪更大了，模糊了派出所警员们的身影，可老莫枪神的名号，却被这风雪传得很远。

十六

又一次抓捕，还是那个河坝。曾几何时，老莫一枪将准备逃匿的邹一刀击落在坝顶。而如今，老莫再次来到这里，陪伴在身边的是特警队的小胡。命运啊，总是不断地将人推到重复的场景中。

上级本来不同意老莫参与此次抓捕，理由不言自明。但是老莫说，黑灯瞎火，他的心里可比大家的眼睛要明亮许多。而且这次任务要带枪，他必须要到现场负责枪支的安全。

老夏也知道，每次出任务后，老莫一个人守着空空的派出所大院，那滋味想必不会很好受，而且这次的抓捕对象并非穷凶极恶，就是对一个长期存在的地下赌场进行清查，所以带上经验深厚的老莫或许是一件好事，毕竟小胡那一批来配合的特警队员虽然冲劲很足，但是太年轻了，不太令人放心。

此刻，老莫带着小胡守在坝顶，这是赌徒们逃窜的必经之路，双脚向下延伸，就是当年的那片蒿草丛，在夜风的吹拂下，哗哗啦啦地作着响。老莫趴在坝顶上，谛听着夜风的声音，听着蒿草的声音，听着对讲机里除了脉冲以外的静默。没人知道老莫是睡了，还是醒着，就是身边的小胡也不知道。但是小胡还是心安的，就像陪老莫关禁闭的那些日子一样，小胡也慢慢地学会入定，学会将所有的心绪全部放在一个大娄子里，再找一个自己也看不见的地方藏起来。

那么老莫的娄子有多大呢？篓子里面都会放些什么东西呢？小胡想着，他不会去问老莫，因为这个问题听起来都很傻，就像小胡的媳妇第一次听说他找了个瞎子当师傅，也笑话他很傻一样。

小胡不会知道，老莫心里已经没有这个篓子了，所有的苦难，所有的遭遇，说它们溶于血液也罢，说它们呼吸吐故也罢，说它们挥汗散发也罢，总归是不存在了。如果说真是有这个篓子，那么也一定是两头都开口的，怎么进去，怎么出去，一切都是事物最本来的样子，自然，毫无做作。

小胡摇摇脑袋，觉得自己想多了，虽然心没乱，神却走远了。他扭头看看老莫，他还是趴在自己的身边，没有声音，没有呼吸，甚至是气味也没有，只有作训帽上凝结的露珠，折射着这静谧的夜。

小胡悄悄转过脑袋，将眼睛再度睁大，一动不动地注视着坝子下面的那几栋房屋。对讲机此刻也开始嗡嗡作响，先是低鸣，各种人声，在紧密地交流着、部署着，仿佛是应着这电台中的指令。远处的夜色有了变化，有些草尖被压低了脑袋，有些麦秸被折断了腰杆，有些反射变成了折射，有些折射则彻底失去了方向。

突然间，对讲机再度静默，包括坝底的所有生灵，都没了声音，大家都好像在等待一个信号。

“行动！行动！”

对的，就是这个信号！行动！

黑夜顺时变成了白昼，高音喇叭开始响起，狼狗也在狂吠，警员们则向平房全力冲刺，腰间的手铐和警棍在互相剐蹭中“乒零乓啷”响起金属撞击声，高筒的皮靴和脆弱的木门也在发出着破碎的撞击。然后，各色人声取代了这一切的喧哗，占据了上风，有谩骂，有哭喊，有指挥，有命令。慢慢地，百川入海，九九归一，各行动组开始有秩序地汇报收缴赌资、抓获人员等战果情况。

身处高处，听着、看着，小胡感觉自己就像置身于一部好莱坞大片中，心里却直痒痒，感叹自己不能直接杀进赌场内部。他想站起身，加入硝烟即将散尽的赌场，却被老莫一把拉住了胳膊。老莫向赌场的后墙指指，小胡看见，后院的墙头凸起一块肉瘤，扭动着、张望着，随后轻巧地一跳，消失在墙底的一侧蒿草丛里。

而小胡则一个箭步，也从坝顶冲进了草丛的这一侧，蒿草丛开始从两端向中心荡起涟漪。老莫心里咯噔一下，随即撑起他的导盲杖，顺着这涟漪汇聚的方向，向蒿草丛深处摸去。走了几步远，老莫听到了一声闷响，像是肩与肩、肘与肘的撞击，老莫加紧了步伐，闷响更加紧密。老莫丢开导盲杖，另一只手揣在口袋按住那块放了很久的生铁，加快步伐赶了上去。

闷响没有了，清晰的人声响起：“别动，再动，我就开枪了！”

坏了，那个男人有枪。

老莫此刻也进入了斗武场的中央，他的到来组成了一个三角形，每个人都站立着，僵持着。胸前的对讲机传来派出所警员们兴致高昂的对话，不远处则有警笛的奏响；再远处，便是巨大夜色背景下的各种杂音，野狗在呼唤，汽车在远去，夜风在回荡。没有人注意到此刻蒿草丛中央发生的事情。

“让开！赶紧让开！否则我要开枪了！”男人进逼三步，锐角三角形变成了钝角三角形。

“小胡，让他走！”老莫发话了。

小胡的拳头攥得更紧了，关节发出咔嚓咔嚓的声响。

“让他走！”老莫的声音斩钉截铁。

“滚！”小胡让开了身子。男人绕着老莫，兜了一个扇面，又消失在蒿草丛中，再过了一会儿，又出现在坝顶。那个曾经邹一刀没有逾越的坝顶。

小胡把手伸向老莫的衣兜，里面是那把六四式手枪。老莫把枪递给小胡，平静地问：“你打得准吗？”

小胡或许没有听见老莫的声音，他已经把枪举起，对着奔跑的男人，打开了保险。

老莫又问：“每一颗子弹都会对应一条生命，你能打得准吗？”

小胡还在瞄准。

老莫不再说话了。良久，老莫已经听不到脚步声，知道男人已经逃远了，才轻声地说：“小胡，你做了件正确的事情！”

然后，老莫听见一声长长的呼气。小胡说：“我现在才感受到枪的重量，你一定没装弹夹吧。”

老莫笑了。

小胡把保险关了，将手枪交还给老莫，枪柄上湿滑得全是汗。

小胡最后说：“谢谢你，老莫！”

十七

后来，老莫也在想，如果当天他来射击，是否还能够重现当年一枪打伤并制服邹一刀的奇迹。但是老莫也就是想想。他慢慢觉出味来了，大概是冥冥之中的命运把他再次推到那个坝顶，但是究竟该做什么样的选择，却是他自己的自由。如果故事每次的结局都一样，那么这样的人生也太无趣了些。

的确，老莫没想当这个枪神，他喜欢枪，喜欢那一份沉甸甸的踏实，却不喜欢硝烟里弥漫的杀戮。若每一发子弹都要报销一条生命，他宁愿不去扣动扳机。

对于他所射杀的那些生灵，老莫虽没觉得有罪，但却一直感到不安。而这份杀戮的不安，即便伴随着失明后，对周遭万事的日月沉淀，铅华洗净，却也在像午夜梦回般，如钢锥刺破了皮肤、巨石抛入了水面，搅得老莫心神不宁。而那张越南士兵微笑的，未知生死的脸，满满当当地挤满了老莫的神经回路，吞不下、吐不出，痛苦地不断反刍。

这一天，老莫擦了擦脑门上的汗，从简陋的行军床上醒来，在满是枪油的房间，盘腿而坐，慢慢平静自己的呼吸。或许是老莫太过于入定自己的内心，他竟没有听见公鸡的三遍打鸣，没有听见楼下煎饼果子的叫卖，没有听见大黄早起的哗哗撒尿，以及值班电话两端十万火急的紧迫语气。

枪库的门被老夏打开，五六个人涌了进来，领了枪支、弹药，不发一语地又涌了出去。老莫问发生了什么事，竟没有人搭理他。然后就听见两辆警车，拉着警笛，越驶越远。

老莫从行军床上起来，摸索着穿上罩褂，戴上墨镜，定了定神。警笛声一路向西，鸣了五分钟，平息了下来。老莫眉头皱了皱，大概是山王镇小学出了事。

老莫打开了枪库的柜子，摸到一把小巧的六四式手枪，装上一个弹夹，揣到罩褂的内口袋里，出了枪库门。

被辞退的民办教师老方，从早市上抢了把菜刀，闯进了曾经代课的班级。小男孩们尖叫着，从门、从窗户逃出了教室，女孩子们胆小，瑟瑟发抖地挤在堆积扫帚的角落，被她们曾经的老师拿着刀尖抵着不敢动弹。

派出所片警来了，刑警队侦查员来了，特警队的狙击手也来了，教室外围拉上了警戒线。潘局长拿着扩音器对老方隐藏的角落喊话，半天听不见回音。

潘局长让校长去作老方的思想工作，校长不敢，正是他提议将老方和其他五名年龄较大的代课教师辞退，自称是淘汰落后产能。女教务主任咬咬牙说："我去，我侄女也在教室里。"

女教导主任进了教室，还没站稳，一把飞来的菜刀就砸在身后的铁门上。人群一阵惊呼，待命的警察就要一拥而上，却被退出的女教导主任拦了下来。她扶着特警小伙子的肩膀，喘了口气，说道："他身上背了炸药。"

事情复杂了，潘局长放下手中的扩音器，对身后的老夏吼道："赶紧给市公安局危爆大队、武警反恐中队打电话！"

哭闹声，争吵声，脚步声，警笛声，人们都在以不同的声响体现着自己的存在，却没有人发现有个盲人悄悄坐在学校的小花坛边，身边还放了根导盲杖。

他始终伸长脖子、侧着脑袋，一只耳朵看起来就像是接收信号的天线。不觉间，日头就过了中天。老马发现了老莫，拿了一份盒饭走过来。老莫摆摆手说："吃不下。"老马说："我也吃不下。"

老莫问老马里面的情况，老马说："很麻烦，犯罪嫌疑人情绪越来越糟，但更糟的是，犯罪嫌疑人连任何要求都没提，他连自己在做什么都不知道。"

老莫问老马："什么时候强攻？"老马看看天说："入夜吧，到时候围观的群众会少许多。"

老莫点点头，拍了拍老马的后背，说："注意安全。"

老马站起身，准备回到岗位。老莫变了主意，说："把盒饭留下吧，我还是得吃点垫垫肚子。"

傍晚了，奔跑的脚步拖沓了，哭喊的嗓子嘶哑了。潘局长也不再喊话，而是低声急切地和一群人商量着什么。

老莫站起身，伸了伸腰，迎着夕阳的方向，静静地等待着。

冬日的夜来得很早，老莫嗅到学校锅炉房里柴火的味道，毕毕剥剥地燃烧着，催动着炉里的热水咕咕嘟嘟冒着热气，安静且祥和。

夕阳慢慢收走最后一丝光线，老莫的世界也便从迷蒙的黄，变成了死寂的灰。紧接着，"嗒"的一声，路灯开了，老莫的世界再次有了光亮照入。

老莫没有再去定位光的方向，而是转过身，左手握着导盲杖，右手揣在罩褂的内口袋，一步步往教室走去。

大概是现场的警员都在忙着突击前的准备，竟没有发现老莫越来越靠近劫持现场，而还在现场守候的家长，则以为是一个瞎子走错了路，误入了迷途。

老莫推开门，感受到了墙角的方老师，感受到他胸前的火药味，以及他的颤抖、他的恐慌。老莫还感受到了他身后的几个孩子，蜷曲着，哭泣着。老莫也感受到了室外突然一片寂静，感受到自己此刻已经成为所有人视线的焦点。

老方嘶吼着，声音都变了味："滚开，瞎子，这里没你什么事！"

老莫摘下眼镜，一个被炮弹削去一半的下颚，一双被火焰烧化的眼睛，老莫听到老方倒吸了一口气。

老莫平静地说道："方老师，别做傻事，这个世界，没有什么过不去的。"

老方更加恐惧，继续吼道："滚，你这个瞎子。滚，你这个怪物。"

老莫放下导盲杖，伸手向眼前那朦胧摇晃的人影慢慢抬起，右手还是揣在自己的罩褂口袋里，说："方老师，我是来救你的，请你相信我。"

老方的嘶吼带了哭腔，说："走开，我不要一个瞎子来救我，我不要人救，我要死，我要死！"

老莫问老方："你确定要死吗？"

老方还在嘶吼，却已口齿不清，语词难辨。

老莫叹了口气说："好吧。"

一声枪响，仅有的那盏白炽灯失去了光芒，教室内陷入一片黑暗……

警察惊呼着，端着枪往教室冲；家长尖叫着，软了膝盖，坐在地上……

他们只在用眼睛接收着未知的黑暗，却忘记了用耳朵去倾听那嘈杂中的信息。他们没有听见桌椅被撞开的杂乱，没有听见身躯扑倒在地的闷响，没有听见双臂被脱臼的清脆，以及老莫压在方老师的身上，对着他的耳朵边挤出的那几个字："再艰难，都要活着！"

特警队员把方老师反手铐着上了车，危爆大队的民警小心翼翼地研究着爆炸装置，勘查人员举着大灯正在拍照固定证据，被劫持的小女孩们在妈妈的怀抱里嘤嘤地啼哭。潘局长则拿着对讲机，向市公安局领导汇报。

大家都在各忙各的，只有老莫坐在教室前排的小板凳上，手上还有那把击灭了白炽灯的六四式手枪。老夏走过来，把导盲杖递给老莫。老莫则关掉手枪保险，把枪交给了老夏。

老夏努努嘴，欲说还休。老莫却先开了口："老夏，回头把那发弹壳给我吧，留个念想。"然后，他站起身，笑了笑，接着说："那我先回去了，昨晚做了一夜梦，没睡好，今晚估计能睡个好觉。"老夏点点头，目送老莫的背影出了教室。

能睡个好觉吗？老莫心里暗自发问，他的答案是肯定的。

三奇葩

大黄有段时间借调到了县公安局信访科，经常接触各类上访的人。这些上访人不到派出所，因为案（事）件本身就是派出所办的，告也没用；他们也不到市公安局、省公安厅，因为那要坐汽车、火车，费钱费工夫，还没准被半路截访。因此，抬脚就到的县公安局是他们最常去的地方，更何况县公安局对面就是县政府。县政府门卫兼着信访接待室，接待室的同志经常对来访的群众说："瞅瞅，对面就是公安局，你们对谁不满意，就让公安局把他抓起来。"

于是，这些群众就涌进公安局。要说这些年警察真的是文明多了，遇到群众来访，先是敬个礼，然后泡杯茶，坐下来，等你气喘匀了，才问："您好，有什么情况需要反映的？"负责接访的同志还练过急救，但截至目前，心肺复苏术还从来没实践过。

应该说，绝大多数来访群众投诉的问题都是有据可查，这其中也有许多自摆乌龙的，比如有个老太太举报外来的施工队把他们村民打了，结果查实是老太太的三个儿子先动的手，就把她的三个儿子连同施工队的工人都拘留了。还有一个举报小区里面有赌博的，结果开赌场的老板被抓后，反咬一口举报人在另一处也开了赌场。妈妈的，同行举报同行，结果举报人也被拘留了起来，这些事多了去了，不一而足。

这么多人中，令大黄印象深刻的，有这三位奇人。

一　脑控

这第一位姓孙，男，四十来岁，下岗工人，他首先登场。你要问为什么他排到最前面，因为他赶得早，每周一大清早，他必然会出现在县公安局大厅。为什么是周一呢？因为周一早上开局务会，所有局长、副局长都参加，他能找到领导（这点很重要，接待人员经常以领导出差或到市里面开会来引导来访者到信访室）。

大黄第一次和他打交道时，他夹着个皮包，手里还攥着一个牛皮纸信封袋，快步往局长室闯。在信访室轮值的大黄以为来了什么老板，拦住他，问他："怎么回事？"他说："公安局有案不立，有罪不查。"大黄问他："什么案件？"他说："有人要陷害我。"大黄问他："谁要陷害你？"他说："国家安全局要陷害我。"大黄暗想，难道他是间谍啊，还是恐怖分子啊，还是邪教人员啊。

大黄问："为什么要陷害你？"

他说："我知道的太多了。"

大黄问："你都知道些什么？"

他说："我不能告诉你，否则你也要被追杀了。"

大黄又问他："怎么知道这些不能说的秘密的？"

他指着脑袋说："都在这里面呢。"他悄悄说，"这里面被外星人操控了，它什么都知道。"

大黄说："好吧，你怎么能证明国安局要陷害你？"

他掏出手机，指着屏幕上的一个晃动的白点告诉大黄："你看这就是国家安全局监视我的证据。这个白点是他们在天上放的飞机投射下来的信号，时刻定位我在哪里。"

大黄接过手机，发现还真有一个晃动的白点，可他的手指一碰到屏幕上，白点就没有了。原来是屏保啊。大黄把手机还给姓孙的。姓孙的大叫一声，说："你把信号切断了，他们要派人来抓我了。"然后一溜烟跑掉了。

于是，只要遇到他来分局上访，大黄就把他那个小白点弄没有，然后他就会主动跑掉。大黄觉得，这样吓唬他其实挺不好的。

二　信徒

孙先生屁滚尿流地跑开，在大门外的白老太太会吐口唾沫，骂一句："异教徒，活该雷劈。"然后便背着手，继续在门口背诵圣经。她背到第几节第几段，大黄也不知道，反正她背着很溜。背着开心了，她还会唱出来，慷慨激昂，不细听，还以为在唱“文革”的歌曲。

白老太太全天候穿着一套衣服，白色小圆帽，青色小褂，灰色裤子，白色球鞋，一年三百六十五天，就是这一套，从来没换过，但绝对一尘不染，这在这座挖煤的城市是不可想象的。所以，大黄一度怀疑她是不是有七套一模一样的衣服。

白老太太就是这么一个几乎看不到任何变化的人。大黄记得他小的时候，白老太太就在镇上唯一的一座电影院门口布道，宣讲上帝耶稣怎么怎么好，让人们戒除那些淫巧的娱乐。那是二十年前。二十年啊，这个白老太太外貌几乎没有任何的变化，白老太太说这是信仰永葆她年轻。

白老太太在公安局布道的时间是每天九点到九点半，之前她是在民政局（诅咒那些离婚的），之后是在地税局（要求把税收都散给穷人）。负责大院安保的一个辅警是白老太太的孙子，起初他还劝奶奶不要围公安局的大门。

白奶奶说：“我没堵大门啊，我在门边上站着啊。”

孙子说：“你要不在门边别说话，行不行？我求你了。”

白奶奶掏出一本厚《圣经》，敲在她孙子的脑袋上骂：“你个不信教的，你要气死我啊。”

忠孝不能两全，这个辅警被折腾得实在没办法，主动申请从机关调到一线派出所去了。

白老太太在公安局门口一共布道了十来年，没有成功劝一名警察信仰基督教。但她也不是完全失败，原来在县公安局大门口一个天天见到警察和警车就敬礼的小男孩（弱智）在她的感召下，戴上了十字架。

三　监督员

大黄他们对白老太太的放任引起了一个名叫高帅的年轻人的不满。高帅，这是一个寄托了爹妈美好希望的名字，但基因中的信息却让他成了一个名副其实的矮丑的人，肉脸，肉脖子，肉肚子，肉大腿。每次看到他，大黄都会试图在他身上数圆圈儿。

第一次和高帅打交道，是在一次巡逻过程中。大黄把巡逻车停在街边，他敲了敲车玻璃。大黄摇下车窗，看到一个手里端着纸杯、身穿卡通图案棉

布睡衣的男青年。男青年说："我要报警。"

大黄说："什么事？"

他说："我被人威胁了。"

大黄问："谁威胁你？"

他指着前方不远处一个卖瓜子的。

大黄说："走，我们看看去。"

大黄下了警车，男青年却不走。大黄说："怎么了，怕他伤害你？"

男青年说："不怕，你保护我呢。"

大黄说："那走啊。"

男青年说："你没戴单警装备。"好吧，大黄扣上了十斤重的单警腰带，里面有手铐、催泪喷射、强光手电、警棍、警用急救包。

大黄又往前走，他还不动。大黄问："又怎么了？"

他说："你急救包上面的日期过期了。"大黄一看，可不是吗，前年就过期了。但急救包里面是绷带、剪刀、酒精一类的，即便过期也问题不大。大黄就有点生气，说："你到底来还是不来？别让人家跑了。"

男青年说，"好吧。"然后提醒大黄打开执法记录仪，拍摄整个出警过程。

大黄心想，这家伙怎么对公安工作这么了解，什么都知道。

走到近前，大黄才知道，原来这个男青年举报人家占道经营，还把城管一拨人给折腾了过来。大黄问城管怎么回事。

城管说："这个卖瓜子的占了路牙子下面五厘米，被男青年看到了，举报他，卖瓜子的不服，便骂了他几句。然后，他便说卖瓜子的威胁他，便把你们警察也折腾过来了。"

大黄问男青年："他怎么威胁你了？"

男青年说："他要打我。"

大黄问卖瓜子的大叔："你要打他？"

大叔说："我就抬了胳膊，没想打他。"

男青年还说："他骂我，他要向我道歉。"

大黄对大叔说："你占道经营也是不对，你向他道个歉。"

大叔不服说："我有错，也轮不到他来举报。"

男青年说："举报是公民的权利。"

大叔强横道："我不给他道歉。"

城管大妈也帮着说话："都是下岗工人，做点生意不容易，就他（男青年）会吵话。"

男青年不愿意了，说："你怎么这么说话，你是国家工作人员，怎么这么说话？我要举报你，你说的都在警察的执法记录仪里面录着呢。"男青年一转身，发现大黄的执法记录仪的工作指示灯没亮。男青年又说："你怎么不开记录仪，我也要举报你。"

人群中开始发出哄笑。大黄赶紧转移注意力，对卖瓜子的说："你给他道个歉吧，你不道歉，那咱们派出所说话去。"

大叔还不道歉，还是大叔的母亲，一个七十多岁的老太太拨开人群，对男青年鞠躬说："我儿子做得不对，我向你道歉。"说着，还摸出一包中华烟，要给男青年。

男青年还不依不饶道："想贿赂我，没门，我就要他道歉。"

人群开始哄哄嚷嚷："行了吧……知足吧……别得理不饶人啦。"

男青年看看周围，说："好吧，我原谅他了。"然后伸手，一把把中华烟揣进了睡衣口袋里。群众看事情结了，准备散了，结果男青年又说："我要举报你们，你们！"他的手指着大黄和城管，接着说，"城管帮着占道经营的说话，派出所执法不开执法记录仪。"

没完了，大黄心里这么想，但群众看热闹的不怕把事闹大。大黄想不能这么缠下去了，就告诉他："你投诉是吧，我带你到派出所投诉去。"他迟疑一下。大黄说："进去吧，我们开警车回派出所。"男青年似乎觉得坐警车很威风，很风光地环视了一圈围观的群众，钻进了警车。群众则哄笑道："自己报案的，却把自己搞进局子了。"

到了临近的毕家岗派出所，刘所长一看，说："高帅，你怎么又来了？"

大黄就问刘所长："怎么，你认识？"

刘所长说："怎么不认识，自封的监督员，举报达人。"

这个高帅低着脑袋，在那偷着乐。

大黄问："他都举报谁了？"

上午举报了一个违章停车的，还举报了一个噪音扰民的。

大黄说："我猜猜，那个扰民的不是他家附近的吧？"

"当然不是，他就是在路上走着，看到一家人办丧事，请的唢呐班子，就举报人家扰民。"

"还有举报什么的？"

"那多了，有举报人家遛狗随地大小便的，有举报等公交不排队的。"

"你们都出警了？"大黄问。

刘所长一脸无奈，反问："你说呢？不过，"刘所长接着说，"这个高帅不是一无是处，他爸偷偷开了个游戏机赌博室，也被他举报了。他爸现在还在拘留所里面待着呢。"刘所长向高帅竖起了大拇指说："干得漂亮。"

高帅得意地点点头。

刘所长说："你们去巡逻吧，这个事我来处置。"

大黄说好，但又问："你们怎么处置？"

"熊（训斥）他两句，让他不要没事找事就行。他就是想要博人的眼球，对举报怎么处理并不在意。"

刚才絮絮叨叨说了三位奇人。这三位原来偶尔见到，但也不经常，遇到了，就觉得很可乐。真的，大黄心底没有可恨又可怜之心，只是觉得林子太大，鸟儿太多。但前段时间，从系统后台大黄看到了一起亡人交通事故，现场有一顶白帽子，大黄心一抽抽，再一问，原来真的是那个白老太太被撞死了。一直保持年轻状态的白老太太就这样故去了，大黄在惊讶的同时，也暗自思忖，上帝并没有保佑她。

调回山王派出所的大黄又想到了那两位奇人，就问刘所长那个高帅怎么样了。刘所长告诉大黄，前段时间高帅的爸爸从拘留所出来了，把他的儿子的腿打断了，结果高帅进了医院，他爸升格进了看守所。大黄又问信访民警，那个自称脑袋里装着火星人的男人呢？他们告诉大黄，这个人开始吸毒了，说吸毒可以让他逃避追捕，吸了好几次，被禁毒大队关到了强戒所，要关两年。

好吧，鸟儿都飞出了林子，再也发不出叽喳的声音了。

屠夫和哑巴

一

镇西头有一个哑巴，镇东头有一个屠夫。

哑巴脑子还有点不全活，记忆已经消散到记不清自己的名字；屠夫四十出头，因为喜欢打架，已经蹲了好几次监狱。

镇西头和镇东头的中央，是一个十字路口，中间有一个拴马墩。拴马墩的后方曾有座魁星楼，三年前一把火烧光，如今只剩下一个拴马墩，大小仅供一个屁股的面积。

哑巴常年占据拴马墩，想自己的前世今生，想自己是不是也像路人一样有自己的妻儿子侄；屠夫重获了自由，回到山王镇，站在拴马墩前，左右望望，不知道曾经的那座魁星楼去了哪儿。

屠夫问哑巴："楼呢？"

哑巴看得懂唇语，他上下比画。

屠夫说："你画地图呢？"

哑巴停下比画，愣愣地看屠夫。

屠夫飞起一脚。哑巴从拴马墩上飞起，摔在青石板上，痛得他嗓子眼里发出咕噜噜的声音。

屠夫说："和老子说话规矩点。"

说完，屠夫向家的方向走去，那里有他三年未见的老婆。

哑巴只瞥到"老子"的唇语，他想这应该是一个代表亲属的称呼。但哑巴实在记不清"老子"指代的辈分，他倾其所有的智力和记忆，都无法破解"老子"这一词背后的内涵。

哑巴坐在青石板上，背靠着拴马墩，手指在空中比画着，或许某一个动作会勾起他断线的记忆。

二

屠夫回到家中，门从里面反锁着。

屠夫敲门，他的女儿开门。

时光荏苒，女儿已从襁褓里的婴儿成了一个可以打酱油的小人儿。

女儿喊："爸爸，来了个叔叔。"

屠夫经历了瞬间的石化后，从院子里捡起一块板砖。

那个取而代之的男人刚露面，面孔还未印刻在屠夫存储记忆的海马体中，一块板砖已经印在他的脑门上，鲜血也随之流了下来。

女儿开始尖叫。她搂抱着那个被她称为"爸爸"的人，泪水盈满了眼眶，呛住了她的喉咙。

屠夫把一块巧克力塞进女儿的连衣裙口袋里，转身离开了这个曾经的家。

三

屠夫回到了拴马墩，哑巴见了，立刻把屁股坐的位置让给他。

哑巴之前写了个纸条，让旁边卖煎饼的大妈看。大妈说："老子就是爸爸的意思。"

因此，哑巴知道，来的是爸爸，来的是长辈，是亲人，他要把坐的位置让出来。

屠夫坐在拴马墩上，看从十字路口川流而过的车辆、行人。华灯初上，霓虹绚烂，喧嚣繁华虽在他的身边上演，却不属于他的生命。屠夫因记忆得到接续而盈满了泪水。

哑巴坐在屠夫的身边，他瞪大了眼睛，世间的一切，因为有了这个叫作老子的人，而有了不同的意义。他蜷曲着膝盖，脑袋靠在屠夫的腰间。他抬眼看县城上空散着朦胧的光亮，他觉得很幸福。

他们俩瞧着城市的夜色，从华灯初上，到绚烂盛开，到次第熄灭，到黑压一片。屠夫仍然瞪着干涸的双眼，凝望着这个生于斯，抑或是死于斯的地方，他的心情已如止水，如身边那个酣然入睡的哑巴。哑巴的口水流在衣襟上，他梦到一群羊，白花花的像棉花糖一样。他闯进羊群，伏在一头母羊身下，一口掇住了它的乳头。

四

东方泛起了鱼肚白，早点摊冒起了青烟，然后是早班工人自行车上的叮铃声，再就是公交车的喇叭声，孩童们上学的欢笑声，集贸市场高声的叫卖声。

哑巴醒了过来，他仰望身边的老子。老子也低头看着他。

老子说："我要去公安局，我做了很坏的事。"

哑巴在纸上写：公安局是什么。

老子看着哑巴那澄澈的眸子，那里含着平静与幸福。屠夫微微一笑，没有再作回答。

哑巴又写：你赶紧回来。

屠夫点点头，他站起身，拍了拍身上的灰，头也没回，就去了城墙下的派出所。

五

又过了两个小时，日头已经攀爬到十点钟的位置，屠夫回来了。

他的老婆作了担保，交了保证金，把屠夫取保候审了出来。

屠夫没有随着老婆回到那个已经陌生的家。他径直来到城中央的拴马墩，哑巴正在那里等他。

屠夫摊开手，说："我回来了。"

哑巴的眼睛泛着泪花。

屠夫坐回到拴马墩上，哑巴坐在他身边的青石板上。

偶有小镇的居民路过，将一个钢镚儿扔在他俩的面前。

钢镚儿转着圈儿，不肯停下。

屠夫和哑巴便直愣愣地看钢镚儿转着圈儿舞蹈。他们知道钢镚儿终究是属于他们的，就像他们知道自己总归是属于彼此的，他们觉得挺幸福的。

老羊不是羊

一

老羊不是羊，他是一个羊倌。

或许因为从祖上就是羊倌，山王派出所给上户口时，恶作剧般的把“杨”写成了“羊”，作为文盲的老羊对此也没异议。

老羊独居在山王镇外两座大山中间的坳口。坳口里曾有个小村庄，几户房子前是一片稻田，稻田远端是一个水塘，水塘边上的青草绿油油的，老羊的羊群很喜欢吃。

大山是个好地方，天又窄又蓝；云又疏又淡；水又清又凉，明晃晃得可以照出人的模样。老羊和山里其他人一样，一直过着自给自足的生活，有点儿无聊，却也没有觉出哪里不快活。

日子过得很慢，慢到老羊老了自己都没有察觉，慢到山里只剩下自己却也无所谓，不过是说的话少一点而已。他还是每天领着一群羊到水塘边上吃草，晒太阳。

二

后来山里来了一群人，戴着黄色的安全帽，在两座山的脚下挖洞。老羊很感兴趣，抱着小羊羔在一边看。工头不拦阻，也塞给他一个安全帽，叫他戴在脑袋上注意落石。老羊问工头又要了一顶帽子，戴在了小羊羔的脑袋上。小羊羔的眼睛扑闪扑闪的，睫毛又细又长，很动人。

后来老羊把羊群放养在塘边不去管，自己则在山洞里干些粗活，拿的是最低的报酬，却抵得上他半年的收入。

山洞贯通的那一天，随着一身炮响，山这边与山那边的工友终于见着了面。他们大笑着、拥抱着，庆祝即将离开这淡出鸟的地方。有人也想和老羊握手，但老羊身上那股膻味儿让他们望而却步。包工头也找到老羊，想要向他买头羊，杀了煮羊汤给大家喝。

老羊默然地点点头，回到自己羊圈，抓起一只山羊的脑袋，放了；又抓起另一只山羊的脑袋，还给放了。无奈，老羊让包工头自己挑，只一头，不能多。包工头看出老羊的难受，便挑了一头很老的山羊。工人们带走了羊，包工头递给老羊钞票，老羊没肯收。

三

工人们离开了，留下两座打通的山洞，洞与洞之间连接着两根铁轨，反射着耀眼的日光。老羊的羊不敢跨过铁轨到另一边的水塘，老羊便一只只地将它们抱过去，吃饱了，又一只只抱回来。羊吃草的时候，老羊便坐在高高的铁轨上，顶着脑袋上的白云向下俯瞰着。慢慢地，羊群也习惯了这两条铁轨，开始在它的两侧穿行自如。再后来，铁轨被铁丝网罩住了，稻田与水塘被隔断。羊群要想吃水塘边的嫩草，得翻山过去。这似乎是不太现实的。很自然的，老羊把铁丝网剪了个窟窿，让羊群和自己钻来钻去，生活似乎也没受到多大影响。

有一天，过铁轨的时候，老羊想尿了。他扒下裤子，掏出那活儿，尿液哧哧地浇在铁轨上。铁轨开始发出微微的颤抖，轰鸣声由远及近，灌进了老羊的耳朵。老羊惊惶地扭过脑袋，一条白色游龙从一端的山洞飞快钻出，又在另一端的山洞飞快消逝。老羊愣在那儿，吓得裤子也没提，尿液也随着白龙鼓起的风飞溅在脸上。老羊的脸骚红骚红的，不是因为尿液，而是他不知道自己撒尿的样子有没有被白龙窗户里面的人看了去。作为老光棍的他还挺在乎这个的。

自那以后，老羊不太敢钻那铁丝网了，白龙成了他的梦魇。白日里，他和羊群呆呆地眺望铁丝网后的世界，白龙来得飞快，去得也飞快。老羊纵然睁大了眼睛，却也看不清窗户后面的面孔；白龙没有来的时候，老羊便和羊群眺望塘边那些柔软的青草，岸边浅浅的池水刚能漫过羊蹄子。入夜，四下漆黑，老羊入梦，白龙再次轰隆隆飞驰而过，尿液又飞溅了他一脸，他仿佛听到白龙窗后传来的窃笑，惊醒，才发现是一只山羊溜进了屋，在啃

他的毛衣。

后来老羊慢慢也瞧出了名堂，摸准了白龙什么时候来，什么时候不来，他也大着胆子瞅个空当，怀抱着小羊羔，领着羊群，钻过铁丝网，到另一边的水塘放羊吃草。

日子似乎也没有什么变化，山坳里的春夏秋冬分别也不那么明显。不觉间年关又到了，小羊羔也长大了，可以钻铁丝网了，只是短腿的它动作慢一些。除夕前一天，吃饱了的羊群一只只回到稻田一侧，只有小羊还在铁轨上磨蹭。老羊想去把小羊拉回来，却在一瞬间有了熟悉的直觉。白龙在不该出现的时间出现了，它把小羊撞飞到了半空，又重重摔在了田埂上。

老羊抱起小羊，愣愣地看山洞里消逝的尾灯，他连骂人的话都已经忘掉了。这时，一只老羊踱步走来，抬起脑袋，伸出厚厚的舌头，舔小羊的眼睛。

四

日子又慵懒地往前走，空气渐渐有了热度，老羊每天脱个精光在水塘里洗澡。白龙恢复了原来的规律，轰隆隆地来回穿行。直到有一天，那条白龙从山洞钻出，却缓缓地在山坳停了下来。老羊从水底探出脑袋，第一次看清了白龙里面的面孔。老羊又赶忙蹲下身子，他正光着屁股呐！

老羊瞅空穿上裤头，坐在草地上看车厢里面的人，里面的人也坐在沙发上看车厢外的老羊。有个姑娘掏出手机给老羊拍了张照；有个母亲指着老羊对身边的孩子说着什么；孩子听完后，对着老羊作了一个鬼脸；还有两个农民打扮的人瞥了一眼老羊后，继续埋头吃方便面。

渐渐地，老羊看得腻烦了，便四仰八叉地躺在草地上。他把眼睛闭上，但灿烂的阳光还是透过眼皮，在瞳孔底部投射出五彩斑斓的梦。是的，老羊睡着了。待到老羊醒来，日头已经落了下去，白龙也不见了踪影。老羊领着自己的那一群羊，钻过铁丝网，回到了自己的窝里。

五

夏日的骄阳并不总是天空的主角。狂风与暴雨也会不时侵袭，伴随着轰隆隆的雷声，晃动着大山里所有的生灵。这时，老羊便将羊群全部拉进了屋里，连床上趴着的都是被雷电吓坏了的小羊。

大暑那天，刚过下午四点，天与地就已被乌云笼罩，突发颤抖的大地将摇曳的灯泡撞碎在墙壁上，一切都陷入了令人窒息的黑暗。老羊瞬时明白，泥石流来了。

他冲出家门，留下瑟缩在一起的羊群困于老屋。手电刺破了雨幕，隐约照见了被土方掩埋的隧道洞口，飞石还在滚落，山体正在断裂，巨蜥一般的高山正吐着土黄色的信子，不断吞噬前方的铁轨。

又一个划破天际的闪电，照亮了老屋后面的断崖，顶上的树木狂舞着，像是要从土壤中挣脱出来，而小块的碎石已如雨点般崩落在老屋的铁皮顶上。

老羊也慌了，雨水正劈头盖脸地浇在他的身上，深陷在泥沼里的双脚似乎再也拔不出来。又一个闪电劈在了一棵百年老树上，巨大的火球瞬间将老树包裹。而这却似乎也照亮了老羊暂时迷惘的心智。老羊想到即将按点驶来的白龙，以及白龙窗户后面的那些面孔。他没有再犹豫，拔出泥浆里的双腿，飞跑过田埂，又翻过了铁丝网，爬上铁轨，背靠着正在崩塌的山体，用颤动的光束照向前方黝黑的山洞。

水塘已经沸腾了，石块激起的水花溅在老羊的脸上，身后的巨蜥已经越来越近，大地深处蕴含的死亡寒气已经逼近老羊颤抖的腿弯。但即便如此，老羊还是努力站定了，没有往前再挪一步。他死死地盯着前方的山洞，没有再看一眼自己的老屋。

终于，白龙从山洞驶出，虽然速度减慢，却还是执着地向着另一端的山洞冲去。老羊高举着手电，一步步后退着，向正在崩塌的山体后退着。

白龙还在前行，车头耀眼的光芒将老羊手电的光束全部融化。老羊已经无路可退，他只能跪在铁轨上，用尽全部的力量大吼着……

两天以后，老羊拦阻动车，救下百人的英雄事迹传遍大江南北，各路记者涌进了老羊所在的县城，却很少有人能够进到老羊住的山坳里，那里已经几乎被泥石流所覆盖。老羊被县委宣传部的同志接进了县城，耷拉着脑

袋，站在照相机的长枪短炮前。县长在闪光灯的一片曝光下，把一万元奖金递给老羊，握手的瞬间，对老羊耳语道，要他高兴点。老羊咧咧嘴，笑得比哭还难看。

闹腾完，老羊在县城集市上买了一头小羊，抱着它，顺着铁路走回曾经的山坳。当他穿过那个黑黝黝的山洞后，老羊停了下来：老房已不复存在，水塘变成一片泥沼，他的羊群则被厚厚的泥土掩埋。

老羊坐在铁轨上，心里第一次感到空荡荡的。

这时，怀里的小羊"咩咩"叫唤了一声。老羊低下头，用手掌摩挲着小羊的脑袋，几滴眼泪不经意间流了下来。

疤 脸

第一章

一

疤脸怔怔地瞅着那扇透着光亮的木门，听着木门外的喧嚣：人在辱骂，人在叫好，人在赌咒、在下注。还有斗狗们的声音，它们在吠叫，它们在撕咬，伴随其间的是四肢被咬断，皮肉被撕烂，还有生命终结的一声呜嚎。

一个摇晃的灯泡照亮疤脸瘦削的鼻梁，把鼻梁下方由嘴角向一侧延伸的伤疤隐藏在黑暗中——这也是疤脸名头的由来。它扭过脑袋，用舌头舔舐正往外渗血的大腿根儿，那里刚挨了李三的黑刀，血腥味刺激疤脸饿了两天的胃腹。

疤脸咬了咬牙：狗日的李三，是不打算让它活过这一场了。

命运突然到了即将终结的一天，疤脸还没做好准备。即便它在斗狗圈里小有名气，无数次地咬穿那些可怜蛋的喉管，扯碎它们的耳朵，撞断它们的肋骨，在赌徒们的高声呐喊中，不带一丝犹豫地结束躺在脚边的生命。

疤脸有些悲哀，即便难逃一死，也不该这么轻易被打发。但是对于它来说，难过是一种陌生的情绪，让它自觉低贱。疤脸摇晃脑袋，试图让自己振作一点。它侧头打量着隔壁笼里的对手，一头短小精壮、通体雪白的美国斗牛梗。它也正在瞪着黑豆般的小眼瞅着疤脸。

没有胜算的。疤脸第一眼见到它就明白这个道理。斗牛梗天生就是用来战斗的。而它疤脸，哼，虽然被李三吹成有德国黑背的血统，但疤脸知道，它就是一条杂交狗，只是碰巧多遗传了狼狗那一边的基因。

它的命运是靠自己的一口牙咬出来的。

想到此，疤脸脑子里开始闪回一次次生死存亡的战斗，虽然没有高贵的血统，它也活到了今天。所谓宿命那一套，疤脸买账：活下去是唯一的信仰。

血液在体内开始加速流动，掺杂了恐惧、愤怒还有不甘。年龄可以成为它的弱势，也可以成为它的优势，丰富的经验、老道的手段、善变的伪装，都在它的一方。

一个吸溜着鼻涕的小男孩从阴暗处出现。他从地上拾起一根铁棍敲打疤脸的铁笼。这是决斗前的刺激，激发斗狗的斗志。疤脸向后退了一步，反倒躺倒在笼子里。男孩模仿狼狗的吠叫，将铁棍伸进笼子，戳疤脸的肚子。疤脸左右躲避，眼睛还是没有瞧小男孩。男孩愤怒了，半只胳膊都伸进了笼子。疤脸站起身，顺着棍棒的来向往后缩，然后向前猛窜，尖牙向棍子末端男孩的手指袭去。

一声怪叫，棍子掉在地上。男孩抬起被尖牙划破的拇指，无力骂了一句，转身离开屋子。

斗牛梗喉咙“咕噜”一声，好像不太满意疤脸袭击人类的行为。疤脸没有理睬，屋子复归平静。两条狗都无视对方的存在。

木门被打开，一个大胡子男人来到斗牛梗的笼前，打开笼门，黄金板戒在斗牛梗下颚的皮毛下来回摩挲。斗牛梗眯缝起眼，享受与主人间的亲昵。嬉耍一小会儿，大胡子的鼻子贴在斗牛梗的鼻子上，一遍遍喊着斗牛梗的名字：皮特。这狗杂种叫作皮特。大胡子从塑料桶里掏出一块生牛肉，撂进皮特嘴里。血红的汁液从牙缝里渗出，滴落在煤灰里。

疤脸肠胃一阵揪痛，发出痛苦的低吼。

吃完那块牛肉，大胡子拍了拍斗牛梗的脑袋，然后胳膊划出一个弧线，把斗牛梗让到了自己身前，一狗一人穿过木门进了决斗场。

然后，李三出现。他靠在门框上，叼着烟，一脸似笑非笑的表情，像是在说：“好吧，骗局揭穿了，那又怎样。”疤脸耸起背，尖牙龇了起来。

李三的眼神游离了。他骂了句娘，吐掉烟头，从口袋里掏出一根电棍，走过来开笼锁。

没有必要做无谓的挣扎。它感到脖子上的绳套被李三拽住，便跟着李三一摇三晃的步子，出了木屋，进了斗狗场。

二

赌徒们用人墙围拢出一个圆形斗狗场，斗牛梗在圆心处等着它。雪白的四肢像是从黑泥中长出的玉笋。大胡子男人站在人群最内圈，戴着墨镜，身上多了件毛皮大氅。李三站在他身边，左右嬉笑，纸烟在他牙齿间上下舞动。

疤脸将目光收回到斗牛梗身上，后腿支开，展示流血的伤口，也在展示这一场昭然若揭的骗局。斗牛梗打了个响鼻，龇起了牙。疤脸知道，这是一条冷血的斗狗。只有战斗，没有同情。

皮特拱起身子向疤脸逼近，步伐沉稳且自信。疤脸向后退，顺着人群靴尖兜圈子，试图保持安全距离。小个子皮特站定，压低脑袋，后腿猛蹬，向疤脸前腿咬来。

人群沸腾了，他们在高喊："咬死它！咬死它！"

疤脸向一侧躲闪，屁股撞在皮特前额，令它失去平衡，腾空的身子转了个圈，跌在皮特身后。

疤脸没敢耽搁，在泥糊里打了个挺，站起身。皮特也没犹豫，将身体化为榔头再次向疤脸砸去。疤脸没有躲开，被顶到李三脚边。李三抬起靴子踢疤脸。疤脸则迎着靴子走向，滚到了李三脚后跟。皮特此刻也追杀到李三身前，犬牙围着李三腿边疯狂撕咬。李三站立不稳，被两条狗绊倒在泥泞中。人群开始哄笑，李三则在咒骂。大胡子男人喊道："皮特，退后！"

斗牛梗放弃攻击，退回到圆心中央。李三艰难爬起，掏出电棍，挥舞的胳膊却被大胡子拉住。疤脸从李三身边跑开，回到决斗场的另一端。

人生鼎沸，喧哗辱骂。疤脸却只能听到自己的呼吸和心跳。从嘴边哈出的白色雾气模糊了它的视线，让它感到虚幻，但胃肠中蠕动的饥饿却又那么真实。恍惚间，皮特又冲了过来。疤脸扭头想跑，皮特转过身子，截在疤脸的逃跑路线上，尖牙在疤脸一侧肋部划出两道血痕。

疤脸慌乱地向后退却。皮特赶上一步，脑袋顶住疤脸肚子，将它掀翻，并随即骑在了疤脸的身上，尖牙向多毛的脖颈发起猛攻。疤脸四肢惊恐地蹬踏在皮特光滑的肚皮上，却无力将它推开。疤脸脸上都是皮特喷溅的口水，身上的毛发也被撕扯着飘了起来。这是要完蛋啦。

突然，一声轻响传到疤脸心里。皮特脑袋没有抬起来，而是抵着疤脸脖颈拼命摇晃。疤脸明白过来，皮特的犬牙被脖颈绳索上的钢环卡住了。

皮特发了疯似的想挣脱牙齿上的钢环，背上的肉疙瘩也在随之抖动。它的短腿踹在疤脸空瘪的肚皮上，爪子扯出一团团狗毛。疤脸伸长脖颈，试图咬皮特的头部，但也只是在光滑的脑门上蹭出几道白底红道的血痕。

近身缠斗已经过去了三分钟。皮特突然停止了挣扎，然后猛地向后挣脱，一声清脆的“嘎嘣”，两条狗分开，长长的狗牙从牙床飞了出来，落在泥浆上，上面还连着一小块肉。

皮特吐着大气，喉咙发出呜噜呜噜的怪叫，它的小眼瞪着，像是点在白纸上的两滴墨汁。疤脸挣扎起身，泥浆与鲜血裹在全身，制约了它的行动。

皮特再次冲了过来，直奔疤脸的面门，没有虚晃，没有咆哮，朴实无华，果敢坚定。疤脸没有躲开，它已无处可躲。前额与前额撞在一起，巨大的闷响让疤脸失去了知觉。当更大的喧嚣鼓入耳膜时，它的下颚已被皮特死死钳住，尖牙与尖牙错在了一起，剐蹭、撞击、斗狠，作呕的唾液也在此刻交融。

皮特后腿撑地，脑袋盘旋收缩，带着疤脸脑袋也在被迫转动。疤脸不知道还能撑多久，它知道的是，如果这样下去，自己整个下巴肯定就没了。轮到疤脸作决定了。它狠下心思，脑袋猛甩，如齿轮咬合在一起的尖牙随即分开，一侧完整的面颊被皮特撕开一个新月形的口子，失去连接的皮肉耷拉在下牙床上，与面颊另一侧的旧疤两相呼应，让疤脸成了一个马戏团逗笑的小丑。

赌徒们兴奋地怪叫着，水汽和啤酒飞扬在半空，烟头和唾沫被吐在地上。

“皮特，好样的！”

“皮特，宰了那个狗日的！”

“皮特，上啊！上啊！”

赌徒们难以抑制地往前挪着步子，用靴子驱赶不断退缩的疤脸。斗狗圈的半径越来越小。

不能死在这儿！

皮特隆起背部肌肉，作最后攻击。疤脸强打起精神，集中残破的心智应对即将结束的战斗。

皮特奔杀过来，每一步都溅起了黑色的泥浆。疤脸抖抖身子，也冲了过去。即将碰撞的刹那，疤脸猛蹬后腿，身体跃过小个子皮特，直奔大胡子男人而去。

大胡子男人想躲，却被身后的赌徒往前推着。疤脸张开的前爪已经勾住大胡子的皮草大氅，尖牙在寻他柔软的脖颈。大胡子惊慌地抵挡疤脸的进攻，卡在尖牙间的手掌已经鲜血淋漓。

疤脸没有使出全部力量，也没有失去一丝冷静，它的耳朵变成了眼睛，接受着身后不顾一切奔来救主的皮特。疤脸适时让开自己，让皮特像陨石般撞向自己的主人。

大胡子男人失去了平衡，墨镜飞了起来，身子却倒在了泥浆中，一并倒在泥浆里的，还有他忠诚的皮特。皮特的后腿被大胡子压在身下，扭动的身体则让它雪白的脖颈暴露在疤脸尖牙攻击范围内。

疤脸想都没想，本能地咬向皮特的颈部正面。咬得不深，牙齿滑开了，疤脸迅速调整尖牙方位，向皮特脖颈两侧咬去。

咬住了，“噗”的一声，表层的皮肤被咬破了。哧哧的，尖牙向肌肉组织的深处咬去。皮特发出死亡的悲号，脖颈极不理智地拼命扭动，试图摆脱这末日撕咬，却造成了更大的创面。疤脸的尖牙咬穿了肌肉，上下牙尖撞在了一起。皮特还在挣扎着，但已经少了许多力气。疤脸的喉咙咕噜着，使出全部的力量，猛地往后一蹬，皮特颈部的血管、气管，还有肌肉组织便在下一秒钟飞散在寒风中。

皮特还在喘息着，断了的气管发出犹如风箱般的低吼，一阵一阵的，断续且恐怖。从颈动脉里喷发的血液依次染红了灰色的食管、白色的前胸、黑色的泥浆。皮特最后蹬了蹬腿，死了。

三

四下安静了，但也就是一刻，人类的声音开始甚嚣尘上。他们在欢呼，他们在咒骂；他们在歌唱，他们在哭丧。他们挥舞着拳头，砸碎了酒瓶，互

相拥抱、互相撕扯，好像死亡是最好的兴奋剂，带领他们一同进入忘我的疯狂。

李三猫腰想溜，被大胡子男人一把拽住，拳头砸在李三面颊，黄金板戒咬出一个血口子。大胡子又伸出拳头，被李三的电棍逼退，两人陷入僵持。

有人在喊："跑啊！警察来了！"

人群瞬间炸锅，全都没头脑地奔逃。李三和大胡子结束僵持。大胡子瞅了眼没了气的皮特，脱去身上的皮草大氅，盖在皮特身上，转身融入逃跑的人群背影。李三则向反方向跑，没跑几步，便被迎面撞上来的两个穿皮夹克男人掀倒在地，胳膊翻转，手腕上多了副手铐。

疤脸瞅着这颠三倒四的画面，自己已从沸腾的焦点变成了无人关注的弃儿。它努力集中残存的意识，看见越来越多穿着黑色制服的男人挥舞着铁棍，驱赶着先前狂欢的乌合之众。铁棍落在赌徒们的背上，激起一声又一声的尖叫。恐惧本能让疤脸负痛转身，向木屋背后的山包逃窜。

它奔跑着，颤抖着，呜咽着，身后留下一条血染的踪迹。天色迅速转暗，低矮的松林似在摇摆，墨绿色的山包却始终沉默不语，像是隐藏了什么秘密。

疤脸咬紧牙关，全身痛觉已经麻木，眼里世界越来越模糊，只有血腥的味道刺激着它的味蕾。疤脸仰起头，痛苦地哀号，这难道是生命结束前的回响。

但疤脸并没有晕死过去，另一声吠叫逆着风从身后传来。疤脸脑袋一凛，抗拒危险的本能把它的魂魄又拼凑回肉体。它听见越来越近的脚步，快速灵动、轻盈洒脱。

已经到了山脚下，神秘的松林倒成了它心灵的安慰。它拼尽全力，跳进了一处土坑。身后的对手也随即扑在它的身上。是另一条狼犬，精瘦、有力，背上套着的黑色缎子上绣有红黄相间的徽章。疤脸明白过来，它和那群穿黑色制服的人是一伙的。

疤脸试图扭转身子，却被狼犬一口咬住脖颈。尖牙抵住柔软的皮肤，却没有将其咬破。疤脸不再挣扎，它隐约感到，这是条还不懂得杀戮的狗。

疤脸朝向天空的右眼湿了，朦胧了眼神中的痛苦。它的耳朵服帖在脑袋上，尾巴夹在屁股沟间。疤脸呜咽着，粉红色的舌头伸长了去舔狼犬的脸。狼犬低头瞪着尖牙间浑身是血的同类，拿不定主意，眼神却渐渐柔和下来。疤脸还在舔狼犬的脸，发出一声声无力的呜咽。终于，狼犬松开了嘴，舔了下疤脸的下巴，然后仰起脑袋，像是要呼唤穿制服的主人。

也就在这一刻，疤脸支起脑袋，尖牙准确找准了狼犬跃动着的喉管，闭着眼咬了下去。狼犬前腿一软，被疤脸掀翻在土坑里。又一股新鲜的血液注入疤脸的口腔，年轻，充满活力。疤脸努力咬住狼犬的脖子，但却无力咬得更深。狼犬四肢死死地撑着土坑壁，却也不可能摆脱同类的尖牙。

远处的嘈杂慢慢沉寂下来，只有脑袋上方的松林在沙沙作响，像是在齐唱一首生命终结的挽歌，又像是在掷筛子赌哪条狗先完蛋。也不知过了多久，狼犬的四肢软了下来，双眼却依然圆睁，好像在凝视顶上摇摆的松尖。疤脸又咬了一会儿，然后松开尖牙，浅浅喘了口气，巨大的虚无也随之灌进身体。疤脸跪在地上，整个身子摔向一侧。

松林不见了，它的眼里只有如墨汁一般黑色的天空。

从山顶吹下的寒风呼啸了一夜，压低了所有生命间的窃窃私语。蓝色的星辰从天幕的一方转移到另一方，隐匿在从东方渐渐延展的白光中。一只鸟儿从睡眠中醒来，扑扇着翅膀，啄食着松树的果实。疤脸的耳朵动了动，意识在生与死间交织困惑。它努力打开眼睛，看到狼犬也正侧着脑袋盯着自己。

疤脸一个激灵，竟挣扎着站了起来。惊恐让更多的血液从心脏泵入四肢，记忆也开始复苏。疤脸明白过来，这不过是一具冷冰的狗尸。

疤脸很愤怒：这么好的狼犬被人类扔在这荒山上。它伸出舌头，舔了舔狼犬的眼睛，然后爬出土坑，俯视山包下已是一片狼藉的斗狗场，那里已没有了人类的影子。

疤脸小心翼翼地走下山坡，泥浆与血液凝固成块，糊满了全身，任何细微的动作都在撕裂初愈的伤口，使每一步都走得异常痛苦。但对于久经沙场的疤脸来说，痛苦是可以抑制的，不可抑制的是肠胃里蠕动的饥饿。

它在人类留下的狼藉里搜寻任何可以果腹的食物，半包饼干、一截火腿肠，但吃得越多，越是饥饿。一夜寒风将本来泥泞的斗狗场吹成了一片冻土，烟头、针管、啤酒罐、玻璃碎片，甚至是用过的避孕套都被冻在坚硬的大地上。皮特身上的皮毛大氅已经不见踪影，白色的背部泛着青色的尸斑。疤脸打了个喷嚏，绕开僵硬的尸体，溜进了那栋小木屋。

被咬破手指的小男孩正蹲在地上给炉子生火。或许是第六感让他转过身，看见了这条幸存下来的斗狗。小男孩慌得从地上捡起一根铁棍护在胸前。疤脸没有理睬，它径直走到装着生牛肉的塑料桶，只剩下最后一块。疤脸把塑料桶扒翻，轻轻地撕咬吞咽这一块牛肉，血水刚从牙缝渗出，就被它用舌头舔了回去。吃光牛肉，疤脸将桶里残余的血水舔干，又抬眼瞧瞧愣在那里的男孩，转身出了屋子。

重回到寒风中的疤脸立直了身子，再次打量着眼前的一切，一种异样陌生的情绪开始滋生。

去哪儿？

怎么去？

去了会怎样？

不去又会怎样？

一些碎片化的东西在它脑海里互相撞击，令它不安，让它骚动。它向空旷的大地吠了一声，声音被寒风卷着，飘向了远方。霍然间，疤脸感到自己的思想也像这风一般变得轻盈。

疤脸开始一遍又一遍地吠叫，自由带来的巨大冲击掺杂起奴役与放纵、欢喜与悲痛、回忆与期望。自由令它忘却了全身的疼痛，只是一声又一声地宣泄着不可抑制的情绪。

然后，它停了下来。思绪开始条理化，它看见李三的小货车，想起它被人押着带走的场景，想起了从货车笼子里看到来时蜿蜒的公路，还有每次决斗后涂抹药粉的狗舍。疤脸知道自己要去哪儿了。

它离开斗狗场，爬上一个缓坡，爪子踩在水泥路面上。这是一条盘山公路，有上坡，有下坡，也有大角度的拐弯。半挂货车司机们绷紧神经，握紧方向盘，适时修改着方向。他们看见一条受伤的狼狗走在靠山的一侧，奄拉着脑袋，走得很慢。他们按响喇叭。狼狗停下来，站在路边，目视着货车驶过。有的司机会扭过头，看到这条腮帮被咬成布条的狼狗。但黑色的身影很快便消失在拐弯处的后视镜里。

疤脸疲惫地向前走着。太阳从一片雾气的东方爬升到它的头顶上方，温暖的阳光打在它的脊背上，泛起猩红色的光芒。就这样大概走了七八里路，疤脸终于绕出了这片大山。在一处路口，它停住了。

往下望去，是一片被垃圾腐物侵蚀的树林。树林的尽头是山王镇的孔集村，二三十栋房子杂乱凑在一起。村西头有一处池塘，池塘边上坐落着一处和那些低矮民房很不相配的高门大院。堂屋的门开着，看不见人的踪迹，侧边是一溜棚子，里面安放着一排狗笼。堂屋的后面还有个小院，是李三用来训练斗狗的运动场。

疤脸朝着村子吼了一声，像是宣告它的归来。

不一会儿，先是李三狗房传来杂乱的狂吠，然后是整个村子开始骚动。疯狗、野狗、看门狗、杂毛狗，它们都在以各自的声音证明自己的存在。

五

疤脸下了公路，穿过树林，来到池塘的边上。它俯下身子，竖起耳朵，谛听院内动静。一个女人在堂屋里走来走去，脚步拖拉沉重。疤脸又听了一会儿，确信没有其他人，便悄无声息地进了院子，又一头溜进左侧的狗棚。

狗舍里沸腾了，大班在笼里高兴得上蹿下跳，它和疤脸曾肩并肩咬退过八条狗的围攻；土匪则斜眼瞅着疤脸，一脸失望，它和疤脸结过梁子；狐狸哈巴着伸长舌头，它是一条长着三角脸的斗狗，是疤脸的忠实跟班，还有其他的狗，也都十分躁狂，它们不相信自己还能见到疤脸活着回来。

疤脸没有理会笼子里面的同类。它径直走到狗舍尽头，那里有个装着白色药粉的铁皮桶。疤脸伸长舌头，卷起药粉，涂抹在腿弯、肋骨、肚皮，以及其他受了伤的地方。药粉糊满了腮帮，让它看起来像是长出了白胡子。

铁皮桶见了底，疤脸到水缸边灌了一肚子水。狗棚渐渐安静下来，疤脸是它们目光汇聚的焦点。突然，一声尖细的狗叫转移了斗狗们的焦点。

饼干正站在门边，朝着狗舍叫唤。这是一条卷毛泰迪犬，是李三老婆

的宝贝蛋儿。它不像疤脸那些斗狗，不用被牢笼关着，也不需要和对方咬个你死我活。它有时会溜进狗棚，傲慢地穿行在一个个狗笼间，好像它才是这些斗狗的主人。

疤脸松开扒在水缸边上的前爪，转过身子，朝饼干走了过来。饼干像是突然看清了什么，它尖叫着，向堂屋飞奔。疤脸也迈开步子，跟着饼干进了堂屋。

狗舍里再次沸腾起来，各种声音刺激着它们的想象。有李三老婆的咒骂，有饼干的嗫嚅，有一声清脆的嘎嘣，听起来就像真的饼干被咬碎了的声音，然后是女人调门更高的尖叫。斗狗们狂吠着，连土匪也难以克制地咬着栏杆。又过了一会儿，斗狗们瞧见疤脸咬着饼干垂下的身体再次出现在狗舍。它把饼干的尸体丢在地上，走到土匪的饭盆边，一声不吭地吃完它剩下的午餐，舔了舔嘴，出了棚子，转过大门，消失不见了。

六

疤脸没走远，它返回村边的树林里，在高耸的白桦与粗壮的水曲柳间盘桓游走，寻找一处可以栖身疗伤的地方。

林子深处有一棵烂成两截的水曲柳，枯死的树根半隐着一个不大的地洞。疤脸把脑袋探到地洞里，四下嗅了嗅，便弯腰进了地洞，盘起身子躺下了。身下的树叶一层又一层，令它心满意足。午后的阳光透过枯黄的枝叶照在脑袋上，枝杈上的鸟在唱着催眠的曲儿。没过一会儿，疤脸就睡着了。

天色暗淡下来，树林变了颜色。穿梭而过的寒风呼啸着，扫起落叶的残片，打在疤脸脸上，一股熟悉的气息也钻进了它的鼻腔，让它无声无息地睁开眼睛，瞅着洞口外一条黑乎乎的狗正噤若寒蝉般地盯着自己。这是一条比自己瘦了好几圈的黑狗，它伏下肚皮，撅着屁股，弄不清是想进攻还是想逃跑。疤脸眉毛轻皱，朝黑狗吼了一声。黑狗呜咽着往后退，疤脸又吼了一声，黑狗又退了一步。疤脸不吼了，他把脑袋探出洞口，黄色的眼珠在黑夜中熠熠生辉。黑狗立起身子，倒退到一个安全距离，转身走了。疤脸知道，它把人家的窝给占了。

寒风渐渐止了，卷了边的一地枯叶蒙上一层薄霜。树林边发出红光，焚烧垃圾散发的腥臭味道渐渐笼罩整个树林，疤脸禁不住打了个喷嚏。当它再次抬起脑袋、仰望凝结在村庄上空氤氲的黄光，侧耳听着村民制造的各种声响时，它有些恍惚，打了个哈欠，疼痛从下颚袭来。又过了一会儿，睡意再次袭来，疤脸伏下身子，眼一闭，又睡着了。

疤脸睡得不踏实。夜里，它冻醒几次。醒的时候，它会瞅漫天的星斗，还有天边的月亮，瞅摇晃的树干，还有落叶里穿梭的老鼠，它瞅着树林里一切有光亮的东西，还有一切黑得看不清的东西，直到瞅得有了睡意，才闭上眼睛，再次睡了过去。

七

太阳如约而至，空气有了暖意，树叶都退去了白霜。疤脸爬出地洞，抖抖身子，向树林边走去。横在树林与村子间是一条小河，河里淤积着五颜六色的塑料袋，里面裹着村民吃喝拉撒留下的各类垃圾。此刻，一群瘦成麻秆的流浪狗正在一堆鱼骨头前争抢着，那条被占了窝的黑狗也在其中。

黑狗抬眼瞥见了疤脸，看着它走过横在河面上的石桥，头也不回地往村子去了。它有些惊异，觉得这条狼狗和自已那伙穷弟兄们很是不同。但也就是片刻走神，这条黑狗又呼哧呼哧去抢鱼骨头了。

疤脸回到李三家的狗棚，慢条斯理地吃完土匪盆里的早餐，出了门，绕着村子的街道遛了一圈，才不急不缓地返回树林，回到它昨夜栖身的树洞。黑狗重又占据了那个地洞，疤脸冲他吼了一声。黑狗夹着尾巴，一声不吭地跑开。

后面的两个星期，疤脸一直在休养生息，它的伤口慢慢痊愈，它的足迹遍布树林和村子的每个角落。它的名声开始传播，不管是树林内外，还是在人狗之间，都在交流着有关疤脸的讯息。

被占了窝的黑狗也和疤脸保持着适当的距离，不知是出于好奇，还是出于不甘，或许是趋炎附势，黑狗总是在树林里跟随疤脸懒散的脚步，反正黑狗整天也是闲着没事干。另一方面，疤脸也不介意这个新跟班。它也在偷眼观察着老黑，观察树林法则在黑狗身上如何显现。它把黑狗当作既有世界和即将到来世界的桥梁，虽然这个可以移动的桥梁还不能横跨树林与村子。但疤脸知道，它需要的只是时间。

惊人的适应能力让疤脸从过客变成了主人，它无所畏惧地盘桓在树林的每个角落，肆无忌惮地扒开流浪狗藏匿在松土下的骨头，不管不顾地霸占它们铺好的狗窝，假装声势向那些心有不甘的野狗们撩起自己的尖牙。疤脸在适应树林法则的同时，也在改变着树林法则。它打破了混乱的平和。树林里所有的野狗对疤脸都心生畏惧，却又心生向往。

这些野狗的成分非常复杂，有从村子里被赶出来的弃儿，有外地迁移来的流浪儿，也有生于林长于林的新生代。它们或是憎恨人类的无情，或是对人类的社会一无所知。而疤脸不仅自由地穿行于村子与树林间，更从村里带回来各种各样的食物。这些疤脸吃剩下的食物不仅满足了野狗们的胃腹，也滋长了它们的贪婪。而这种贪婪，慢慢将林中的狗群汇聚到疤脸的周围。

在一个满天繁星的午夜，当疤脸从梦中醒来，它发现不仅是那条无名的黑狗，林中所有的野狗匍匐在疤脸的洞外。疤脸的尖牙错在一起，发出一声似乎梦中的呓语。野狗们便站起身子，竖起耳朵，像是等待疤脸的指令。而满足于此刻的疤脸打了个哈欠，又闭上了眼睛。

那夜过后，太阳初升。疤脸如常来到小河边。看到野狗们正在石桥上等着疤脸的到来。它们向疤脸吠叫，疤脸也以吠叫回应。疤脸走到狗群的前面，带领它们回到了人类的村落。

野狗们大着胆子，却还是尽力躲开村民。它们对于两条腿走路的生物有记忆中的恐惧。它们只敢走在阴暗发霉的旮旯，像一群不入流的小偷，对人类丢弃的任何物件都好奇地嗅一嗅、舔一舔。从阴冷的巷子往外望，它们可以看见走在村子唯一一条主街上的疤脸，步伐从容，大摇大摆。反倒是那些人类，像是看到了瘟神一般，对疤脸避而不及，眼神中皆有防备恐惧的神色。

野狗们逐渐明白过来，人类也是软弱的。于是，它们效仿疤脸，从阴暗处走到了阳光下，只是尾巴依然夹在屁股蛋里。它们跟在疤脸身边，寻找那些失于防备的人家，紧张兮兮地偷走一截香肠，叼走一块咸肉。它们不敢和人类对抗，棍棒皮带还没挥舞，它们撒腿跑回到树林里，留下疤脸在村里继续它的巡游。

但又过了一段时间，野狗们发现，那些棍棒、皮带不会一路追打，即便是多挨几下，比起吃到嘴的那些食物，也是值得的。更何况还有站在它们身后的疤脸。

疤脸不参与它们的鸡鸣狗盗，但却始终扩散着它的影响。即便疤脸什么都不做，只是躺在墙根下，享受午后的暖阳，这就足够给予流浪狗们愈发放肆的理由。慢慢地，流浪狗们从暗盗演变成了明抢，从目标专一的填饱肚子，演变成一场流氓式的集体狂欢。它们开始与人类公然对抗，恐吓他们的孩子，咬伤他们的家禽，围攻他们忠心耿耿的看门犬。它们甚至洗劫了李三的狗棚，在笼中斗狗们的强烈抗议下，吃光它们一天的食物。

疤脸曾以为自己不同于这些流浪狗，它的胃口只喜好吃生食，而不屑于吃那些被人类放上作料或腌制或熏烤的鸡鸭鱼肉。它会在村子里追逐那些被放养的家禽，一口咬死，拖回到林子自己享用。但这样的习性，也慢慢被黑狗、花脸、灰毛等野狗们效仿，它们也开始吃起生肉。这像是一道打开基因密码的咒语，吃生肉的行为触发了不可逆的转变。黑狗的瞳孔出现猩红的颜色，嘴边也不断泛起白沫，牙齿整天错响。

两个月里，疤脸重了 20 多斤，身体也并没有因此而变得臃肿，反倒是形成了更多的肌肉组织，下颚处的新伤与旧伤一同扯出的微笑更令人恐惧。但即便如此，忧虑还是在疤脸心底生根。疤脸发现，林间的野狗已不是它最初见到的那些软蛋。它们像是一群乍富的穷鬼，在每个晴朗的月夜，纵情交配，尽情狂欢，释放着因过剩营养而积蓄下来的激情。它们已从一群默默无闻的行尸走肉，变成一伙争强好胜的暴徒。它们甚至从村里拖回一条伤痕累累的家猫，在百般蹂躏后，一拥而上，分而食之。

猫肉有什么好吃的。疤脸冷眼看着这一切，脊背阵阵发冷。第二日，它尾随这一群暴徒再次来到村落觅食。走在前面的黑狗将一个拿着烤肠的小男孩逼退到一个角落，黑狗全身的汗毛都立了起来，喉咙里“呜呜”作响。疤脸知道，这不是恐吓，它是要来真的了。黑狗跃起身子的一刻，疤脸也从队伍末尾跳出来，把黑狗撞飞。老黑立刻爬起来，朝疤脸狂吠，白沫喷在空气里。疤脸没有吠叫，而是耸着肩，作出攻击态势。老黑瞪着猩红的眼，不叫了，然后夹起尾巴，返回树林中。

当夜，当所有流浪狗们腆着肚皮，席地为床，以天为被，做着各自的美梦时，疤脸悄悄摸到老黑的身边，一口咬住它的喉咙，悄无声息结束了这条已经发了疯的生命。然后，疤脸一路跑到河边，一遍遍清洗着自己的尖牙。它可不想也变成一条疯狗。

这群暴徒没有意识到黑狗的死，或许根本不在意它的死。太阳一出来，他们又成群结队地向村子进发。疤脸没有和他们在一起，他爬上弯曲的水曲柳上，俯望着炊烟袅袅的村子。它看到李三那辆小货车再次停到院子里面，也看到许多的男人背着行囊返回村落。疤脸知道，狂欢的日子就要结束了。

八

的确，李三回来了。在看守所里过了一个多月，李三托人求爹爹求奶奶，花了好几万，终于在年前被取保候审出来。同样返回山王镇农村的，也有许多在外打工了一年的男人。

此时的李三，也算是经历了牢狱风云的洗礼，气质上有了些许变化，从一个斗狗场上的瘪三，变成一个暴怒无常的光头党。他刚回到家，便拿着铁棍进了狗棚，寻找可以发泄的由头。

所有的斗狗都耷拉下脑袋，一声不吭，伏在地上。倒是没头脑的旺财兴奋地吠叫着，像是迎接主人的归来。于是，这个可怜鬼被李三从狗笼里揪着摔在地面。旺财还没爬起来，便被李三一靴子踩断了肋骨，铁棍也随即雨点般地落在旺财身上。棍子的闷响和旺财越来越小的哼唧声让所有斗狗都颤抖着，缩回到笼子最里侧。

斗狗们被驱赶到后院的训练场上，李三为它们准备了新的训练器材。在一台新买的跑步机上，大班玩了命地奔跑；两个卡车轮胎被橡皮筋捆着，套在土匪胸前，绕着院子跑圈圈；狐狸的尾巴上系了一串鞭炮，李三点响引信，狐狸便在鞭炮炸响中，发疯般的上蹿下跳。李三则靠着墙角抽着烟，若有所思地瞧着这一切。

疤脸趴在水曲柳的枝杈上，看不见后院的光景，却可以想象那里正在上演的悲惨世界。它的牙龇着，全身紧绷，仿佛此刻受难的便是它自己。天色渐暗，折磨却没有结束。李三在后院点亮了一盏灯，大班还在跑步机上没有尽头地奔跑着；土匪趴在轮胎上，被李三一鞭又一鞭抽打；狐狸躲在黑暗里，小心舔着被火药炸伤了的睾丸。

没有人，也没有狗注意到疤脸的行迹，更没人瞧见李三后院那一人高的蒿草中潜伏着一双黄豆色的眸子，就像即将坠落天边的暗淡星辰。院子里的辱骂结束了，斗狗们全都伏在地上，苟延残喘。吱呀一声，后院的门被打开了，李三从门外挂上锁，扔掉啤酒罐，站在蒿草边哗啦啦地尿着。尿完了，李三抖抖身子，弯下腰，瞅着草丛里那两颗暗淡的星辰。

酒精影响了他的反应速度，甚至是疤脸从草丛中跃起的瞬间，李三竟然没有任何举动。疤脸一口咬住李三的生殖器，用力一扯，皮肉和身体失去了联系，两颗睾丸在空中划出一个弧线，掉落在这一人高的蒿草丛里。

李三捂着裤裆，鲜血从指缝里渗出。他的嘴巴张得老大，却无法发出任何声响。疤脸吐掉嘴里的血肉，伫立在李三的面前。李三发出撕裂的哭号。疤脸则转身，一头钻进浓密的蒿草丛中，不见了踪影。

疤脸一鼓作气逃回到石桥上，喘息着，不相信自己竟然做出了这样的事情。它又跑到桥下，又一遍遍清洗着自己的牙齿。此时野狗们从村子觅食回来，它们快乐地吠叫着。疤脸真的感觉到厄运就要来了。

九

那天晚上，疤脸没有回到树根下的地洞，而是爬上一棵弯曲粗壮的水曲柳，将身体隐藏在枝叶里，尾巴蜷缩到多毛的肚皮下，眯缝着眼睛瞅着底下那群还在狂欢的流浪狗。疤脸想吼上两声，提醒它们即将到来的危险。但不知怎的，它忍住了，或许它为这片不大的树林订立了新的法则，却自知无法不损丝毫地让这法则一直延续下去。

疤脸没有再踏入村子，除了偶尔抢走其他流浪狗掠夺来的鸡鸭，余下时间，它便爬回到树干，再次将自己置身世外。没有了疤脸的领导，树林里经历了短暂的骚动。花脸狗和杂毛狗爆发了一场决斗，杂毛被花脸咬断了腿，在小河边哼唧了一天后，被另一条发了疯的狗吃光了肚子里的内脏。花脸成了新的首领，它没有主动找疤脸的麻烦，而是把精力全部放在和那些母狗们交配上。半月后的一个午夜，当花脸把自己的精虫连续播种到五条母狗身体后。四腿发飘的它独自去河边喝水，却被另一条更年轻的红眼狗埋伏，咬死在石桥下。仅过了一天，花脸的尸体便成了一堆骨架。

红眼把疤脸视作眼中钉，不止一遍跑到疤脸的树下向它吠叫，朝它撒尿。疤脸眼皮也不抬，对这样的挑衅不理睬。红眼走了，疤脸又溜下树，抢走其他更为弱小的野狗们的食物。你进我退的日子过了几天，一天下午，叼着一只小母鸡的疤脸撞见了从村子里刚哄抢回来的红脸一伙。

红脸一惊，随即弓起身子，全身毛发竖了起来。其他的狗则横在疤脸的退路上，将曾经的领袖围在圈子中央，一条条都在兴奋地叫着。疤脸放下嘴里的母鸡，站定身子，瞅着对面比自己小一号、也年轻不少的红眼。红眼低吼着，却没有再向前一步，它只是兜着圈子，像是拿不定进攻的主意。又是一个软蛋。疤脸立直身子，后腿撑地，前腿挥舞，向红脸发出一声爆吼。

红脸一怔，脚步不自觉向后退着，而围拢的包围圈也被这一吼震出了缝隙。其他野狗不叫唤了，疤脸又叼起小母鸡，挤过两条臭烘烘的同类，头也没回地向那棵粗的水曲柳走去。

预料中的屠戮虽然推迟了一个多月，但终究还是在一个大雪纷飞的清晨到来。一声闷响，鸟儿从树枝上扑棱棱飞向天空，疤脸也在此刻惊醒。它竖起耳朵，鼻子向空气嗅着，捕捉到飘散在空气中的一丝硝烟。它两步跃上水曲柳树的枝干，也就是在此刻，人类的叫喊，斗狗的狂吠，还有一些呜咽声、尖叫声搅乱了树林里的平静。

一条长得像灰拖把的野狗喘着大气从树下跑过，身后追着一条流着口水的斑点斗狗。灰拖把惊恐回头看斑点狗，脚底却打了滑，被斑点狗扑倒在雪窝里。斑点狗一口咬住了拖把脖颈，把它的脑袋也斜向上掰着。拖把咬着牙关，瞪圆了眼，死死盯着匍匐在树干上的疤脸，鲜血泛着血泡淌在雪地上，像打翻了的石榴汁。

一个戴着毡帽的男人过来了，他把还咬住拖把脖颈不肯松开的斑点狗，踢开，蹲下身子，从背后抽出一把柴刀，抡圆了胳膊，砍在拖把的脖颈上，鲜血四溅。男人骂了一句，扶住拖把的下巴，又砍了一刀，拖把的脑袋便和身子分家了。男人把拖把的脑袋在雪窝里蹭了蹭，丢进缠在腰间的布袋子里，继续赶着斑点狗往前走了。

瞅着没了脑袋的拖把，疤脸既惊恐又愤怒。它用后腿踹着树干，雪片簌簌地落在它的脊背上，疤脸又悄悄地俯下身子。

不远处，三个穿迷彩服的男人将两条狗围拢起来。一条狗跳起来，露出白色的肚皮。一声枪响，肚皮炸开了花。这条狗掉在地上，肠子耷拉在雪地上。另一条狗则趁着枪响的空档掉头就跑。三个男人站成一排，举着枪一阵狂射，狗屁股被打开了花。它托着后腿还在向前爬。一个男人赶上去，对准脑门一枪，结束了性命。

屠杀还在继续，有当地的村民，有附近的猎人，更有曾经被侮辱了的斗狗。棍子砸碎了脑壳，柴刀砍断了后腿，猎枪打爆了眼球，尖牙咬破了喉咙。

这是一场声色味俱全的狂欢。树林回荡着人类放肆的大笑，以及生命终结的绝响。白色的树林被踩成一汪黑色沼泽，石桥边则架起一口大锅。粗壮的女人把没头的流浪狗拔了毛，扔进沸水里。白色的水汽升腾起来，传到疤脸的鼻子里，搅和得疤脸就要发了疯。

它闭上眼睛，祈求这一切早点结束，却听见一声狗叫，从树下传上来，是土匪。伪装被拆穿了，疤脸却没有直起身子。土匪也没有再作出其他举动，只是瞪着眼，瞅着疤脸。两条狗都没有再发出动静。大班从远处飞奔了过来，也瞧见了脑门上的疤脸。大班又扭头瞅瞅身边冷若冰霜的土匪，觉出了气氛有些不对劲。

大班用鼻子轻触着土匪的鼻子，喉咙里发出温柔的呜呜声。土匪打了个响鼻，转身往另一个方向跑走了。大班抬头又看了眼疤脸，也转身跑远了。

女人的呼唤传遍了树林，是时候吃狗肉喝狗汤了。疤脸听着人类的脚步越走越远，一个个汇聚到那口大锅前，才悄声从树干上下来，小心翼翼绕过一具具野狗尸体，向树林的另一个方向走去。

疤脸花了一个小时爬过几个陡坡，回到了来时的那条公路。疤脸停下脚步，俯视着脚下的那片被雾气笼罩的树林，还有远处灰白房间相间的村子，愣了一会儿神。路过的卡车按着喇叭，勾回疤脸的神经。它舔舔嘴巴，沿着公路的里侧，走过一个拐弯，消失不见了。

第二章

一

疤脸沿着盘山公路走了一天，天黑前，它来到一个十字路口。左侧的公路向下延伸，最终消失在一片山王集镇的光晕中；右侧的道路则向上爬升，那里是被雪松、白桦层层覆盖的大山。山顶笼罩在一片黑色的浮云里。

疤脸背靠城镇的灯火，抬头凝视深邃莫测的大山。寒风从远方吹来，吹得疤脸睁不开眼睛。于是，它卧下身子，躺在路边的枯草丛里，脑袋埋在前爪间，眼睛却还眯缝着向大山的方向眺望。

后来，疤脸睡着了。梦里，它听见一种类似于狼犬的嚎叫，却更为幽远，也更为凄凉。疤脸睁开眼，瞳孔里盈满了泪水。它挤挤眼睛，站起身子，扭头下坡，往人类的城镇去了。

二

疤脸疲惫地走在城镇的柏油路面上，像曾经那群刚进村的乡间野狗，避开灯红酒绿的场所，选了条散发着腐烂气味的黑暗小道，漫无目的地向前走着。

它的脚掌已被磨破，肚子则在不停叫唤。在它的前方，两只老鼠互相追逐，钻进了窨井盖的洞里。一条死猫横在路的中央，身体成为一堆模糊肉酱。几只飞鸟扑扇着翅膀从天而降，围拢在死猫的烂肉边，却又被一条狐狸驱赶，飞回到房顶上。

疤脸停下脚步，瞅着那条狐狸。狐狸也抬起头，瞪着泛着红光的眼睛看着疤脸。疤脸一阵恶心，转身想离开这里，却迎面撞见两个唱着歌的男人，歪歪扭扭地向它走来。疤脸向后退，身后的狐狸一溜烟没了踪影。疤脸龇着牙，发出警告的低吼。

一个男人伸出胳膊，却腿弯一软，把身边的男人也带倒在地。两个人在地上挣扎，扭成一团。终于，他们爬到一个垃圾桶边，脑袋顶着脑袋向里面呕吐。

疤脸沿着路的另一侧，小跑逃离两个男人。转过两个弯，疤脸看见一条卷毛狗正低头嚼一块排骨。疤脸朝卷毛狗叫了一身，卷毛狗转身就跑。疤脸加快脚步追了上去，转过几个弯，眼前豁然明亮。

它已经站在彩砖铺成的人行道上，身边穿行着脚步匆忙的人类。卷毛狗下了人行道，在如梭的车辆间忽隐忽现，并最终消失在马路另一端的巷子里。

流溢的车灯让疤脸有些畏惧，它的前爪刚踩在柏油路面上，尖锐的汽车喇叭声就把它逼回到人行横道上。它仰望身边的人类，他们都裹在厚厚的衣服里，看不清神色。一条吉娃娃朝它吠叫，疤脸龇龇牙，套着红色棉衣的吉娃娃便仓皇而逃。

疤脸沿人行道前行，迎面的人群向一侧躲，疤脸则往另一侧躲，双方互不打扰。疤脸想回到没有人的地方，但它又觉得在这里可以寻到可以果腹的食物，便继续耷拉着脑袋往前走。

走了一会儿，一个鸡腿落在疤脸的脑袋上。一个胖男孩在那儿哭，手里还拿着一杯可乐。胖女人揪着男孩的耳朵，疼得男孩把可乐也扔到了地上。疤脸瞅着这对母子，把鸡腿两口吃完，又去舔杯子里的可乐。碳酸在它的舌头上开了花，让疤脸不知所措。

别过还在争吵的母子，疤脸继续往前走。它来到一处圆形广场。一个男人抱着吉他在那自弹自唱，身侧蹲坐一只白猫，没有一个观众。疤脸走到男人身边，听他的音乐，猫和狗都静默无声。男人唱完一首歌，从身边塑料袋里掏出一块汉堡，放在地上。

疤脸低下头，在男人和白猫的注视下，将汉堡里面的鸡肉吃完，舔了舔鼻子，离开他们继续往前走，身后又传来疲惫的歌声。

在圆形广场边上的垃圾桶，又看到那条卷毛狗。疤脸几步追了上去，卷毛狗撒腿就跑。它们穿过了一条僻静的马路，又穿过一段喧嚣的街区。疤脸本是可以追上它的，但疤脸又很好奇这条卷毛狗会把它带去哪里。

在一处立交桥下的草坪上，卷毛狗不往前跑了，也跑不动了。疤脸也停下脚步，四下打量。尿骚味将它包围，有人的，也有狗的。远处高楼上有一盏红灯忽明忽灭，头顶上阵阵车轮碾过路面的轰隆声。疤脸有些累了，它趴在草地上，有些恍惚，脑子里淤积着各色的光亮和声响。一条清亮的吠叫让疤脸回过神来。一条黑色的狼青站在卷毛狗的身前。狼青又叫了一声，它的耳朵竖着，尖牙龇着，摆出一副攻击的姿态。疤脸环顾左右，又有几条狗从桥墩后的阴影处现身。它们都弓着腰，显出戒备的神色。疤脸知道，它闯入了别人的地盘。

疤脸没有起身，它的确是很累了。它只想安静地躺在这里。但越来越多的狗挤到了草坪的四周。它们或高或矮，或胖或瘦；有的光板无毛，有的烂毛裹身，有的来回跑动，有的则拖着瘸腿。狼青已不再吠叫，它的杂毛军团奏起了一曲没有谱的合唱。

声音在驱赶着疤脸站起身。它看了眼身前的狼青，嘴角扯出一个标志性的微笑，然后转过身子，从草坪边上退出了这群城市流浪狗的包围圈。

那晚，疤脸在草坪附近寻到一处三层烂尾楼。它爬上顶层，趴在楼板上俯视那群睡在立交桥墩下的流浪狗，又抬头看了看城镇上空昏黄的夜空，凝视了一会儿，低下脑袋，不一会儿就睡着了。

三

烂尾楼成了疤脸在这座城市的暂居所。肮脏的水泥楼板上容纳着各色暂居和常住的人类：拾荒的老人、疯掉的女人、染了头发的少年。少年们只躲在一楼的旮旯里，捋起袖子，对着自己的胳膊打一针，然后靠着水泥柱子，抽着烟，和疤脸一样，一言不发，望着远方。疤脸不去招惹他们，他们也不上楼招惹疤脸。

疤脸和人类尚能够安然相处，但成群结队的老鼠却让疤脸不胜其烦。它们不仅将排泄物弄得到处都是，还会在疤脸的睡梦中袭击疤脸柔弱的脚掌，爬过它的身体。疤脸咬死过其中的几只，但更多的老鼠冒了出来。它们成群而出，成群而走。疤脸想弄清楚老鼠的行动路线，便也嗅着它们的足迹，来到附近的一处小吃街。而从那天起，疤脸也便和老鼠们一样，依靠这条小吃街解决自己的吃饭问题。

这条小吃街上有许多窗户糊满油污的小饭店，每个饭店门外都有个很大的泔水桶，里面装着人类吃剩的各种食物。每到晚上，疤脸从街东头溜到街西头，肚子里面也便盛满了食物。

同样来此觅食的，还有在狼青带领下、栖身在立交桥下的杂牌军们。只不过它们和疤脸不在一个吃饭的点上。它们会等疤脸吃饱喝足离去后，才三三两两汇聚到小吃街上。立交桥下的团伙有时会受到另一群盘踞在停车场里的狗群的攻击。

两个团伙会为了争夺小吃街的所有权而发生混战，老狗与小狗咬在一起，公狗与母狗咬在一起，长毛狗与短毛狗咬在一起。在疤脸看来，像是一团嬉闹，它们咬着咬着，便都累得罢战休息，也不见伤了对方分毫。这时，只剩下两边的首领，那条狼青和停车场团伙里的一条牧羊犬还在互相撕咬。

那是条毛发半秃的边境牧羊犬，它整天只是低着脑袋走来走去，像是患了抑郁症，对团伙里的事务不管不问。但即便如此，它庞大的身形还是决定了团伙首领的地位。

狼青的攻击轻巧迅捷，牧羊犬的攻击沉重有力。两条狗的战斗互有胜负。如果狼青被咬跑，停车场团伙便会占据小吃街一段日子。团伙成员也便会像吹气球一样，身子迅速臃肿，斗志也随即丧失，并终在某个夜晚被立交桥下饿红眼的流浪狗们突袭，失去对小吃街的控制权。

两个团伙间的战争拉来拉去，每条狗都是攻击者，也都是防守者，吃饱肚子是它们唯一的信仰。此时，疤脸便成了一个另类。它像是拿着免战牌的观察员，游荡于两个团伙之间，安然地在战场中央享受晚餐。疤脸有时会突然急不可耐地加入战局，还在争斗中的两个团伙便一哄而散，全消失得没了影。

没有一个团伙可以赶跑它，也没有一个团伙愿意接纳它。

漫长的寒冬还在继续。穿堂风从烂尾楼的一面没遮没挡地吹到楼的另一面。疤脸把身子卷起一个圆，脑袋埋在尾巴里，一动不动，好像进入了冬眠。它不去俯视脚下的城市，也不去眺望远方的天空。它的毛发越来越长，脂肪越来越厚，它的牙床肿了起来，爪子也不再锋利。它觉得自己生病了，浑身不对劲，但也说不清哪里不舒服。有时候它会神经质地开始狂吠，或是在楼板间上蹿下跳。但没有一条狗回应它的吠叫，就连那些流浪的人类也不屑于看它一眼。疤脸过得极为孤独，它好像是被遗忘了。

如果不是一个倒霉蛋闯进了疤脸的世界，它不知道这样的日子还会持续多久。在一个狂风大作的夜晚，疤脸在小吃街独自啃一块骨头。一条全身光秃的小黄狗跑到一个泔水桶边，扒着桶的边沿搜寻食物。疤脸认识这条狗，是新近加入桥洞那一伙的一条流浪狗。疤脸朝它吼了一声，警告还没到它开饭的时间。黄狗没有看疤脸，还是自顾自地扒拉着垃圾桶。疤脸放弃进食，向小黄狗一步步逼近。小黄狗终于看见了疤脸，它松开前爪，翘起后腿，在垃圾桶边撒了泡尿。

消失许久的怒火冲上了脑袋，疤脸吼叫着向黄狗咬来。黄狗撒腿往桥洞的方向逃。疤脸几步咬到黄狗的尾巴。黄狗一折身，甩开疤脸，向停车场方向逃。疤脸吐掉嘴里的毛，喘一口气，甩开大步继续追。

凉风呛进疤脸的喉咙，引得疤脸一阵猛咳。之后，疤脸的呼吸匀畅了，身子也更暖和了。它大步地奔跑着，舌头在后槽牙上欢快地上下起舞。疤脸觉得自己越跑越有力气，而前方的黄狗在经过几次折返后，已经越来越绝望。黄狗跑到一所小学大门前，双腿一软，摔在地上。疤脸及时赶到，围着黄狗绕圈子。它把前爪搭在黄狗的脊背上，脚掌下的生命微微发抖。疤脸把爪子松开，黄狗想站起来，却被疤脸一巴掌又拍回到地面。黄狗不敢动弹了。疤脸俯下身子，咬住黄狗后颈部的皮肉，把它轻巧地叼起来。黄狗哭号着，被疤脸甩到小学门前的石柱上。黄狗刚开始发出绝望的呼叫，疤脸便赶上去咬住黄狗的喉管。带气的鲜血蹿到疤脸的喉咙，竟让它有些迷醉。疤脸咬着黄狗的脖颈，尖牙来回撕扯，黄狗的血便也飞溅在学校门口的地面上。过了一分多钟，疤脸松开口，舔了舔嘴，离开属于桥洞团伙领地下的小学校。身后学校门岗室的门这时才被打开，一个穿着制服的老人摘下老花镜，轻叹了一声：“我的妈呀！”

那天晚上，疤脸躺在楼板上，俯视着楼下街巷的战争。桥洞下的团伙在小学校门外聚集，它们吼叫着，越过界限，对停车场的一伙进行报复。战斗持续了一个小时，桥洞团伙几条狗负了伤，停车场团伙的一条母狗被咬死，三只小狗还在用嘴撅着母亲的尸体，去寻找它的乳头。

疤脸心满意足地观看着，那晚它睡得很香。

四

从那天起，疤脸便开始对两个团伙里落单的流浪狗发起袭击。它玩起了跟踪与埋伏，学会了挑选目标和快速偷袭，并为此乐此不疲。在开春前的一个月内，已经有七条流浪狗横尸街头。它们有的被咬断了脖子，有的被扯烂了肚子，还有两条不足一周岁的狗崽被窝成两个毛球，鼻子嘴巴都是血。

疤脸的这些罪行无法见证。它故意躲开其他狗的视线，成了一名隐形杀手。笼罩在两个团伙上空的阴云越来越密集，仇恨的种子在彼此的心里种下。越来越多的冲突在两个团伙间爆发，更多的流浪狗因此丢了性命。

疤脸很享受坐山观虎斗的感觉，它躺在楼板上，俯视楼下的乱战。它的双眼放光，口水则流了一地，它为自己的杰作感到骄傲。而好像还嫌这一切都不够似的，疤脸用屁股蹭两个团伙首领留下的尿迹，偷跑到对方的领地留下挑衅的骚味，以此宣示敌对一方的侵略。

每每看到桥洞下的国王在舔舐伤口，或是停车场的将军瘸着后腿前行，疤脸就越来越满意。和解是不可能，频繁的冲突终究会演变成一场决定生死的战斗。而始作俑者将会成为最后的终结者。

实力较为强大的桥洞团伙在一个无风的傍晚发动了偷袭。几条强壮的公狗绕过小吃街，从停车场的右翼突入到停车场里。一条母狗刚开始呼叫，就被偷袭者围攻咬死。而此刻，更大规模的队伍在桥洞首领狼青的带领下，开始全面入侵。

这是一群怎样的攻击部队啊。它们浑身污垢，臭味熏天。它们吠叫着、撞击着，年轻好事的狗跑在前面，年老懦弱的狗跟在后面。二十多条狗，像是二十多个拖把头，扫过城市的路面，一头钻进了停车场一辆辆光鲜亮丽的汽车底盘下面，与从小吃街赶回增援的停车场团伙成员厮杀。

尖叫声从汽车底盘下传来，有时会有脑袋或是爪子露出来，却很快被

未知的力量拉了回去。一团团毛发从底盘下吹出来，有的飞升到空中，有的带着血黏在地上。一条花毛狗从车底逃出来，身后跟着两条紧追不舍的白狗。花毛狗没命逃着，整个身子被驶过的汽车卷到车轮下面。

白狗们停下脚步，瞪着贴在路面上的狗肉馅饼发愣，却被另两条冲来的狗撞翻在地，四条生命又缠斗在一起。

那些团伙成员间的搏命在疤脸看来就是没章法的小打小闹。它把眼光从拖把们的身上移开，开始搜寻双方的首领。在停车场的厕所旁，疤脸发现了身为首领的狼青和牧羊犬。它们的尖牙咬在一起，面门上都是血痕。牧羊犬体重大一些，它压在狼青的身上，用尖鼻子攻击狼青柔软的腹部。狼青虽然站不起身，但它的尖牙更锐利。牧羊犬的鼻子上已经留下两个血洞。

牧羊犬从狼犬身上跳开，退后几步，冲上来和一跃而起的狼青又咬在一起。一番长达半分钟的互咬后，鲜血顺着它们的下巴滴在水泥地上。两条狗再次分开。

牧羊犬伸出长舌头舔了舔流血的鼻子，又向狼青撞了过来。狼青没有迎战，它向一侧轻巧地跳开，让牧羊犬扑了空。牧羊犬转过身再去攻击，狼青则撒腿向疤脸所处的烂尾楼奔逃。牧羊犬沿路追击，因为后腿有伤，逐渐失去了狼青的踪迹。

当牧羊犬喘息着转过楼房一角，狼青突然跃出，一口咬住牧羊犬前胸。牧羊犬痛苦地猛甩身子，竟将狼青甩出两米远。狼青又在奔逃，牧羊犬负痛继续追击。

疤脸抬头望向远处的停车场。那里的混战已经结束，九条狗被咬死，更多的狗带着伤或躺或蹲，宣告罢战。这些筋疲力尽的狗舔舐着伤口，呜咽祈求和平再次降临。它们彼此互视，开始困惑这场流血冲突的意义。两条敌对方的老狗挣扎起身，跑到对方的屁股后面互相嗅着。

烂尾楼下，首领间的搏杀也近尾声。牧羊犬还在继续愚蠢的追击，只是脚步愈发沉重。狼青则利用一次次伏击，透支着牧羊犬的体力，扩大对方的伤口创面。

疤脸缩回探视的脑袋，从三楼悄然走下，将身子隐藏在一楼的一处半米高的墙垛后面。疤脸谛听着飞奔的脚步越来越近，越来越密。疤脸屏住呼吸，弓起后背，凝神等待。

狼青的身影转过拐角，疤脸后腿猛然蹬地，脚下的石子飞溅到墙壁上。狼青没来得及回头，便被撞翻在地。狼青扭开身子，四肢撑地，却被疤脸咬住后腿关节，“咔嚓”一声，关节便碎了。

笨拙的牧羊犬也在此刻赶到。它立在疤脸身侧，一脸困惑。狼青拖着后腿还想跑。疤脸朝牧羊犬吠叫。牧羊犬跳起来扑到狼青身上。

两条狗又开始新一轮的撕咬。疤脸在一旁冷眼观战。虽然牧羊犬满身伤痕，但是毕竟狼青被咬断了后腿，力量也比牧羊犬差了许多。它们像是一个轻量级拳王和一个重量级拳王间的较量。狼青的攻击虽然轻巧，却被牧羊犬限制在一个狭窄的空间里。反之，牧羊犬的攻击虽然笨拙，效率却很高，每一口都会撕下一口肉。狼青越来越支持不住。

疤脸开始在两条狗身边兜圈子，眼神没有一丝游离。狼青已经没了力气，它的四肢茫然挥舞，脑袋无力转动，它的生命已经到了尽头。牧羊犬最后直起身子，然后像重锤一样砸在狼青的身上，尖牙也随之咬断了狼青的脖子。

也就在此时，疤脸从牧羊犬的身后跳到它宽大的脊背上，尖牙也同时嵌入它脖颈后方的肌肉。牧羊犬痛苦地摇摆身子，疤脸尖牙撕开的伤口也随之扩大。牧羊犬痛得倒下身子，仰天打滚。疤脸灵巧跳开，又灵巧跳回，尖牙抵住起伏的喉管，一口下去，鲜血喷溅了疤脸一脸。疤脸上下颚继续使劲，牧羊犬全身直挺，坚持了半分钟，随后便软了下来。

疤脸松开牙，从牧羊犬的身上下来，瞅了瞅两具没有动静的尸体，舔了舔鼻尖上的温血，扭头往停车场的方向走去。

暮色四合，寒风渐起。疤脸来到路灯照亮下的停车场，地上黑乎乎的血迹开始凝结。疤脸傲慢地穿行于尚在此处休息疗伤团伙成员间，像是在审阅这些不知名的手下。有条老狗挡住了疤脸的脚步，疤脸朝它吠叫，老狗没有理睬。疤脸咬穿老狗的后颈，留下它在地上痉挛而死。疤脸开始朝天吠叫，所有狗簌簌发抖着埋下脑袋。

疤脸翘起后腿，撒了泡尿，宣告对两个团伙新的统治。

五

疤脸成了两个团伙新的首领，而刚经历过大规模流血冲突的两个团伙成员们也乐于在一位强势新首领统治下维持难得的和平。这些邋里邋遢的城市流浪狗的理想其实很纯粹，只要每年能混个囫囵饱就行，如果运气好，可以来几场淫乱，那就顶美顶美的了。偶有挑动骚乱的年轻公狗，不用疤脸出手，便会被团伙里的大多数唾弃，并最终赶出它们固有的领地之外。

疤脸瞅着这些吃饱肚子在地上哼唧打滚的同伙，想起了村子外的那片树林，以及那些被屠戮的乡间土狗。食物是那群土狗们最好的慰藉，食物可以吹起它们骨瘦如柴的身子，也可以涨破它们日益增长的胆量，并最终让它们走上不归之路。

而对于这些城市的流浪狗，食物则成了安眠药。或许是因为高楼阻挡了视线，而宽阔马路也像是一条条不可逾越的边界，致使这群流浪狗们不愿想更远的世界，只要有充足的食物，它们便愿意在一块不大的地盘终老一生。特别是在那场恐怖的血拼后，它更像是一群换了战后应激创伤反应综合征的退伍老兵，更加胆小，更加脆弱，它们不敢正眼看疤脸，在距离疤脸很远的时候便已经俯首帖耳。疤脸没有做什么鼓动，两个团伙便自然融合成一个松散的大团伙，全部屈服于疤脸的统治下。

而疤脸的统治，其实也就是每日在团伙中走来走去，便足可威慑群里的不安定因素。

疤脸自己也在整个冬天的休养生息及一场血腥的刺激后，也像这座城市一样，从冰封中舒缓过来。空气有了温度，冰雪开始消融，整座城市骚动起来。疤脸会时时脱离它的团伙成员，开始在这座城市里独自巡游。它越过一条条马路，穿行于一条条街道，登上一栋栋在建的楼房，停留在一座座灯火辉煌的酒店或商场。它不惧怕人类，人类也不惧怕它。它们两不相喜，也两不相厌。

人类有更为重要的事情去操心，他们不会傻到去惹这条半人高的狼狗。疤脸有时候会爬到高处，俯视那些身穿不同衣着的男女。他们有人披着黄色的塑料背心，在街上挥舞着扫帚；有的带着白色手套，在马路中央摆动着胳膊；有的穿着灰色的衣服，对路边的卖小吃的老头指手画脚；也有一群披着白色大褂的人，在一栋墙上挂着红色十字架的楼里进进出出。

这些人类有的步行，有的骑自行车或摩托车，还有些人开车。那些开车的人最是急性子，在拥挤的马路上拼命按喇叭。还有些人不开车，只坐在黑色的小轿车后座。这些车停在一个挂着红旗的大院里，前座的司机下车，弯腰为后座的男人拉开车门。这些疤脸都看在眼里，有些事情它看得明白，有些事情它则看不懂。毕竟它只是一条杂种的狼狗。

疤脸走到哪，吃到哪，在这一点上，它已经习得了流浪狗的本性。虽然它更爱吃生肉，喝血水，但城市是个促狭的地方，不太容易寻到那些散养的鸡鸭。疤脸也只得像一个小偷，找机会偷走人们冬天吃剩下的咸鱼腊肉。

巡游时的疤脸不用担心那些被丢在脑后的团伙成员。每当夜晚，疤脸回到停车场或是立交桥墩下，看那些睡得香甜的流浪狗们，疤脸既感不屑，又感安心。疤脸不知道这样的日子能维持多久。城市是个比乡村玄妙得多的地方。这里有太多的角落，隐藏太多的秘密，有太多的规则，以及规则下的各种反抗。疤脸看过行人被车辆撞飞的场景，明白随便某种力量都可以把生命吞噬，更不用说它们这些狗命。因此，对于团伙的未来，疤脸没有答案。它只是不很努力地维持团伙松散的存在，只要团伙里没有冒尖的狗来挑战它的统治地位，诸如团伙是否壮大的事它不愿多管，它也管不了。

而团伙的规模的确在壮大。由于小吃街的诱惑，以及相对的和平，更多的流浪狗被吸引到了疤脸的麾下，而新生的生命也在不断被制造和生产。

春天已经完全来到这座城市。街上的食物越来越多，老鼠也越来越多。它们形成一支大军，几乎全时段地扫荡流浪狗们控制下的小吃街，将生厌的口水和粪便留在吃剩下的食物里。小吃店主们再也不可忍受，他们买来灭鼠的毒药，拌进门口的汤汤水水里。

一群又一群的老鼠吃完那些汤水，蹬蹬腿，死了。流浪狗们犹豫了，它们嗅着老鼠的尸体，也在嗅着隐约的危险。它们中的许多已经不在泔水桶里找寻食物，却又无法去更远的地方觅食。它们的心已经被牢牢地拴在泔水桶边上。

它们伏在黑暗处，看那些还在前赴后继的老鼠们。它们发现，尽管还有老鼠被毒死，但更多的老鼠已经没了事。这些饿了几天的流浪狗们一涌而出，赶走老鼠们，开始不管不顾吞咽那些混杂各式病毒及化学品的剩菜剩饭。

于是，死神开始光顾疤脸的流浪狗团伙。有的狗吃完最后一顿，便暴毙在垃圾桶边；有的步伐摇晃，晕头晕脑撑了几天，也满嘴白沫死在草坪上；还有些狗的瞳孔像是被打爆了的红色玻璃球，开始拒绝进食，只是拼命地四处找水喝。这些狗会在几天后彻头彻脑地发狂，它们发了疯地追击团伙里的其他成员，将病毒通过撕咬相互传播，造成更大规模的死亡。

两个多月内，团伙成员数量从五十多条狗锐减到三十条。而就在这三十条狗中，也已经有三条狗命在旦夕。疤脸开始敦促幸存的流浪狗随它迁移，却遭遇团伙成员一致的不合作。它们还在守着那条小吃街不愿离去。疤脸不得不咬死领头反对的一条老狗，其他成员则在疤脸的驱赶下，向邻近的街区进发。

疤脸走在队伍前面，队尾的狗不断消失不见；疤脸返身去寻走失的同伙，揪回来其中的一两条，回到队伍，却发现更多的狗趁这个机会逃跑。一天流浪到晚上，三十条狗只剩下五条。疤脸有些悲哀，它闭上眼睛不去看那些跑不动的老狗，却又在一觉醒来，发现这五条老狗也不见了踪影。疤脸返回到立交桥下的那块草坪，那些走失的流浪狗在桥墩下睡得正香。

疤脸意识到这些狗即便没有中毒，它们的脑子已经不可救药。疤脸或许会想起乡间树林那群最后发了疯的野狗，它或许也会觉得眼前的这群身材臃肿的城市流浪狗也是另一种疯狂吧。

疤脸再次将自己的窝挪回到三层烂尾楼的楼板上。而楼下的那个团伙，疤脸也只能由它们自生自灭了。

六

疤脸疏远了自己的同类，另一股力量却盯上了这个濒临瓦解的团伙。有几个午夜，一辆厢式小货车会停在草坪边上。车上下来两个人，他们围着草坪转几圈，抽根烟，咬着耳朵说几句话，再回到小货车上，一溜烟走开。

也许是他们太过普通，普通得甚至看不清面孔。疤脸和他的团伙成员都没有注意到他们的到访。他们或许会嗅到这两个男人身上散发着狗血的味道，但毕竟这是人类的社会，他们吃菜吃肉，喝汤喝酒，每天都在呼出各种味道。另一方面，也因为这些流浪狗们吃多了烂骨头烂菜，它们的嗅觉也不那么灵敏。也许那两个人只是路过。

四月末的一个午夜，从外面巡游回来的疤脸准备穿过桥洞下的草坪，回三层烂尾楼休息。它发现那两个男人又来了，虽然看不清脸，但他俩身上的气味是独特的。他们套着黑色罩褂，头戴黑色棒球帽，弯着腰，悄悄接近狗群的露营地。他们手里端着的气枪也是黑色的，在月光下泛出冰冷的光亮。

疤脸停下脚步，躲在远端一处桥墩下打量这两个男人的举动。一个男人举起气枪，一条黄白相间的母狗蹬了蹬后腿，脑袋歪向一边，没再发出其他响动。另一个男人也举起了枪，那群还在饱睡的流浪狗或是翻了个身，或是挠挠肚皮，没有发出一声吠叫，它们好像睡得更静谧了。

终于，一条年轻的公狗挣扎起身，脚步歪斜地向疤脸隐匿的方向逃跑。它大张着嘴，四肢发抖。两个男人同时举枪，公狗前膝一软，一头摔在草坪上。一阵抽搐后，舌头伸了出来。一个男人快步上来，拎着公狗后腿，回到草坪边上，扔到小货车的后备厢里。另一个男人也在打扫战场，几十条狗都被扔进了那个四方四正的铁箱子里。

疤脸蜷缩着身子，尽可能地将自己隐藏在桥墩下的黑暗中。它不明白发生了什么，但在乡村林间狗群被屠杀时才有的恐惧又一次袭来。它静静地等待着，直到没有任何声响，才伸出脑袋看那片草坪。草坪上已经空空荡荡，仿佛那群流浪狗从来就不存在过。

小货车的大灯亮了起来，它沿着立交桥上行的方向兜了一圈，灯光照在疤脸蜷缩的身体上。汽车开走了。疤脸小跑穿过眼前的这块草坪，脚掌踩在柏油路面上。也就在此刻，它的身子沐浴在明亮的光亮下。疤脸扭过脑袋，脖子上多了个绳圈。疤脸一下被拖倒在地，脑袋跟着行驶的汽车频繁撞击水泥路面。

疤脸闭上眼，咬紧牙，全身使劲，借助汽车的颠簸刚站了起来，却又被绳套另一端传导过来的力量拖倒在地。这次是屁股在和地面发生一次次撞击。疤脸斜眼向上看绳套的另一端，还是那个头戴黑帽的男人。他一只手拿着绑着绳套的铁棍，一只手把烟嘴从黄牙间拿开，两指一弹，烟灰飞落到疤脸的脸上。

一脚刹车，车子慢了下来，疤脸使足力气，再次跃起身子，四肢接触地面的瞬间便开始随车狂奔。虽然这样狂奔没任何意义，但至少可以让脖子上的绳套不会紧到无法呼吸。那个黄牙男人则歪着脑袋，饶有兴致地看疤脸在奔跑。

车子最终还是停了下来，惯性让疤脸一头向前冲去，又被脖子上的绳套拉了回来。车子上的两个男人下来了，他们围在疤脸身边，抽着烟，与疤脸保持着距离。疤脸感到绳套有些松了，它想跳起来去攻击他们，绳套却又猛地一拉，疤脸摔倒在地上。疤脸扭过头想去攻击牵绳套的人，又被那个男人拿棍子猛地一掼，疤脸又倒在地上。

男人们哈哈笑起来。一个长着小胡子的男人从车座取出一把气枪，却被黄牙男人拦住。黄牙男人飞起左脚，踹到疤脸的屁股上，小胡子也在飞踹疤脸的身体。疤脸怒目圆睁，脑袋疯狂地扭着，它的自尊遭到了侮辱，它宁可死去。但绳套勒得它发不出任何声音，脚步也动弹不得，只能无奈接受两个男人戏谑式的踢打。

小胡子男人停止了殴打，他打开小货车的厢门，又取出一个绳套，在疤脸脖颈上套牢。两个男人抓着绳套的手柄，一起使劲拖着疤脸往车厢走。疤脸则拧着脖子，爪子死命地扒着地，一颗指甲崩飞到空中。两个男人喊着拍子，合力将半人高的疤脸举到空中。

疤脸的四肢痛苦挥舞，眼睛向上翻着，只能看得见昏黄的夜空。就这样被吊在半空不知多久，声响和记忆从它的意识中加速逃离，瞳孔捕捉到的昏黄也不见了，黑暗渐渐吞噬了光芒。然后，疤脸只能感到自己飞升到空中，随即又重重跌在一堆肉体上。

脖子上的绳套松了，疤脸大口呼吸，意识开始恢复。疤脸抬头看见男人站在车厢外笑着向里张望。疤脸挣扎着站起身子，向厢外冲去。

车厢门关上了，疤脸的脑袋撞到了铁板上，眼前再次一片黑暗。

七

疤脸摇摇脑袋，睁大眼睛，只有一片黑暗。它试图站起身，却被柔软的肉体绊倒。它呼地跃起，却再次撞到冰冷的铁板，又一次掉落在温热的肉体上。

凭着嗅觉，疤脸知道身下的这些肉体是自己团伙的成员。有的狗还在浅浅地呼吸，有的已经彻底没了动静。

疤脸从肉体上翻下身子，找到一处可以下脚的地方，站了起来。一股温热的液体流到鼻尖上，疤脸伸出舌头舔舔，知道这是自己的血。

血的味道让疤脸冷静下来，它听着车外的动静，感受从车轮下传来的方向感，想搞清楚下一步到底要发生什么。当前的形势超出它全部的经历，只有本能还在发挥着作用，促使疤脸绷紧身体，试图保持平衡。

但即便这一点儿在本能控制下的平衡，也还是被急刹车破坏。疤脸又一次摔倒在车厢里。与此同时，车厢门开了，一盏昏黄的灯照亮了疤脸流血的脸。

它没有犹豫，立刻起身扑了出去。落地的瞬间，一根绳索又套在了脖子上。疤脸回转过身，再次看到叼着烟嘴的黄牙男人和小胡子男人。疤脸懊恼地怒吼，唾沫飞溅到黄牙男人的裤子上。黄牙男人把胳膊抡圆了，木棒落在疤脸的脑袋上。鲜血犹如泉涌，模糊了疤脸的双眼。

它张了张口，却已经吼不出声来。它想去咬脖子上的绳套，却头重脚轻，一头摔倒在地上。

八

阳光洒下来，又是一个清晨，疤脸醒了。

它站起身，发现自己再次沦陷到铁笼子里。它环顾四周，在这个圆形的大院子里还关了几十条狗，大多是些肉肥体膘的笨狗。它们或蹲或站，被分别关在几个大笼子里，而疤脸自己则独自被关在一个小笼子里。疤脸认出其中几条狗，是它曾经的团伙成员。它向那几条狗吠叫，那几条狗抬头看着它，眼神中有着恐惧和疑惑。

院门开了，黄牙和小胡子端了个大盆走进来。他们把盆放到院子中心，走到一个狗笼前，打开笼门，十来条笨狗冲出笼门，围在盆边吞咽盆里的食物。一条疤脸的同伙没搞清情况，它战战兢兢地走出笼口，还在四下张望。小胡子飞起一脚，把它踢到盆边。它才明白，进餐时间到了。

这条狗刚把脑袋埋到盆里，左右两条笨狗同时咬向它，把它从盆边逼退。这条狗还想找其他缝隙把脑袋挤进去，但其他笨狗的屁股组成了一堵密闭的肉墙。

此时，小胡子扔掉烟头，走到狗群中间，又飞起一脚，将其中的一条笨狗踢得跳起来，喊了声："滚回去！"这些笨狗便一个个耷拉着脑袋回到了笼子里。那条没吃到食物的狗还想留在盆边，却也被其他的狗推咬着回到了笼子里。

黄牙走到另一个狗笼子前，打开笼门，放那些急不可待的笨狗围拢到盆边开始抢食。又过了几分钟，黄牙把这一群狗赶回笼子。小胡子又放一笼子狗出来进食。

一个小时不到，院子里面的所有狗都被喂饱了，除了疤脸。黄牙把盆里剩下的食物倒在院墙根下的桶里，又走到疤脸的笼前瞅了一会儿这条面颊两侧扯着伤痕的狗，笑了笑，便拎着盆出去了。

疤脸嗅了嗅空气中的味道，知道桶里是拌了鸡肝的米饭。疤脸扭头去找它曾经的团伙成员。它们呜咽着，看样子是没有吃饱肚子。疤脸不满地叫了两声，盘起身子躺下了。

过了正午，黄牙又出现了。他还是端进来几个盆，放在地上。依次打开狗笼，放里面的笨狗分批吃完盆里的鸡肝拌饭，又把它们一拨拨赶回到笼子里。这次，黄牙没有看疤脸，疤脸也没有看黄牙。黄牙端着盆出去了，疤脸肚子开始作响。

到了晚上，黄牙把两个肚大腰圆的男人带进院子。黄牙把除了疤脸的所有笼门全部打开，笨狗们都涌了出来，它们有的四下跑着撞着，有的则尽量往黑暗里躲。两个男人伸出指头点来点去。他们点到哪一条狗，黄牙就拎起那条狗出了院门。过一分钟，又空手回来。就这样，六条笨狗被两个男人点没了。

两个男人把一卷钱交给黄牙便出去了。黄牙和小胡子把饭盆再次端进院子，剩下的笨狗们又在哗啦哗啦吃着晚饭。黄牙这会儿又来到疤脸的笼前。他从地上捡起一根细竹竿，伸进笼子里面捣疤脸的肚皮。疤脸极其厌恶地向一边躲自己的身子。黄牙又使劲捣，疤脸身子没动，脑袋却在迅捷地出击中，一口咬碎了竹竿的前端。

黄牙一愣，手中的竹竿落了地。他"嘿嘿"一笑，从衣服口袋里掏出一包烟，抽出一根点上，靠在墙边抽了两口，又瞅了瞅疤脸，才转身离开。

九

又是一个夜晚，疤脸躺在笼子里面，眯缝着眼睛。它已经很久没有体会饥饿的感觉了。它舔了舔嘴唇，舌尖润湿了鼻尖。院子对角的桶里散发着鸡肝拌饭的馊味，院子外面像是有人在烤五花肉，散发着阵阵孜然的味道。当然还有身边那些狗群们拉出的粪便臭味。黄牙和小胡子可不像李三那么勤快地打扫狗舍。

这些味道混杂在一起，搅得疤脸胃里不断翻滚，睡不着觉。疤脸想到了黄牙那张始终挂着轻蔑笑容的小脸，还有那两个肚大腰圆的男人，以及从院子里消失的那几条笨狗。它隐约觉察出了什么。

阳光又一次照射下来，饥肠辘辘的疤脸也再次醒来。笼子里面的狗已经享用过早餐，这会儿正全部在院子外面放风。它们撒着欢，互相追逐，互相打闹。一条光溜溜的小白狗跑到了疤脸的笼子前，歪着脑袋看这个比自己大好几倍的同类。疤脸冲它吼了一声，小白狗却没有跑开，而是反过来也冲疤脸叫了一声。

疤脸不信这条蠢货竟然敢挑战它的权威。它从笼子里面跳起来，爪子扒着栏杆向小白狗吼叫。小白狗往后退，怯弱地又吼了一声，转身逃开。

黄牙和小胡子从院子外进来了。黄牙手里拿着套索，小胡子手里拿着棍子。小胡子挥舞着棍子，把所有的狗都赶回到笼子里。那条小白狗不知道是不是被疤脸吓傻了，在院子里横冲直撞，始终不愿回自己的笼子。黄牙堵住小白狗，一脚把它踢到疤脸的笼前。小白狗刚想站起身，就被小胡子一棍打趴下。小白狗趴在地上不敢动弹，又被黄牙用绳套套住脖颈，举到了半空。

小白狗眼睛暴凸着，舌头伸了老长，不断挣扎。小胡子则在用棍子戳着小白狗粉红的肚皮。大概过了半分钟，小白狗的挣扎慢慢弱了，黄牙才把小白狗放下，揪着它的耳朵，扔到了一个笼子里面。

然后，黄牙和小胡子走到疤脸的笼子前，小胡子站在笼子的正前方，而黄牙站到了笼子的侧后方。两个人全神贯注地盯着疤脸。疤脸知道，前戏结束，正戏要开始了。

小胡子打开挂锁的那一瞬间，疤脸就撞开了笼子门。它没有直接扑向面前的小胡子，而是溜着墙根狂奔到院门，直起身子推院门。没有反应，意料之中。

疤脸又用爪子扒院门，还是没有反应。黄牙和小胡子已经一左一右从后方围了上来。疤脸放弃铁门，再次顺着墙根狂奔。他跑过一个个狗笼，笨狗们都直起身子，起兴地叫着。

黄牙和小胡子两下分开，一个在后面追，一个则包抄在疤脸奔逃的路线。疤脸刹住腿，看黄牙从后方逼近。一声怒吼，它转身迎面向黄牙扑了上去。

黄牙没有躲闪，而是提起胳膊，疤脸的尖牙咬进一团柔软的棉絮中。疤脸使劲咬着，尖牙却始终触不到皮肤。黄牙努力提起胳膊，疤脸的身体荡在了空中。黄牙攥起拳头捶在疤脸的肚皮上。疤脸发生呼噜呼噜的声音，尖牙却还嵌在棉絮中不愿松开。

小胡子赶了上来，拿根铁棒给疤脸左肋重重一击。疤脸松开了牙，整个身体跌倒在地，却又顺势咬住黄牙的小腿，尖牙又嵌入了柔软的棉絮里。疤脸疯狂地扭动脑袋，希望尖牙可以扯烂这恼人的棉絮。与此同时，雨点般的棒击砸在它的身上。

疤脸狂怒到失去理智，它不再逃跑，也不去躲闪，只是死命去咬那一团棉絮，仿佛那团棉絮可以减轻它的愤怒与痛苦。黄牙也很配合地不去挪动自己的腿，只是抡起胳膊不断地打向疤脸的脑袋。

鲜血再次蒙蔽了疤脸的双眼，它已经站不住身子，前腿跪在地上，尖牙还没有从棉絮中松开。小胡子拿来套索，套住疤脸的脖子，用力将疤脸从黄牙的腿边拉开。黄牙弯腰检查被疤脸咬得稀烂的裤腿，笑着骂了句：“这个狗杂种。”

之后，黄牙和小胡子合力把疤脸拉回到笼子里锁好。黄牙找来一块腊肉，扔到疤脸脸上，说：“吃吧，狗杂种！”

疤脸摇摇脑袋，腊肉掉在地上。疤脸伸长舌头，舔干糊在面颊上的鲜血，然后撩起白色的尖牙，低声怒吼。黄牙笑道：“有种！”随后，两人便出了院子，消失不见了。

院子里面已经陷入死寂。那群笨狗看傻了眼，胆小的狗将身子蜷成一团，不敢把眼睛露出来。疤脸还在舔从脑门上流下的鲜血，它想起了被李三驯作斗狗的日子，想起了李三的电棍，以及电棍代表的服从和背叛：那一夜对李三的报复。它还想起了在树林和城市里称王称霸的日子，那些愚蠢的土狗和流浪狗们。

热血开始往脑袋涌，耻辱和反抗在激荡着它的心脏，脚边的腊肉刺痛它的双眼，喉咙开始呜呜作响。它又挣扎起身，疯狂地撞铁笼的四壁，跃起的爪子一遍遍把腊肉踩到灰里。

其他笨狗们瞅着疤脸疯狂的举动，看着一块好好的腊肉被踩成了灰饼。这些笨狗们更不敢发出声响了。

疤脸又疯了一会儿，然后两眼一黑，晕了过去。

疤脸一整天都没动弹，即便它醒了过来，它也像是死掉了一样。就这样过了两天，疤脸又多饿了两天。

在这两天内，疤脸又被黄牙和小胡子拉出去打了几顿。疤脸有时会挣扎反抗，有时则任由它们打。黄牙拿生牛肉在它的眼前晃，疤脸没有反应，黄牙把牛肉塞到它的嘴里，疤脸的牙咬得紧紧的。小胡子拿电棍戳疤脸，疤脸本能地挪挪身子，牙床还是没有张开。

疤脸的意识也和日渐笨拙的身体一样，接近消失的边缘。连续五日没有进食，疤脸连本能都在逃离。有天晚上，那块生肉自己站了起来，向它鞠躬，仿佛在说："吃我啊，快点吃我啊。"疤脸摇了摇脑袋，想搞清楚发生了什么。但这一摇，一片黑暗蒙住了它的眼，它又昏了过去。

第六天的中午。黄牙和小胡子搬了个煤气罐到院子里，罐子还接了一个带笼头的气管。他俩把桌子搬到院里，放上酒和菜。吃惯了鸡肝拌饭的笨狗们看到被两人扔到地上的肉骨头，一个个兴奋地扒笼子栏杆。疤脸耷拉脑袋，眼睛勉强睁着，脑袋一片空白。

两人灌下几杯酒，放下酒杯。小胡子从笼子里拉出一条刚被抓回来的褐色腊肠犬。腊肠犬像是中了大奖，一头扎到桌子底下去啃肉骨头。小胡子揪着腊肠犬脖子后面的皮毛，把它从桌底拉出来，并给它套上绳套。黄牙则

打开煤气罐的阀门，一股火焰从龙头蹿出来。

黄牙提着喷火的龙头走向腊肠。而腊肠却还在啃那块骨头。黄牙将火焰对准腊肠的屁股烧上去。一秒的工夫，火焰便从屁股蹿到了脑袋，腊肠也像是点燃的炮仗，一下子蹿到半空，却又被小胡子拿着套索另一端的棍子掼在地上。

尖锐的嚎叫从燃烧的火焰中传出，掩盖了黄牙和小胡子的狂笑。腊肠来回打滚，火星儿飞到空中。嚎叫很快消失了，腊肠只是张着嘴巴，火苗从它的嘴巴往外喷，它僵硬的四肢朝着天，像是正在燃烧的火把。黄牙调整了火焰的方向，对着腊肠的肚皮开始灼烧，耷拉在肚皮上的生殖器烧成了一块类似黑色石头般的东西。

腊肠不动了，它已经被烤死了。所有的笨狗都是见证，疤脸也是。黄牙关掉阀门，掏出一把小刀从腊肠的肚皮上削掉一块肉，放到嘴里咬了口，又吐在地上。继续打开阀门，炙烤僵硬的尸体。小胡子则灌了一大口白酒喷在腊肠的身体上。火花在瞬间蹿升了起来，黄牙和小胡子齐声欢呼。

又烤了一会儿，黄牙关掉阀门，把冒烟的尸体拉到桌前，两个人一边用刀削肉，一边喝酒。所有的狗都噤声了，它们又一次傻了眼。疤脸还躺在笼子里，没有动弹。

一顿饭吃得极慢，从中午一直吃到下午四点多，地上的腊肠已经没有了半个身子。

喝到晃晃悠悠的黄牙站起身，走到疤脸笼前，把疤脸放了出来。小胡子也走上前，他俩一同拽疤脸的脑袋，把它拖到腊肠的尸体边，又坐回到小板凳上。

疤脸嗅了嗅烤煳了的腊肠，沉默地张开嘴，咬住它肚子上的一块肉，慢慢吃起来。

十一

自那天起，疤脸就不再被关进笼子。当然，它还是逃不出这个大院。笼子内外分隔的不仅是空间，也形成了不同的地位。不过，笼子里面的那些狗尽管不像疤脸有那么大的自由，它们倒也不觉得时间缓慢难耐。

这些笨狗们吃饱喝足后，会被疤脸用尖牙驱赶回狗笼，然后瞪着眼看疤脸不知疲倦地扒墙角的土坯，扒了一层，黄牙便会拿水泥糊上一层。疤脸又找另一处墙角扒，黄牙则跟在后面做修护工作。黄牙并不因疤脸的破坏而去惩罚它，他好像很享受修修补补的过程。

笨狗们只是看着，它们不会弄出声音，它们不想打搅笼子外那条大狼狗。看得厌了，笨狗们便会互相依偎着入睡。

疤脸本想能够在墙角扒出豁口，从这个院子逃出去。但它的逃跑行为做得太过光天化日，而且扒掉外层的土坯，青砖便露了出来，黄牙也在跟在后面泥墙，这样逃跑是不太可能。扒墙坯更多成了一种例行公事，反正疤脸也无事可做。

经历过一场濒死的饥饿后，疤脸对食物的渴求越发不安。它吃黄牙喂给它的肉食，也吃笨狗们吃的鸡肉拌饭，还吃那些笨狗们被煮熟烧烂的肉体。疤脸什么都吃，力气慢慢回到它的肌肉里，也回到了它的脑子里。

它变得愈发暴戾不安，它迫不及待地想从这个沉闷的院子逃离，离开迫害它的黄牙、小胡子，离开这些让它抓狂的笨狗。当然，它是逃不掉的。于是它将积蓄的愤怒发泄到那些笨狗身上，这是缓解焦躁的唯一方式。若它的屁股痒痒了，它会踢爆某条笨狗的屁股。当它感到鼻子不快活，它会撕烂某条笨狗的脸。它若是觉得浑身不快活了，笼子里面那群笨狗便只能自求多福了。

疤脸的暴行得到了黄牙和小胡子的默许。在疤脸恐怖的统治下，院子出现了一种沉默的秩序。笨狗们不再追逐打闹，也不再嬉耍交配，它们慢慢滑向了生命最基本的本能：吃、睡、死。它们默默地吃饱肚子，默默地长胖身体，也默默地被来人挑选走，成为餐桌上的食物。其中一定有些狗知道等待它们的结局是什么，但它们却选择性地忘记了死亡。它们只愿躲避来自疤脸的尖牙利爪，而不去想狗院里不断更迭的同类，也不去看被丢弃在角落里那些已经发白的狗骨头。

这是一种幸运呢，还是一种悲哀？

狗群沉默着，它们想没想过这个问题，不会有人知道。

它日复一日跟着黄牙后面喝啤酒，吃狗肉。烹的，煎的，烤的，炸的，炒的，烧汤的，凉拌的，打卤的，腌制的，它都吃过。它知道这块骨头来自那条大黄狗的后腿，知道这块肥肉来自那条黑狗的屁股。它吃完喝完，睡上一觉，醒来后或是把肚子里的狗肉拉成粪便，或是一大口吐出来。拉完吐完后，疤脸会低头嗅嗅自己的排泄物，狂躁地吼几嗓子，却又无法克制继续跟着黄牙吃狗肉、喝啤酒。

吃归吃，却没有妨碍疤脸对黄牙和小胡子的恨，但这种恨伴随着怕，疤脸是饿怕了，它不想再饿肚子。

黄牙、小胡子有时候也会带疤脸去盗猎：抓那些没人管的城市流浪狗。疤脸的鼻子领着黄牙和小胡子去发现那些流落街头的倒霉蛋。疤脸把它们追得无路可逃，全部乖乖地被黄牙、小胡子抓进后备厢里。然后两个男人上车，疤脸则坐在后排座位上，一起赶赴另一个围捕的猎场。

当然疤脸也曾试图逃跑，它大步向前奔着，黄牙开车在后面追。他们举起气枪，把注射麻醉剂的针头扎入疤脸的身体，然后停车看疤脸越跑越歪，越跑越慢，直至一头摔在地面上。

而待到疤脸再次清醒过来时，它已经被黑暗包围。它被黄牙扔进了小货车的车厢里，又饿上五天，才给放出来。那时，疤脸又变得连吃饭的劲都没有了。黄牙甚至要把肉片喂到它的嘴里。

跑了几次，疤脸也就不跑了，或是对饥饿的恐惧，或是对未来的无望。疤脸的力气在恢复，但是有些东西在它的心里正在死去。

十二

院子里的狗还是不断进来，也不断离开。夏天到来，荔枝熟了。而从广西玉林游玩一圈回来的黄牙也新学了一道狗肉吃法：黄金脆皮狗＋泡酒荔枝。

在一个夏日傍晚，黄牙和小胡子光着膀子，戴了副手套，端了个火盆到院子中央。火盆里面是正在焖烧的木炭，他们还找来了砖头、钢筋、洗脚盆以及灌了开水的水壶。笼子里面的狗都静默地看两个男人忙乎。他们用砖头在火盆两侧垫起同等高度的架子，然后拿着两根削尖了的钢筋在炭火上来回烤。

然后，两人起身，走到一个大狗笼前，一条黄毛小狗被拽出笼子，拎到了火盆前。刚扔在地上，小狗便撒腿就跑。黄牙手指着奔逃的小黄狗，疤脸几步追上去，叼住黄狗的后颈，送回到黄牙脚边。

黄牙说了两个字：咬死。疤脸把小黄狗翻了个身，咬住喉管，小黄狗蹬了蹬腿，没挺一分钟便死了。

小胡子在灌满了开水的盆里给小黄狗褪毛。黄牙则用钢筋挑动木炭，火苗蹿了出来。黄牙的汗滴滴到火盆里。

黄牙灌了口啤酒，催小胡子，说："搞快点！"

小胡子回道："褪干净点，好下嘴！"

黄牙便不说话，他边喝啤酒边将油炸花生米一粒粒送进嘴里。笼子里面的狗也不说话，全都站起身子，沉默地看着小胡子给小黄狗褪毛。疤脸则躺在院子的角落里舔着沾了黄狗血的嘴。

过了一刻钟，小黄狗身上的毛没有了，只剩下一个粉嫩粉嫩的肉体。黄牙站起身，扒开小黄狗的嘴，把钢筋从黄狗的嘴一寸寸往里穿，有时钢筋会卡住某块骨头，黄牙便将钢筋拔出来，调整个方向继续往里穿。终于，钢筋从狗屁眼里血淋淋地露了出来。黄牙又开始穿第二根钢筋，这根钢筋从胸腔穿进，从阴茎穿出。黄牙看被戳烂的阴茎，撇撇嘴，没说话，握住两根钢筋放到炭火上开始烤。

在炭火的炙烤下，黄狗粉红的皮肤开始慢慢变暗，脑袋上形成几块黑斑，半露的狗牙则显得愈发得白。黄牙适时给黄狗翻身，小胡子则靠在椅子上抽烟。又过了一会儿，黄狗的身子开始往外渗油，先是脑门往下淋油，然后扩散到全身。火焰中的肉体发出细微的噼里啪啦的声音，本来半咬合的嘴也开始撩起了尖牙大张着。黄牙从桌子上拿了把小刷子，把黄狗身上的油一抹抹刷匀。小胡子问要不要洒点孜然？黄牙摆摆手，继续给黄狗翻着身。

又过了一会儿，黄狗通体开始呈现金黄的颜色，狗尾巴如朝天椒一般向上竖着，俯倒的耳朵此时也精神地翘了起来，显出一种欢快的表情。黄牙拿拇指按了按黄狗的肚皮，留下了一个小瘪窝，但很快又不见了踪影。黄牙眨眨眼。小胡子给黄牙递过来一把小刀。黄牙从肚皮上削下来一块，闭上眼，放进嘴里嚼了两下。当黄牙再次睁开眼的时候，他的眼睛也像是注满了金色的光芒。小胡子抢过黄牙的小刀，立即把黄狗肚皮上的肉削下来，塞到嘴里咬上几口，未及咽下，又端起泡了荔枝的白酒灌了一口，便也开始向黄牙一样沉浸在金黄色的享受中。随后，黄牙和小胡子便交换着小刀，就着荔枝酒，开始片狗肉吃。

再看笼子里的那些狗，此刻它们已经趴在地上，屁股冲外，耷拉着脑袋没了精神。而疤脸则悄悄站起身，踱到黄牙的身后。黄牙飞起一脚，疤脸却巧妙地躲开了。黄牙乐了，指着疤脸说："你个王八蛋，这可是狗肉！"疤脸冲他伸伸舌头。黄牙又伸脚踢它，疤脸又躲。黄牙酒醉腿不稳，摔倒在地上。小胡子把黄牙从地上拉起，用刀剜了一大块狗肉扔给疤脸。疤脸嗅了嗅，叼起肉到墙根吃去了。

黄牙坐到板凳上哼哧哼哧喘着气，然后他抓起白酒瓶，跑到了疤脸身边，把瓶嘴往疤脸的嘴巴里灌。疤脸脑袋躲来躲去，辛辣的味道实在很难受。黄牙还是不依不饶，后面的小胡子则放肆地笑着。

疤脸横下一条心，也不躲了，一大口白酒顺着喉咙一路烧下去，与此同时，疤脸的眼泪也流了下来。它挤巴挤巴眼皮，眼泪却越来越多，然后就是两眼一黑，一头倒在地上，哈喇子流了一地。

十三

疤脸醒了几次，又晕过去几次。第一次醒的时候天色已经擦黑，它睁开眼，看到一个白色的狗头正瞪着它空空的眼窝看着它，疤脸想向狗头吠叫，但喉咙里出不了声音。疤脸又睡了过去，待到第二次被吵醒，院子里面已经乱哄哄聚集了许多男女，他们围拢在狗笼前，黄牙和小胡子则被绑在门框上。黄牙骂着脏话，被一个男人扇了一个响亮的耳光。疤脸好不容易叫了一声，男人走到它的身边，和另一个人合力把它抱了起来。疤脸感到身子轻了，它的意识漂浮在半空，于是又闭上眼睡着了。

疤脸再次醒来的时候，天色已经放亮，太阳升了起来。它趴在地上环顾四周，黄牙和小胡子不见了踪影，养狗场里那些笨狗都窝在角落里，其他没见过的狗则在来回欢快地跑着。四周的墙上画了许多狗的卡通图案，还挂了些人与狗的合影。画面的中央用彩笔写了几个字，疤脸不知道上面写的是“狗狗之家”。

有人在摸疤脸的脑袋。它抬起脑袋，看到了一个大脸盘的中年胖女人。她穿着一件红色的T恤，上面还画着一个小狗的头像。胖女人哆着嗓子说：“可怜的家伙，嘴巴都被坏蛋扯烂了！”女人把一个小盆放在疤脸的面前，盆里放了些饼干类的食物。

疤脸低下脑袋，尽量躲着胖女人的抚摸。它还没搞明白到底发生了什么。一条京巴犬蹿了上来，把脑袋埋在盆里，开始呼噜吃起来。疤脸本能地吼了一嗓子，把京巴狗吓得拔腿就跑，女人也被吓了一跳。她的手自觉地离开疤脸的脑袋，嘴巴却在说着：“别怕，吃吧，吃吧。”

疤脸低下头闻了闻盆里的食物，咖啡色的饼干漂在白色的牛奶上。疤脸用舌头卷起几个饼干，咬了一口，有肉香味。疤脸卷起更多的饼干吃起来。胖女人则离开疤脸，去伺候角落里那群笨狗们了。女人劣质的脂粉味包裹着疤脸周围的空气，让疤脸有些发晕，它不知道昨晚发生了什么，不知道黄牙和小胡子去了哪里，也不知道又将发生什么。疤脸只是在一遍遍从牛奶里卷起饼干嚼着。

吃饱肚子，疤脸起身巡视自己的新住所。这是一处比黄牙的养狗院大好几倍的绿地，那些草都绿得发亮，有些扎脚，还散发着塑料的味道。院子一角种着一棵树，也是绿得很不真实。树下是一个水池，水池边竖立着一座滑梯，周围散落了一些红黄蓝绿等色的玩具。

此时，夏日高照，许多狗都回到靠墙一溜的狗棚下避暑。狗棚不像李三和黄牙院子里的铁笼。它没有铁栏，也没有门锁，一个遮阴篷下用木板隔出一个个小隔间。而软垫、饭盆便构成了狗房的全部。一条体型庞大的金毛犬从水池里跳了出来，它抖掉身上的水珠，回到了狗棚一端最大的一间趴下。然后，金毛又像是想起了什么，从狗舍走出来。待到金毛从滑梯下衔着一个棒球回到狗舍时，它发现疤脸已经闭着眼，趴在了它的垫子上。

金毛朝疤脸叫了一声。疤脸抬抬眼皮，没有理睬它。金毛站在疤脸面前静默了一会儿，转身找别的狗舍休息去了。

太阳快要落山的时候，胖女人回来了。她走在前面，金毛犬跟在她的身后，像是她的守卫。疤脸打了个哈欠，走出狗房，它身处这喧闹的狗群中

间，觉得有点儿另类。一个白球滚到疤脸的脚边，一条吉娃娃随即赶到。疤脸低头瞅这条还没过它膝盖的狗。吉娃娃朝疤脸汪汪两声，大概是宣誓自己的存在，然后一脚把小球踢开，又接着去追小球去了。

疤脸在园子中央躺下身子，看胖女人在金毛的守护下，把晚饭添满到狗舍的饭盆里。狗群停止了嬉耍，全部回到自己的狗舍里。晚餐时间到！

疤脸也回到金毛曾经住的狗舍，看到饭盆里有一块烧熟了的肉骨头埋在一堆饼干里。疤脸挑出里面的骨头咬碎，吞到肚子里面。然后又走出狗舍，跟在女人身后向前走。

在一条老沙皮狗的窝前，疤脸停下脚步。它用鼻子顶翻了沙皮狗的狗盆，叼起狗盆里的那块骨头，边咀嚼边往前走。它又停在一条从养狗场里出来的笨狗前，那条笨狗伏下身子，耳朵耷拉下来。疤脸又叼走他的骨头，继续往前走。疤脸又停在那条吉娃娃的狗舍前。吉娃娃立即蹦跳叫唤起来。金毛也离开胖女人来到了疤脸身边。女人拿着汤勺立在后面，好像还没搞清楚情况。疤脸向金毛龇起了牙。金毛也隆起了背部的肌肉。而在此刻，疤脸身后响起奔跑的脚步声，一条哈士奇和一条大松狮围拢过来，它们把疤脸围在中间。

疤脸转着身子，尽量让三条狗都在自己视线内。但三条狗也在随着疤脸的脚步调整着方向。金毛还步步进逼，包围圈变小了。疤脸拉开架势，准备向金毛扑过去了。胖女人挥舞着汤勺赶了过来。她训斥着金毛一伙，把它们的包围驱散。疤脸还站着没动弹。胖女人又拿汤勺赶疤脸。疤脸打了个响鼻，转身回到狗舍里趴下了。女人用汤勺又舀出一块骨头放在疤脸面前的盆里，才离开狗棚。疤脸没再有任何反应。它盘着身子像是睡着了。

这一天的变化实在太快，疤脸还没搞清楚怎么回事。夜已经深了，棚子下的狗打起了鼾声。疤脸从窝里溜了出来。它顺着园子跑了三圈，又掉头逆着方向跑了三圈，然后找了一处墙角用爪子不停地扒拉着。

月光照在它汗津津的皮毛上，显一层油光。疤脸扒拉了一会儿，停下了动作，跑到水池边，灌了一大口气的水，扭过头，看到大金毛站在不远处望着自己。疤脸翘起后腿，向水池里撒了泡尿，然后便回自己的窝里躺下了。

十四

后面的几天，疤脸要不就是在园子里走来走去，要不就是在狗窝里趴着。它始终提不起精神。它看那几条新来的笨狗也开始和其他狗追打嬉闹，它也在观察园子里的其他狗。有些狗很老了，它们待在窝里不愿出来，耷拉着眼皮，像是在回想事情；还有些狗年轻些，但像那几只笨狗一样，邋里邋遢的。它们跟在那些长相花哨的小型犬后面，畏头畏脑的，像一群乡巴佬；而那些小型犬，则是噪音制造者，它们长着尖耳朵，有着尖嗓门，它们的腿很短，跑起来屁股扭来扭去。这些噪音制造者似乎很得人类的欢心。

几乎每天都有人来参观这个园子。它们挑选那些小型犬，把狗绳套在它们的脖颈上。这些小型犬便扭着屁股跟着这些人离开了园子。有的小公狗不会被立即带走，它们会被胖女人带到园子连接的小屋子里待一会儿，然后带着像卫星发射器一样的半圆形头套回到园子。小公狗会想方设法把脑袋伸向它的阴茎，但因为卫星发射器，它不仅够不到自己的阴茎，更看不到身体的那块区域。小公狗觉得发生了什么事，它从别的狗的眼神中可以读出来。它呜咽着，整夜睡不着觉。胖女人每天会给小公狗特别照顾，会给它加餐，也会给它涂抹药膏。待到卫星发射器从它的脑袋取下时，答案揭晓了，小公狗成了小太监。小公狗舔着腹下的伤口，怅然若失。可一旦新的主人再次出现在狗园里，把狗绳套在小公狗的脖子上，它还是会扭着屁股离开这里。

也有人看上了金毛犬，它们提出领养金毛的请求，甚至给胖女人一把钱，但都遭到了胖女人的拒绝，金毛是她的宝贝。园子的墙上挂着的都是她和金毛的照片。

金毛犬是园子里面的领袖，它有时候也和其他狗在一起打闹，但更多的时候是跳出嬉耍的圈子，像一条牧羊犬在照看一群待哺的羔羊一般威风凛凛地冷眼旁观。疤脸看到金毛巡视的眼光会在它的身上多作停留，没有表情，只是和疤脸的眼神短暂相交。疤脸看得出这条金毛犬养尊处优、营养丰富，肌肉里蕴含着巨大的力量，疤脸不一定能打得过它。况且还有成天愁眉苦脸的哈士奇和多毛的松狮作它的帮凶，一挑三，胜算不高。

没有人看得上疤脸，即便有人会在疤脸的狗舍前停下脚步。只要疤脸咧出令人恐怖的笑容，也会把那些领养者吓跑。

吓跑了人类，疤脸打个哈欠，从狗窝里踱步出来。它走到园子的中心，嬉耍的狗群自动跑到东北角；疤脸又溜达到东北角，狗群又自动跑到了西南角；疤脸沿着对角线向西南角跑，狗群一哄而散，有的跑回窝里，有的跑到金毛身后，有的直接跳进了水池。

胖女人及时赶到，她拿着木棍，横在自己高耸的胸前，她也看得出这条狼狗对狗群的危险。胖女人又找来一大块骨头，扔到疤脸的面前。疤脸极其厌恶地嗅了嗅，将骨头叼着，回到自己的窝里。

那天晚上，疤脸的狗盆就只盛放骨头，而不再放狗粮。疤脸用前爪将骨头固定在鼻子前面，尖牙则一遍遍在骨头上刨着，留下一道道印痕。然后，疤脸歪过身子，平躺在垫子上，看头上的星空。

那条脆皮狗的骷髅出现在它的梦里。骷髅咬住了疤脸的尾巴，并随着尾巴欢快地起舞。疤脸扭过身子，想把骷髅从尾巴上咬掉，但骷髅太光滑，尖牙总是打滑。疤脸开始跳上跳下，甩它的尾巴，但骷髅咬得太紧了，疤脸一使劲，它的整条尾巴连同骷髅便一同飞到天上去了。

它听到了狗群在黑暗中吠叫，从四周传来，像是无数根手指伸到它的脊背上。它想夹起尾巴赶紧逃走，但却发现屁股上已经空荡荡。它感到愤怒，更感到恐惧。眼前的景象转着圈儿，让它感到晕眩。它往前跑了两步，便一头跌进了一个坑里。

坠落的刹那，疤脸醒了。它看见胖女人带一个穿着白大褂的男人进了园子。胖女人蹲在沙皮狗的身前，摸着它的脑袋。男人则将一个玻璃管扎进了这条老狗的屁股上。沙皮狗蹬了蹬腿，然后不动了。胖女人抹抹眼泪，从沙皮狗的狗舍离开，和白大褂挪到其他的狗舍前。

那一晚，5 个狗舍空置了下来。

那晚之后，疤脸失去了它的克制。

十五

白大褂和针管强烈刺激着疤脸的回忆，使它开启了癫狂之舞。它像是一个醉酒的汉子，或是一个嗑药的瘾君子。它用它的蛮力，在狗群里肆意破坏，它爬上滑梯的顶端撒尿，它跑到水池里撒尿，它在别的狗的饭盆里撒尿。

它公然嘲笑那些花里胡哨的小型犬们，把它们叼起来，抛到空中，或是像踢皮球一样，一脚踹很远。疤脸也没放过嘲笑金毛、哈士奇和松狮那一帮三兄弟的机会。它向它们吐口水，向它们吠叫。它嘲笑它们其实和自己一样，只是一条杂交配种后的狗，不齿于它们对人类俯首帖耳的行为。

在万籁俱静的午夜，疤脸的一声吠叫会让所有狗支起耳朵。而疤脸咂摸嘴后，翻个身，继续睡它的觉。

疤脸这样闹了一个星期，所有的狗都耷拉了脑袋。它们对疤脸避之不及，隔壁狗舍的几位邻居已经自动搬离，甚至是跑到草地上睡觉。它们可不愿意和一个疯子睡到一块。

而疤脸也不知道自己这股疯劲是从哪里来的。它只是觉得自己很痛苦，这种痛苦已经在经年累月的积累中，漫过了它的喉管，自然而然发泄出来。如若不然，疤脸觉得自己不是要疯，就是要死了。的确，它已经不是一条年轻的狗了。

在这段癫狂的时间里，疤脸的灵魂分裂成了两个部分：一个部分被困在狂躁的肉体中，迷失在身体各项运作的技能中；另一部分则像是漂浮在了半空，俯视着地面上这条黑色的狼狗。

而就是这部分高高在上的灵魂，让疤脸知道什么时候要保持清醒的头脑。特别是在某个夜里，胖女人和白大褂迈着死神的步伐为那些年迈，或是无人领养的同类执行死刑的时候，疤脸总是闭气凝神，打开所有警觉戒备的器官。

疤脸没有选择在此刻吠叫来提醒它们。它觉得园子里面的狗，不管是被安乐死的，还是苟存的，甚至是那些被领养的，在某种程度上都已经死掉了。

另一方面，金毛为首的三兄弟则开始对疤脸实行制裁行动。它们和疤脸扭打在一起，合力把疤脸压在身下，用尖牙给疤脸添置新的伤疤。而疤脸的尖牙也给对方造成了同等的伤害。这些伤害对于三兄弟来说也不算什么，让它们烦恼的是，它们的制裁似乎不起到一点儿的作用，却只会激起疤脸更大的躁狂。好像只有毁灭这条狗才是解决问题的唯一手段，而这肯定是温顺的它们排除在外的方式。

疤脸对三兄弟也已经恨到了牙痒痒。它甚至比恨人类还要恨这三条狗，恨它们对人类的忠诚，俯首帖耳，恨它们竟也长了一身力气，甚至恨它们为什么不能像一条真正的狗一样咬断它的喉咙。

夏天将尽，迟来的暴雨季取代了晴热高温，成了城市新的主题。在一场场突如其来、又突然消失的暴雨中，哈士奇被一个穿着高跟鞋的女人领走，松狮也被一个小男孩领走，还有些小型犬也告别了这个狗园，也有同样多的狗因为无人领养，告别了这个世界。另外，也有为数众多的狗被通过各种手段塞进这座狗园。

疤脸玩弄这些新来者，恐吓它们，折磨它们，驱使它们很快逃到金毛的身后，寻求它的庇护。

疤脸也有几次站到了死亡的边沿，白大褂几次端着针管向它的狗舍走来，却被胖女人挽住胳膊，劝了回去。或许胖女人还没心狠到结束这么一条雄壮的狗的生命。

一场倾盆暴雨始于傍晚，终结于新月初升。暴雨造成整座城市断电，只有一道道闪电忽地出现在半空，划出一道刀锋，又忽地消失。

胖女人独自出现在狗园里，她背着白大褂背的小箱子，踩过满是积水的草坪，走到远端的一个狗舍。那里栖身着一条笨狗，一条从黄牙养狗场里救出来的笨狗。

胖女人为笨狗准备了一针管的药剂，还附带了一块裹着汤汁的猪肉。当笨狗嚼着猪肉，迷倒在狗舍时，女人把针头插进了它的屁股。同样是无声无息，这条笨狗奔向了它无可躲避的命运中去。女人抚摸着笨狗的脑袋，像是为它理顺打湿的毛发，然后起身，抱起狗尸，往狗园外走去。

也就在这时，疤脸无声无息地从狗舍里冲了出来。胖女人转过身子，看见獠着尖牙的疤脸，还有被爪子溅起的水花。胖女人抱着狗尸，愣在那里。疤脸已经跃起身子，即将把自己的重量压在女人身上。

也就在这时，金毛蹿了出来，它的大脑袋撞疤脸的肋骨，两条狗一同摔倒在漫水的塑料草坪上。女人也趁着这个空当，尖叫着，扔掉狗尸，从园子门钻了出去。

园子里面的狗都醒了，却没有一条狗从狗舍里出来。它们只是胆怯地瞅着这两条大狗在彼此对视。疤脸和金毛明白今晚的搏命将会有始有终。

疤脸的尖牙割裂迎面吹来的夜风，咬向金毛的鼻尖。金毛却低下脑袋，前额撞在疤脸的前胸上。疤脸在草坪上滚了个圈，看见金毛砸下来的前爪，它的尖牙划破了柔软的左脚掌，腹部却被金毛的右脚掌狠狠踩中。金毛失去平衡，从疤脸身上摔向一侧，疤脸则打个滚站起身。

金毛又扑了上来，疤脸也扑了上去。两条狗重重撞在一起，疤脸被金毛压在身下动弹不得。金毛低头咬疤脸，疤脸的尖牙迅速迎击。疤脸的眉骨被咬破，金毛的下颚则多了两个血洞。

金毛没有退缩，疼痛让它更具力量，也更为敏捷。它腿牙并用，不仅制造更多的出血，轮番的重击也在消耗着疤脸的体力。疤脸的反击仅限于它的尖牙，它像是一个挥着手术刀，却找不准切口的医生，除了增多金毛几处皮外伤，始终没有伤及要害，

疤脸尝试扭动身子，身下浸水的草坪被挤出“哗啦”的声响。但任何有疏忽的空隙很快又被金毛的攻击填满。疤脸渐渐失去了力气，它有些恍惚，被暴雨擦干净的夜空布满了星辰，它们纷纷坠落到疤脸的瞳孔中。它仿佛看见一堆金黄色的毛发将自己覆盖，而暗红的血从身下流出，让草坪变换了颜色。

星星没有了，疤脸闭上了眼睛，它等待最后的时刻。

而就在此时，疤脸感到自己的身体轻了，没有新添的伤疤，也没有令它翻肠倒胃的撞击。

疤脸睁开眼，看到金毛的爪子撑在自己胸腔上，脑袋则垂下瞅着自己。相同的记忆撞入它的大脑，又一条不懂杀戮的狗。

金毛喘着气，潮热的气息沉在疤脸的鼻尖。

疤脸呜咽着，好似它在乞求和平。

金毛松开前爪，转过身子，脚步略显沉重。

疤脸则跃起身子，骑在金毛的背上。斗狗的本能瞬间爆发，疤脸准确找到金毛起伏的喉咙。

金毛痛苦地奔逃，疤脸被掀翻在地，咬入喉咙的尖牙牵着疤脸在草坪上滑行。金毛拖着疤脸跑了一圈，力气不支，倒在地上。疤脸松开尖牙，站

在金毛身边。金毛的眼泪流到草坪上，汇入草缝间的雨水和鲜血。金毛无力地挥舞着四肢，痛苦慢慢消失。

它终于死了。

疤脸环顾四周，其他的狗都躲进狗舍的阴影里。胖女人没有再出现。疤脸拖着沉重的脚步回到窝里，很快便睡着了。

十六

第二天清晨，胖女人和两个男人进入了狗园。一个男人拿着钢叉，另一个男人拿着弩弓，弓弦上搭着一个红色的毒镖。

命运终于来到这一天，疤脸没有正眼瞧他们，也没有再去瞧其他事物，它闭上了眼。

男人扣动了扳机，毒镖钉在狗舍的隔板上。男人咕哝一句，在钢叉的保护下，小心翼翼地靠近疤脸，把毒镖拔了下来。疤脸始终没有看他们。男人再次将毒镖固定好，稳稳当当抬起弩弓，另一个男人放下了钢叉，胖女人则背过了脸。

园子门轰的一声被踹开，一群穿制服的男人冲进狗园。疤脸也忍不住看发生了什么。疤脸很熟悉他们帽子上的徽章。

男人和女人被戴上了手铐，他们被剪着胳膊带离园子。有个年轻人端着照相机四下拍照，还有个年轻女孩在逗一条吉娃娃。她跑去和领头的男人说了几句话，便抱着吉娃娃出了院子，好像那已成为她财产的一部分。其他穿制服的人也都出了院子。疤脸听到了门锁被从外面锁上的声音。

疤脸从狗舍里走出来，跳进水池里。凉水刺激它的伤疤，让它觉得真实许多。它又一次活了下来。

但死神也随着园门被关上，被锁在了这个园子里。

那群穿制服的人离开后，这个狗狗之家便处于断粮的境地。没吃早餐的小型犬开始不满地叫唤，它们像一群没着窝的母鸡，四处寻找吃食。体型稍大的狗则显得安静很多，它们瞧那群小狗扒拉园子的每处旮旯，但凡寻到一块骨头，或是人类丢下的饼干、水果，便会从窝里蹿出来，在那群小狗们的吠叫抗议声中，抢走它们即将到嘴的食物。

园子里面仅存的一条大型犬，疤脸，则泡在水池里出着神。另一条大型犬，金毛，则占据了园子的中心位置，它破掉的喉管开始招惹绿头苍蝇。

园子里的狗闹腾到午后，不知是因为太阳炙烤，还是因为饿得两眼翻花，都恹恹地跑回窝里休息，疤脸此刻也回到了自己的狗舍。它的盆里还有一些吃剩下的骨头，别的狗不敢动弹它的食物。一条白色比熊跑到水池边喝水，它低下脑袋，腿却一软，整个身子跌进了水池里。

比熊尖叫着，试图从水池里爬出来，但它矮小的身子却扒不到水池的边沿。其他的小型犬也在跟随比熊叫唤，几条中型犬竖起了耳朵，身子却依然躺在凉荫下。过了半个多小时，比熊还在尖叫，声音小了许多。而此时，所有的狗都趴下身子，其中的大多数已经在饥饿中开始午睡。

疤脸知道这条比熊是在什么时候淹死的。在最后一串水泡炸裂在水面上时，疤脸有了不祥的预感。

但它也觉得无所谓了。

又一天晴热高温天来到，金毛的身体已经发黑，一层闪着绿光的苍蝇围拢在它的脖颈处，作呕的味道在整个园子散播。比熊已经重新漂浮在水面上，它胀大的肚皮向上挺着，像一个随时要爆裂的粉红气球。小型犬们已经没有了力气走出狗窝，中型犬们开始了对园子的第二轮搜刮，但找到的食物极为有限。

疤脸闭上眼，在黄牙的养狗场挨饿的日子变得异常清晰。这次不知道要持续多久。

第三日、第四日。

已经有狗饿死，还有些狗在吞食干巴的粪便。金毛已经变成了黑毛，身上爬满了蠕动的白虫。水池也变得干涸，比熊躺在水泥壁底，成了苍蝇新的餐饭。

第五日。

狗群里发生食尸事件。这仿佛打开了一个培育高致病性病毒的营养基，还能走得动的狗都开始分食那些饿死的同类。疤脸没有这样做，它知道自己还可以撑一段时间。

那天晚上，疤脸看到吃了尸肉的狗的眼睛已经变成了红色。

第六日。

尸体吃完了。

第七日。

这群狗开始互食，只要哪条狗在最后的搏命中倒下，其他还在搏命的狗便会一拥而上，把它分而食之。狗群里此时已经没有了小型犬的踪影。

第八日。

疤脸下意识地睁开眼。它觉得自己听到了门锁的声音。的确，门锁开了。几名穿着白大褂，带眼罩和口罩的人出现在园子里。低声的咒骂从被掩蔽的口鼻中发出。它们将药水喷洒在园子的每个角落。一切都在寂静中进行。除了疤脸，园子里面已经没有活着的狗。

这些人将十几条狗的尸体，还有那些碎到拼不到一起的骨架丢到水池里，浇上了油，放了把火，烧掉了。

烧完后，这些人离开园子。疤脸挣扎着跟在一个瘦削的身影后。

身影转身，取下眼罩，现出一双有着明亮眸子的年轻小伙。他友善地摸摸疤脸的脑袋。疤脸没有任何感觉。小伙子从车里拿出一块咬了一半的牛肉饼扔给疤脸，看疤脸将这块肉饼细细吃完。

随后，小伙子打开后车座的门，疤脸一头钻进了车里。小伙子回到驾驶位，开车带疤脸离开了这个寂静的园子。

十七

疤脸在小伙子汽车的后座上睡着了。

之后的几个小时里，疤脸被小伙子带到一间食堂，吃了些剩下的饭菜，然后被小伙子关进了一间堆杂物的房间。又过了很久，小伙子又出现了，他戴着一顶棒球帽，把疤脸带上另一辆车，领进了自己的家中。那时天已经黑了，疤脸像是一个丢了魂的鬼，对小伙子的任何指令都俯首帖耳。其实，准确说来，疤脸对这几个小时发生的事情是没有任何印象的。

待到疤脸趴在饭盆前吃晚饭时，它的脖颈上已经多了一根项圈。

疤脸看不见脖子上的项圈，但是它可以想到自己的样子。不过它也无所谓了。小伙子给疤脸找来一大块棉垫，疤脸趴到棉垫上，眼皮虚搭着。小伙子用手指挠了挠疤脸的脑袋，疤脸眯缝起了眼，没再睁开。它又睡着了。

天还没亮，疤脸被小伙子叫醒了。小伙子带着棒球帽，身着一套紧身衣服。他拍拍疤脸的脑袋，又拉疤脸脖子上的项圈。疤脸打了个哈欠，跟着小伙子出了门。小伙子在前面奔跑，疤脸在后面跟着。小伙子时而会转过身子，向疤脸呼喊拍手，疤脸便加快几步跟上去，但没几分钟，疤脸落在小伙子后面。

当小伙子登上公园里小山丘的顶部时，太阳已经出来。小伙子张大嘴巴向着晨光洒来的方向呐喊。疤脸也在看着怒放的朝阳，它的嗓子里面有些堵，它像小伙子一样张大了嘴，却出不来一点声音。

小伙子回到家，洗了澡，做了份早餐，自己吃了一半，留给疤脸一半，然后就开车去上班了。

疤脸吃完鸡蛋火腿一类的东西，把棉垫衔到阳台，让阳关照在自己的背上，补了个回笼觉。过了不知几个小时，疤脸醒了，它直起身子，爪子扒在窗台上，看外面的光景。

疤脸可以看到买菜的女人、玩耍的小孩、捡破烂的老人，还有一些瘦削的、在垃圾箱前翻扒的流浪狗。疤脸沉默地看着楼下的一切，后腿累了，便趴下来休息一会儿，然后又站直身子，看着窗外的一切。

疤脸看着太阳从东边爬到中天，又从中天落到西边。这时，小伙子回来了，他买了一些炸鸡块，自己吃了一部分，给疤脸一部分。

这样的生活过了一个多月，疤脸渐渐长回了体重，皮毛也顺滑了。晨跑的时候，疤脸也可以跟上小伙子的步伐。他们每次登上丘顶，小伙子都会大声呐喊，疤脸却不再张嘴，好像疤脸已经忘记了如何发出声音一般。它只是静静坐在小伙子的脚边。

疤脸大概分不清快活与不快活间的感觉，或是已经不去细细感知两者间的区别。它像是一个失忆症患者，清除了所有的回忆，甚至包括所有生存技能的回忆，从而退化成一只只知道吃、睡和看窗外风景的无智商动物。因此，它好像也没有更多的情感。它的眼神像那些患了老年痴呆症的患者一样。

又过了一个月，秋风渐起。小伙子回到家，给疤脸带回来几条炸得外焦里嫩的羊排。他瞅着疤脸一根根啃净，然后打了个电话。另一个满身文身的小伙子来到屋子。文身的男人在疤脸的项圈上系上绳子，牵着疤脸出了门，下了楼。

疤脸没有回头看自己寄居两月有余的这栋房子，它也不知道在三周前，小伙子交了一个女朋友。女朋友养了条泰迪犬，是她的心肝宝贝。女孩怕泰迪犬受到欺负，于是强烈要求小伙子抛弃疤脸。无奈之下，小伙子通过网络将疤脸转送给了这个文身男。

疤脸不知道人类的感情，也不了解泰迪犬的恐惧，更不知道什么淘宝一类的网络交易。当然，它也不在乎。

十八

当晚，疤脸随着文身男到了一个发霉的四合院。把门从身后摔上，文身男便往玻璃瓶里溶了些冰状的碎片，再轻柔地用打火机在玻璃瓶底来回烘烤。白色的水汽从狭窄的瓶口向外升腾，文身男将鼻子凑到瓶口，猛地一吸，然后用力拧住鼻翼，暴凸的眼球茫然盯着天花板的花格，全身紧绷，一动不动地保持了十来秒，幽幽地吐口气后，身子软了下来。

随后，文身男找来一根吸管，一端插到瓶口，一端插入鼻孔，贪婪地吸那瓶中的水汽。疤脸也嗅到了这如游丝般的白雾，它们逃匿到疤脸大鼻子里，一部分贴附在鼻腔冗毛上，一部分直接顺着鼻腔进入了口腔，沉入喉咙，甜丝丝的，惹得疤脸打了个喷嚏，紧接着是连番的哈欠。一大股慵懒涌进它的大脑，渐渐征服每条神经回路。它的四肢虽已软弱无力，但它的灵魂已经在飘然飞舞。

文身男把音乐调到最大，开始跟着密集的鼓点在地板上跳舞。疤脸也跳起来——围着自己的尾巴一遍遍绕圈圈，像是在追逐某个应属于自己的战利品。文身男舞蹈的双腿被疤脸绊倒，脑袋撞在墙上，肿了一个大包。他大笑着，抱住疤脸的脑袋，拼命地摇晃。疤脸的尖牙在文身男的胳膊上滑出一个血口子，文身男把血抹到墙上，站起来和疤脸继续狂舞。

文身男和疤脸昏睡到第二天下午。一起吃过午饭，文身男穿上西装，登上皮鞋，戴上墨镜，头上抹了层发胶，领着疤脸出了门。

他们在电影院门口等了一会儿。文身男抽了根烟，将两包塑料小包装好的冰片递给一个骑自行车来的男人，收了他的钱；又等另一个来客，再卖给他两包冰片。

来的人有男有女。他们小心翼翼，神情紧张，不知道是怕被别人发现，还是怕遭遇疤脸的袭击。文身男倒是很无所谓，他大大咧咧地和别人握手，顺带把对方递过的钱夹在指缝里，揣到裤腰里。他那一身文身掩藏在笔挺的西装下，只手背上看得见一个狼爪的标志。

在电影院前待了两个小时，疤脸随文身男到附近的猪蹄馆里吃了一通，回到四合院。文身男又在烘烤溶了冰片的烤玻璃瓶，疤脸则伸长了舌头，翘首以盼着。它在之后的每一天晚上都在翘首以盼着，后来，它甚至连盼望的力气都没有了。它只是在越来越强烈的虚无中缓解一种暂时的饥渴。

有时候文身男也会邀请一些女伴到四合院里和他一起跳舞。他们一同吸吮着水汽，一起摇着脑袋和屁股。他们把衣服脱光了跳舞，在对方的身上跳舞——就像狗类交配那样。

然后他们继续吸水汽，继续跳舞，继续做爱，折腾到天亮。醒来的人一个个穿好衣服，离开四合院。文身男也醒来。他再次穿上西装，登上皮鞋，戴上墨镜，头上抹了层发胶，牵着疤脸出门；又站到电影院门口，向那些小心翼翼的来人卖小包装的冰片；卖完货，又去猪蹄馆海吃一顿，回到四合院，继续疯狂地派对。

疤脸不知道这是一种什么样的感觉，它觉得自己的生命就要从嗓子眼里面迸发出来，或是从自己的屁眼里面拉出来。它吸入了一些东西，但同时，它也借势发泄了一些东西，一些痛苦，一些愤怒，还有一些困惑。

疤脸或许觉得，如果就这样死去，倒也是不错的选择。

但是死神首先光顾的，不是疤脸，而是文身男和另一个留着长发的女孩。在一曲派对舞蹈结束后，文身男拿出一个针管，凝视着女孩的大眼睛。女孩捋起袖子，让针管扎入她白皙的胳膊。文身男小心推着注射器，然后拔出挂着一滴鲜血的针头，再次扎入自己文着青龙的胳膊，猛地推到底。

两个人又起身跳舞，跳着跳着，女孩一头倒在地上。文身男还在跳，又跳了一会儿，他也倒在地上。

疤脸却还在围着自己的尾巴跳舞，它转了一圈又一圈，直到自己晕眩到可以入睡，疤脸才倒在文身男人的床垫上。

第二日下午，疤脸醒来，看到文身男人和女孩还躺在地面上，脸上有了青色的斑纹。疤脸上前嗅了嗅，明白这两个人像两条死狗一样死掉了。

疤脸头也没回地从四合院走出，继续它在城市的游荡。

它漫无目的地走着。它走过一个个从未走过的街道，路过一栋栋没有见过的楼房。疤脸并不觉得陌生，在城市的一年间，它的爪子已经习惯了地面的坚硬，习惯了空气的污浊，以及耳朵里各种声响的聒噪。经历过这么多事情，疤脸已经习惯将自己所有的感官封闭，甚至不再吠叫。它成了一只在人类世界沉默流浪的狼狗。

疤脸走到哪，吃到哪。它吃人们扔掉的食物，吃在阴沟里流窜的老鼠，吃经过一年轮回重新出现在阳台上的腊肠腊肉。疤脸走到哪，歇到哪。它莫名其妙地在一个地方停留几天，但也会莫名其妙地重启它的旅途。它经历过一段时间难熬的痛苦，那种从血管里迸发出来的药物刺激会短暂迷幻它的双眼，让它再度疯狂一会儿。但这种刺激像是落在地上的乒乓球，颠过几次后，便会复归平静。

不管是疤脸在癫狂，还是在游荡，就算是疤脸横在街头入睡，它都会成为人类和所有在城市里并存的生物避之不及的对象。它成了一块具有强大斥力的磁铁，将所有的生命都推向远端。

就这样，疤脸在这个城市游荡着。它很偶然地回到了那个胖女人开办的流浪狗之家。在经历过夏天的变故后，那里又摇身一变，成了一座幼儿园。十几个小孩子在曾经满是狗尸的塑料草坪上嬉戏玩耍。而那个胖女人则坐在一间小屋子的桌子后面，戴着眼镜算着什么。

疤脸又误打误撞回到那个曾经被囚禁的养狗场。那里大门紧闭，上面有白色粉笔写了几个数字，而门外则是一片草丛，里面还躺着一个白色狗头。它吓得夺路狂奔，白色狗头又在梦里追逐它的尾巴。

疤脸也回到了青年小伙的楼下，它在车棚外睡了几天。终于有一天，当疤脸睁开眼，小伙子出现在它的面前。小伙子给疤脸拿了几根肉骨头，站着看疤脸吃完，转身开车离开。疤脸则起身向另一个方向继续它的游荡。

疤脸甚至觉得看见了许久未见的李三，那是在火车外的广场。一个披着黄色马甲的男人靠在一辆人力三轮车前。疤脸没有上前，或许是在等待那个男人转过脸，但他始终没有给疤脸展现他的正脸。

在一个午夜，疤脸拖着疲惫的身子来到一块草坪。他抬头看看，脑袋上方是横跨两端的天桥，前面则是那栋熟悉的烂尾楼。疤脸明白，它回到了这座城市的原点，准确地说，是它在这座城市的原点。

疤脸爬上烂尾楼，在楼板上俯下身子，看着秋风萧瑟下的城市，慢慢地睡着了。

十九

疤脸在这栋烂尾楼的三层又定居下来，睡在这里，吃在小吃街。时间仿佛又回到了年初的那个春天，只是楼下已经没有了成群结队的流浪狗——它们已经早已消散在人类的社会里，估计连骨头都不见了。

再看这栋三层烂尾楼，还是各色人等来来往往的短暂聚集地，一再上演着人与药物的疯狂，或是男人和女人的疯狂。正在发生的事情，疤脸已经了然于心，他极尽可能避免着与那些人接触，爪子也在躲避摔碎在楼板上的针管碎片。

在疤脸入住几天后，一个奇怪的组合也定居在疤脸所在的三层楼板上。说奇怪，是因为这个组合是由一个老男人、一个傻女人、两条杂毛狗和一个小推车组成。

疤脸占据了楼板房靠阳的一侧，这个组合则蜷缩在阴暗旮旯里。两条杂毛狗的毛发发灰，辨不清本来的颜色。它们不敢看疤脸，紧张兮兮地躲在小推车身后。傻女人则靠在墙壁上，两只手揣在一起，神经兮兮地咧嘴笑。老男人不笑，他在弯腰不停歇地收拾从小推车上卸下来的一堆灰蒙蒙的家什，有被子、衣服，也有茶缸、碗筷，但更多的是一堆毫无用处的垃圾。

疤脸和这个组合互不侵犯，各自沉默过着各自的生活。白天，人狗组合会下楼去乞食、收破烂，疤脸则继续它的游荡。到了晚上，他们各自归“家”，疤脸躺下发呆；老男人则低头继续整理他的杂货；傻女人偶尔会神经质大笑着，绕着楼板跑圈。老男人则一瘸一拐跟在后面安抚女人，把她抱住，在两条杂毛狗不安的注视下，拖回角落里。

二十

一天晚上，习惯在一层狂欢的年轻人上楼，来到人狗组合所在的三层。他们把老人与狗围在中央，红色的长发隐藏他们年轻的双眸，却没有遮挡他们狞笑的面容。他们叫唤着，奸笑着，用拳头耳光彰显他们的武力，用歌唱尖叫表达他们的嘲弄，用白白的屁股和黄色的尿液展现高人一等的优势。

疤脸也就是在这个时候从阴暗处蹿出来，一口从其中的一块白屁股蛋上咬下一块肉；红头发们尖叫着转而攻击在他们腰间穿行的疤脸，却不是被绊倒在地上，就是被咬伤了小腿。疤脸的身子变得异常轻灵，它边斗边退，逐渐退到楼板的边沿。

两个红头发男人张牙舞爪向无路可退的疤脸冲了上去，却不知怎么的扑向了迷茫的夜色，从三层楼板上坠落，“噗”的一声，疤脸仿佛看到了从楼底升腾起来的烟尘。

剩下的两个红头发男人清醒过来，他们互相搀扶着，下了楼。

那一夜，惊吓过度的傻女人的哭号在楼里不断回荡，微弱的哼唧声则从楼下传来，两相交织一整夜，不绝于耳。

到了第二天，来了些穿制服的男人，也来了些穿白大褂的人。他们拿着照相机拍了照，又在烂尾楼四处转转，然后就拖着躺在楼下的两个不再动弹的红头发走了。

人狗组合也下了楼，疤脸跟在他们身后。老男人将杂碎堆在小推车上，然后把困得脑袋如小鸡叨米的傻女人也安放在小推车上，又把两只狗用绳子拴在小推车后，便在前面牵着车绳子出发了。疤脸也闷不吭声跟在人狗组合的后面。

到了晚上，人狗组合和疤脸又一同归来，然后按照习惯，组合睡在角落里，疤脸睡在可以看见月亮的外面。老男人捡来一块泛着尿骚味的婴儿垫背，扔给疤脸，疤脸便睡在了上面。

后来，像是达成了一个沉默的协定，疤脸开始自觉跟着人狗组合开始了拾破烂兼乞讨之旅。他们日出而作，日落而息，找寻可以果腹和卖钱的东西，有时候疤脸也会凭着嗅觉，以及这一年来它在城市游荡的记忆引领那两人两狗到食物丰富的地方，或是更适合栖身的地方。

疤脸从来没认为自己是这个人狗组合中的一员。老男人对疤脸没有任何亲昵的举动，他只是整天低头寻找垃圾，以及低头整理自己堆垃圾的小推车。那两条灰色的杂毛狗也还是尽可能躲避着疤脸，眼神中充满了恐惧的戒备。傻女人倒是喜欢逗疤脸，她拍疤脸的脑袋，给疤脸挠下巴。疤脸则想方设法躲这个傻女人。

天气越来越冷，夜里起的冰冻即使到了正午也没有化开。在把大半个城市游荡一圈后，疤脸与人狗组合又回到了那栋三层烂尾楼。老男人将傻女人扛上楼，铺好铺盖，让女人躺在上面，又给她盖上被子。傻女人把手从被窝伸了出来，老男人握住了她的手，没有再放开。两条杂毛狗则彻夜立在主人身边，没有发出一点动静。

疤脸回到自己熟悉的地盘躺下，看着人狗组合如仪式般的静默。疤脸挤了挤酸涩的眼，然后便睡着了。

等到第二天，疤脸一觉醒来，看见老男人已经将傻女人抱在自己怀里。老男人则靠着墙坐下，脸上有两道被泪水冲出的痕迹。两条灰毛狗的眼角也糊满了潮湿的眼屎。

到了下午，又来了几个穿制服的男人，他们将还在老男人怀抱中的傻女人拉开，放在担架上，蒙上一层布，下了楼。

此后的日子，老男人再也没有从楼上下来，他的眼神也变得像傻女人一样，有些痴痴傻傻的了。疤脸则还是经常游荡，到附近的小吃街里混吃混喝。两条杂毛狗战战兢兢跟在疤脸身后来到小吃街，自己吃饱肚子，再衔着食物带回给自己的主人。

就这样又过了一个星期，老男人也在沉默中死了。疤脸伫立在两条杂毛狗身边，看着穿制服的男人又将老男人的尸体从楼上抬下去。

接下来的一个星期里，疤脸还是去小吃街觅食，只是这次轮到它带食物给那两条在楼板上绝食的杂毛狗。疤脸带回各式的食物，它把食物放在杂毛狗的脚下，它用鼻子去蹭杂毛狗的鼻子，甚至拿牙齿去教训这两条固执的杂毛狗。但它们像是铁了心，什么都不吃，也不再张口吠叫。

挨了四天，两条杂毛狗分别在清晨和午间死去。

疤脸知道这两条狗是伤心死的，疤脸觉得自己的眼角开始糊起湿润的眼屎。疤脸眨巴眨巴眼睛，从两条杂毛狗身边走开，下了楼，又融入了川流不息的城市马路中。

二十一

熟悉的寒冬已经摄住了这座城市，遏住所有生物的喉管。喧嚣与噪音都被隐匿进了漫天飘舞的雪花中，迷离了所有路人的双眼，也迷离了疤脸的双眼。

它小跑着穿过结冰的马路，来到一处热力井口，让从地下深处泛出的热气温暖自己的身体。热力井盖被移开了，一个带着线帽的老人从地下张出脑袋，把疤脸吆喝走。疤脸耷拉着脑袋跑向附近一处超市，在厚棉布遮盖的门前蹲下身子，顾客经过时，会从室内带出一阵暖风。门的另一侧是一个端着打包盒吃面条的流浪汉，他看到疤脸，将身子侧了过去，打包盒隐藏在看不见的怀里。

棉被又被掀开，出来一个胖大保安。他挥舞着棍子，把流浪汉和疤脸从门前赶走。疤脸重回街道，天色已暗，两侧的路灯全部亮了起来，把疤脸的侧脸投射在超市的落地玻璃上。

玻璃窗内是一字摆开的十几台电视，大小不一的屏幕上被一条与疤脸身形相似的生物——雪狼占据。在一毛不拔的山顶上，这头雪狼眯缝起双眸，暗黄色的瞳孔锁着窗外的疤脸。十几台电视，十几双眼睛，都在冷冷地盯着疤脸。

疤脸的心魄被慑住了，它低下脑袋，鼻子蹭冰冷的落地窗。自己的倒影消失了，屏幕里的雪狼也占据了它的瞳孔。

这是一个什么样的生命啊。山风吹拂它白底灰道的皮毛，拨动它短小灵动的耳朵，山顶的白雪隐匿了它的爪子，身后是一串隐约的梅花脚印。山风更紧了，它的眼睛也眯缝得更紧了，可它的鼻尖却向山崖外的灰茫世界探去。

疤脸凝滞了，它的灵魂陷入雪狼那暗黄瞳孔中心的黑色圆点，令它忘记了呼吸，阻隔了声音，所有的思想也都停止下来。像是有些厌倦，屏幕中的雪狼齐刷刷扭过脑袋，抬起下颚，朝疤脸发出悠长却又无声的呼号，两对尖牙在夜色中闪闪发亮。

这一声呼号是从疤脸的心中传到耳畔，巨大的哀伤漫过脑袋，淹没它的喉咙，呛得它无法不跟着屏幕中的雪狼一同呼号。一声又一声，越来越嘶哑，却越来越空灵。

然后，雪狼停止了嚎叫，它转过脑袋，又凝视一会儿苍茫的山色，然后转过身子，沿着梅花脚印的来路，消失在从半山腰向下延伸的森林里。

声音的记忆在疤脸的脑袋里复活了，它想起初入城市的那个傍晚，在通向城市和山林的分岔路口。它也曾听过这样的呼号，从黑色的山峰穿过整个森林，灌入它的耳朵，令它向往，也令它恐惧。而更为久远的记忆也在疤脸的血液中复活，它向后退了几步，自己的身形复又出现在落地窗的投影中。

疤脸凝视着自己，它的毛发已经发灰，被撕裂的脸颊藏不住锋利的尖牙。它的眼睛泛起暗黄色的光芒，瞳孔中心也可以寻见神秘的黑点。它站直了身子，胸脯挺得很高，耳朵满足地摇了摇。

然后，它俯下脑袋，像那头雪狼一般，在缓缓抬头间发出缓慢而坚定的嚎叫，像是宣誓新生命的归来。

结束这一切，疤脸离开这间超市，朝着曾经召唤它的莽山丛林的方向走去。

第三章

一

疤脸沿着宽阔的主路走了一天，到达了山王镇的边缘。陆续有车辆按响喇叭，闪着雾灯，沿着结冰的公路进城，没人注意到这条逆着车流方向的狗徐缓向城外走去。又走了一天，疤脸来到围在城镇最外圈的一个村落。

整个村落冷清宁静，白雪高高低低堆积着，很少有人踩踏的痕迹。清冽的寒风夹杂着袅袅的木炭味道，灌进了疤脸的两肺。疤脸拐过一个墙角，

一个老头抱着一堆柴火挡在它的前面。疤脸和老头互相让道，错身离开。然后，疤脸看到雪窝里几团尚有余温的鸡屎，嗅着前行，找到了一窝在雪地里觅食的土鸡。

疤脸叼起一只母鸡到了邻近的一间被遗弃的房子里，咬死吃掉。其他母鸡依然在雪地中兀自溜达。老头空着手出现在鸡群中，他茫然地瞅着疤脸，没有反应，倒是公鸡竖起脖子鸣叫了一通。

疤脸在破房子里睡了一觉，醒来天色已黑。寒冷让疤脸没有睡意，它起身，悄悄离开村庄，继续向大山的方向进发。

路面在不断抬升，也在不断碎裂，并最终从一堆凹凸的石子变成了坚实的黑色冻土。疤脸不知疲倦地向前走着，它翻过一个又一个缓坡，走到了林木线起始的位置。

疤脸抬头看，无数排高大的杉树、桦树也正在俯视着它。疤脸向前一跃，跳过一截拦在地面的树根，进入了森林中。

二

在森林中，疤脸一扫来路的低沉，将所有感觉器官全部放大，身形则尽可能地缩小。它小心翼翼盘桓于一株株高大的树木下，谨慎探索一个个被枯枝败叶遮蔽的凹陷，轻嗅那些没有见过的植物。

疤脸尽最大的努力学习适应森林里的一切，那些奇妙的枝蔓和鲜艳的浆果固然引人入胜，却没有让疤脸忘乎所以，它在压制不断攀升的饥饿。

疤脸已经有两天没有进食，它进入又一轮对饥馑的忍耐中。连日的探寻让疤脸放弃对人类遗弃食物的寻找，但极目所望，白雪覆盖的林间没有任何可以猎捕的对象，而它灵敏的嗅觉在无际的密林中也失去了作用。

另一个问题则是对寒冷的抵御，虽然长长的毛发裹满了全身，却依然挡不住从四下透过来的寒冷。更糟糕的是，疤脸找不到一处可以安睡的地方，它停留在一处又一处寒风吹不到的地方，却又因为体温融化雪花，从而打湿它的皮毛。

时间又过了两天，疤脸对树林的探寻失去了章法，睡眠的剥夺让它整天头晕眼花，而腹中的饥饿驱使它啃食了浆果、树皮一类的植物，却因此引来更为严重的腹部绞痛。疤脸头重脚轻地在丛林里转圈圈，偶尔清醒的时候，还可以听到远处卡车鸣笛的声音。还未远离人类的念头，让疤脸愈发懊恼。它向天苦嚎，声音越来越浅，直到只有呼出的一股股白气。

太阳从桦树的顶上向下坠，雪面上闪烁的金色很快变成了莫测的幽蓝，树林中各种窃窃私语也在此刻涌了出来。疤脸还在不辨方向地游荡，它跨过横在面前的一截烂木，前爪陷入了一个雪窝中，整个身子也随即陷了进去。

疤脸感到有对尖牙咬在背上，惊得它跳起来，身上的雪片也簌簌落下。疤脸看得清楚，雪窝里是一个长着淡红色尾巴的小狐狸，它正瞪着三角眼，恐惧地盯着自己，两颗袖珍般的尖牙在风中龇着。

疤脸饿得已经没有丝毫犹豫，它将全部的力气灌注两对尖牙，一下子便咬穿了小狐狸的面门。小狐狸发出尖利的痛苦嘶叫，一股强烈的恶骚味钻进了疤脸的鼻子，甚至是从喉咙灌进了胸腔，疤脸忍不住闭上了眼睛。

小狐狸挣扎了一会儿，就没有了动静。疤脸费力将尖牙拔了出来，躺在雪窝里歇了一会儿，便开始从小狐狸柔软的肚皮吃起，一赶气将它吃到几乎只剩下个骨架。鲜血染红了整个雪窝，却又被飘落下来的雪花覆盖。

疤脸突然回过味来，这是一只幼小的狐狸，它的父母去了哪里？疤脸从雪窝里跳出来，它的身体多了许多力气，它躲在一侧的隐蔽处，俯下身子，等待成年狐狸的归来。

疤脸没有等待多久，它睡着了，保暖的胃终于让他好好睡了一会儿。待到再次被寒冷冻醒，疤脸同样苏醒过来的嗅觉嗅到了两只成年狐狸来过的踪迹。

疤脸打了个哈欠，回到小狐狸身前，雪花已经覆盖了一半的骨架。疤脸低头又啃了几口，便一头钻进了雪窝里，让雪粉将自己覆盖。这里曾是小狐狸栖身的窝，应该会是个好的睡觉的地方。

的确，在疤脸完全睡着前，它已经可以感受到四下传来的温度。又过了一会儿，疤脸彻底昏睡过去。

三

疤脸度过了一个无梦的夜晚，当第二日它醒来，发现自己躺在白色晶

莹的雪窝中，它得意地翻了个身，雪粉从它身上滚落。它忽地一下站直身子，使劲甩动毛发，一片晶莹便飞散到空气中。

太阳已经升到林木线以上，温暖和煦。疤脸跳过几块地面的凹凸，站到一块大石上，阳光照亮了它的眼。疤脸开始对着太阳连续吠叫，直到叫得累了，吠叫才转为悠长的呼号，惊起远处树林顶端的一群小鸟。疤脸也循着飞鸟消失的方向向森林深处进发。

食物恢复了疤脸的消化系统，也让它其他的感官功能灌入了活力。它用尿迹标识走过的地方，建立自己的气味导航；它谛听林间的各种声响，分辨不同种生物的体型和远近；它爬上那些歪曲盘转的树木，眺望远方的道路。所有感官系统接收到的讯息汇聚到大脑，被加工处理后，沉淀为随时可以调取的记忆，并在一次次问题解决中变成了让它得以生命延续的经验。

它可以守候在狍子觅食的小路边上，截杀四散奔逃中落单的幼狍；它可以用牙齿咬开拳头大的树洞，扒出里面待哺的花鼠；它也可以在平坦的林间空地上追逐纯白色的雪兔，虽然多以失败告终，但是它喜欢这种奔跑的感觉。

它在一个月圆之夜遭到三条狐狸的伏击，在松散的包围圈里跳进跳出，将这场以一敌三的战斗当成了一场嬉耍。玩到厌了，疤脸咬断了体格最大的公狐狸的后腿，目送另两只狐狸带着它们的腥臊味儿消失在林子深处。疤脸知道自己并不是这广袤森林里唯一的捕猎者。它习得了在林间传播的许多讯息：嗅得出某处尿骚散发着的危险和不安，它也可以想象一串脚印所承载的是什么样的躯体，也在听见林间鸟儿猛地掠过树梢后，知道自己最好也快些溜之大吉。

在捕杀与被捕杀的空当，疤脸一直在找寻着头脑印刻下的屏幕中的雪狼的踪迹。它固执地相信血液中某种固有的本性可以指引它找到这个长相相似的同类。一头孤狼，还是一群雪狼，疤脸没想过；接受或不被接受，疤脸也没想过。它的生命中除了生存，就只剩下了找寻，而找寻也成了它自证生命存在的唯一凭证。

但疤脸找寻的线索是那么的纤细，仅仅是脑海中的那几幅画面，还有在睡梦中接收到的那几声呼号。疤脸甚至不知道雪狼的尿迹该透着什么样的味道，疤脸就是这样在一日又一日的找寻中，进入密林的深处。

四

一声枪声，将疤脸从雪窝惊醒。

它没有惊慌地跳起身，而是继续伏在雪窝中琢磨枪声的远近。它听着枪声掠过层层叠叠的林木，抖落枝丫上的白雪。

它还听见几条猎狗杂乱的吠叫在空气中狂奔飞舞，夹杂其间的是从记忆深处传来的悲号。疤脸知道，一只雪狼正在走向生命的终结。

疤脸咬着牙根，在模糊的嘶哑吠叫和悲号声中，勾画着雪狼被猎狗围攻的场面，以及猎人扛着枪徐徐走近的镜头。

疤脸在雪窝里待了许久，直到人狗的脚步声消散无踪，才向枪声的起始处盘旋接近。在一块大石后，是一头母狼血肉模糊的尸体，灰白色的皮毛已被割去，肌腱上的肉则被猎狗咬碎，空荡的牙床上显示狼牙曾经存在的位置，被泥土污浊的双眼还在瞪着天空。

疤脸看着这条身形和自己相当的雪狼，一时间愣在那里。

远处传来几声悲伤的狼嚎，像是送别死去的同伴。疤脸在对声音的沉醉中不自觉也开始跟着嚎叫。

狼嚎停止了，它们消失了踪迹。疤脸则寻着狼嚎的方向追了出去。

五

鼻子是疤脸最好的导航，它循着狼群的气味亦步亦趋。它追赶的步子快了，狼群也便加速逃离。它放慢了追赶的步子，雪狼们便利用其间的空当进行捕猎。

它们解决食物的速度很快，待到疤脸追到狼群的聚餐地时，只有还冒着热气的动物骨架，狼群又不见了踪影。

狼群还会兜圈子，它们时而分散，时而聚集，它们甚至悄悄地潜回到疤脸的后方，给它编织起一道气味的迷宫。狼群有时还会把疤脸引诱到一些林间小屋，逡巡于小屋左右，让疤脸将黑色的身体暴露在屋内猎人的视线下。

疤脸故意向小屋吠叫，隐藏着的雪狼们即刻转身逃向密林深处。

疤脸不知道这群雪狼为什么要躲避着自己，是不愿意接受它，对它充满敌意？那么它们大可以群而攻之，将它杀死分食。又或狼群只是在和它玩一个游戏，一个观望和学习的游戏。森林越来越密，交织在一起的枝蔓遮盖了顶上的太阳，些许透过来的阳光照在雪地上，形成一片幽蓝的光芒，像是置身于一个荧光下的梦境。疤脸有时会在睡梦中突然惊醒，压低了呼吸环顾黑暗的四周，它觉得有无数只冰蓝色的眼睛抚触自己的身体，但疤脸看得清楚，那些只是反射了月光的白雪。

疤脸已经有三天没有进食了，前面的那群雪狼同样饿了三天。追逐和躲闪的游戏还在继续，几头狼在沉默中转向他处，只剩下一头成年狼和疤脸还在继续这场追逐。雪层已经越来越薄，到处都是倒挂在树上的冰凌，地上也长着冰凌，高的如剑戟，矮的如短刀。疤脸的鲜血染红了冰刃，犹如一把刚完成刺杀的凶器。疤脸伤痕累累，小心前行。它不知道自己还能坚持多久。

从日出走到日落，冰凌在减少，路面变得平坦。疤脸抬头，月亮已经挂在了中天。它不知道自己为什么会看见月亮。沐浴在如水的月光下，它的脚掌踩在松软的土壤上。疤脸平视前方，它已经走出了森林，峰顶咫尺之遥。一头公狼回头看它，眼神宁静悲伤。公狼又转回脑袋，朝向月亮，发出心碎的嚎叫，像是在召唤那些死去的灵魂。声音飞离山顶，由近及远，越过一个个山峰，带回了一波波强弱不同的回音。整个森林被点燃了，黑暗中的孤狼们开始它们的合唱，压低了天地间所有其他的声响。

疤脸俯下身子，脑袋埋在两只前爪间，低声发出表示服从的呜呜声。公狼停止嚎叫，它从山顶走下，从疤脸身边经过，立在森林的边际等待疤脸。

疤脸向雪狼轻摇脑袋，像是征求雪狼的允许。然后，疤脸站起身走上峰顶。天空澄澈洁净，山下黑如铁板，劲吹的风鼓入疤脸的眼窝，令它什么也看不见。好容易再次睁开双眼，疤脸已经泪流满面。它的胸腔起伏着，所有的气力从喉咙瞬间挤出，化作一声撕裂的嚎叫。四下静止了，丛林里那些看不见的生物仿佛都在琢磨这声怪叫的主人。

雪狼已经返回密林，疤脸最后凝视了眼前的一切，也跟着雪狼的步子下山钻回了密林中。

六

雪狼在前，疤脸在后，两头长着尖牙的哺乳动物穿越了遍地的冰凌，在积雪覆盖的半山腰，从掩埋的土层下扒出一具冰封的貉子尸体。冻僵的脖子上还有尖牙穿出的两个血孔。雪狼和疤脸围着貉子的尸体饱餐一顿，继续向雪线以下走去。

地势慢慢趋缓，桦木林的密度也在降低，白雪也已不能完全覆盖黑土。公狼和疤脸停在一处流淌的山溪边，用舌头卷起清冽的溪水。山溪对面的草丛轻微的一声震动，雪狼和疤脸知道一只野兔正在那里觅食。雪狼飞身跨过溪流，向野兔遁逃的方向追去。疤脸也跟在雪狼的身后飞奔。

野兔的动作敏捷，在草丛里左穿右窜，每每从雪狼的尖牙前跑开。疤脸从雪狼的身后跑开，巡行在雪狼的右翼。雪狼会意，将野兔向右侧赶，疤脸已经可以看见野兔两颗如红豆般的小眼。

野兔也看见了伏在草丛中的疤脸，却已经停不下脚步，整个脑袋直接塞进疤脸张开的大嘴中。疤脸将嘴里受伤的雪兔丢在地下，交由雪狼处置。

一声枪响。雪狼和疤脸同时抬头，顶上一群惊鸟正扑簌着翅膀。雪狼叼起雪兔，和疤脸一同小跑回溪流的另一侧。紧接着，又是一声枪响。

它们开始向树林的深处奔逃，身后猎狗的吠叫不绝于耳。它们爬上一块巨石，俯身倾听下方的声响。猎狗群开始分散，从两侧向巨石包围过来。雪狼和疤脸则折身往山涧逃窜。一条猎狗的身影出现在余光里，它狂吠着，向疤脸和雪狼迅速逼近。雪狼突然折身，将猎狗扑倒在地。猎狗还没来得及叫唤，脖子就已经被咬断。

而雪狼没有迟疑，继续沿着山腰往前跑，疤脸则紧跟在后面。那是一个很陡的山涧，雪狼和疤脸可以勉强通过，而背着猎枪的猎人则想也别想。只要过了那处山涧，雪狼和疤脸便可以对付那些离开主人的猎狗了。

山涧已经在视线所及的范围内，疤脸加快步伐，跑在了雪狼的前面，它的身躯在石头与雪面上跃动向前。突然，疤脸的前半身陷入了雪窝中，后半身在空中翻了个圈，摔在地上。雪狼没再向前，它隔开几米远看着疤脸卡在铁夹子上的前肢。

疤脸也在看自己的右腿，毫无疑问，骨头已经断了。疤脸又抬头看雪狼。雪狼只是伸出舌头舔舔上颚，然后便折身向山上逃去。

疤脸看着雪狼灰白色的身影转来转去，最终融于山林的颜色中。

疤脸挣扎起身，拖着沉重的铁夹向前爬着，鲜血染红了白雪和草叶。猎狗们越来越近。

疤脸还在向前爬，前肢在地面与铁夹的撞击中，已经碎成了几截。猎狗们追了上来，将疤脸团团围住。它们全都是通体亮黑，吐着舌头，不知道该怎么处置眼前这个同类。

疤脸不再往前爬了。它平静地瞧着这几条猎狗，脸颊两侧留下的伤痕让疤脸看上去像是在冲着它们微笑。

猎人从山下爬了上来。他是一个年过半百的男人，肩上扛着一杆长长的猎枪，身上披着由狼皮编织成的大氅。

猎人把帽檐向上推了推，俯下身子看疤脸。

疤脸已经低下了脑袋，不再看猎人或猎狗。

猎人低声骂了句，取下肩上的猎枪，灌足力气，用枪托砸在疤脸的脑袋上。

疤脸听到一声碎裂的声音，温暖的液体浇在它的脸上。它试图伸舌头舔这液体，但下一秒，它就什么也感受不到了。

尾记：过客

早就承诺为山王镇的按摩师老张写个人物小传，但是迟迟没有动笔，既困于细节处还不丰满，没有那种掌心触及砖瓦的真实；也感于生活如河水般不断奔涌向前，未来仍在迷雾笼罩中难以预测。便想着等一等、再等一等。人物志，有些像墓志铭，盖棺定论，或许会更客观些。

但无奈，写东西的人，真的就像一座火山，内心始终涌动着与世俗无关的激情与感慨，特别当因酒、因烟、因泪而被催化后，暗流般的感情便聚成文字喷涌而出。不在乎语词是否炫美，不在乎技巧是否精妙，此刻，文字的存在，便是自己的存在。

话扯远了，回头说这位按摩师（原谅我已经记不清他的姓氏，大概姓张吧）。第一次和他接触，是在颈椎因写作而严重落枕后，经所长介绍后，找到了他。

那是一个暴雨刚去的夏日傍晚，所长开着一辆叮零乱响的老式桑塔纳，带我到了位于城乡接合部的山王镇，进入到了镇民聚居的老街。破车压过龟裂的石板路，碾过大大小小的水坑，掠过那些穿着随意的镇民，最终停在了一条南北走向的铁道边上。我和所长下车，顺着铁道走了百米，摆脱市井的喧哗，停在了一栋独门独院的二层小楼前。掀开门帘，进到内间，便见到了坐在小马扎上看报纸的老张。

老张第一次给我推拿时是沉默的，一如在床上经受那好似永无止境的按压折磨，却始终咬牙切齿不发任何声响的我一般沉默。他铁砂一般的手掌在我的肩胛上滚压，他钢锥一般的指尖在我的穴位上叩问，他如风箱般的呼吸在每一次加力中发出轻轻的轰鸣。他带给我的痛是有节奏的，是有韵律的，是苦中带涩，涩中带通的。四十分钟的推拿后，他把我引到高凳上，对我落枕的痛处特别照顾。我能看到在长椅上刚来并正在等待的几位，有穿戴整齐的男人，有穿戴松懈的妇女，还有戴着大大的黑框眼镜，却始终歪着脖子的少年。

我歪着脑袋看他们，他们也歪着胯、歪着腰，或歪着脖子在看我，仿佛这个世界本来便是斜四十五度角一般。我怕他们等得急，便对张师傅说："可以结束了，还要回去赶工作。"

张师傅却说："还要五分钟。"就这五个字，没有多余的话。五分钟的痛楚、五分钟的等待、五分钟的不安，五分钟之后的无比通顺。

老张交代说："还需要再来两到三次，落枕便可好完全。"

但因为种种原因，我没有去。

所以，一周后，一个阳光曝晒的下午，重新歪着脑袋的我又去了老张的小院。

老张说他是治病，并非保健，说三次就三次，保证时到病除，决不多要钱。说这些时，老张玉黄斑驳的牙槽中透出着自信，而在床上趴着的我摇摇手，表示心悦诚服地投降。

那天下午小院没有人，只有蚱蜢在院外的草丛里穿梭，还有麻雀在院内空地上晾晒的谷物间啄食。我觉得有必要说些什么，但却不知从何谈起。

这时，老张说话了："你是写文章的吧。"

我说："是。"

老张说："白面秀才。"

我痛苦地摆摆手，表示言重。

老张说："写什么东西？"

我说："在单位写材料，在家写小说。"

老张"唔"了一声。

一些灰尘在这个阳光过剩的房间内飞翔，有些灰尘还飞进了我张开的嘴巴里。

我问老张："你怎么知道我是写东西的？"

老张说："你的颈椎和肩胛的肌肉很死，却不硬，而你的其他部位的肌肉却很灵活，这是在电脑前工作的人的特点。"

我说："或许我是天天泡在网吧里上网打游戏的人。"

老张说："在网吧的人身上会有一种烟熏火燎的味道，你没有。"

我说："你看人很准。"

老张说："和你们警察一样。"

我说："原来你知道我做什么工作。"

老张点点头说："你的所长告诉我的，但我也能感受得到。"

对话暂时中断，我和老张的脑袋里大概都在想着我那所长的那个秃顶。

我突然说："阿叔，我正在写一个人物志，以山王镇的这条街为背景，选取18个人。每个人写一个故事，独立成篇，最终汇聚成一个小说集。你愿意和我讲讲你推拿的事情吗？"

老张手上的活计突然停了，我能感受到他的手掌悬停在我脊背的上方。半晌，老张说："给我点时间，我先想想。"

然后，他的铁砂掌又在我的肌肉上揉搓。

慢慢地，一些碎片化的语词从老张的嘴里冒出，比如足三里，比如大肠经，比如膀胱经，都是一些由表及里、相生相克的医学描述。老张边说着，我边似懂非懂地看着墙上悬挂着的人体经络图。

然后，门开了，有人进来了，说是干农活的时候把腰扭着了。老张让他在另一张床上躺下。

老张认认真真地将我的颈椎推拿完毕，从孙子的课本上撕下一张纸，在上面写下了他的电话号码，说下次要来推拿，提前打电话，不用排队，也可以多聊一聊他的故事。然后，他便转身去给那个扭着腰的男人按摩去了。

我将那张纸对折，再对折，塞进了裤兜里，掀开门帘，出了院子。门口的大黄狗嗅了嗅我的裤脚，然后趴下，继续看谷子上觅食的麻雀。

后来，我的脖子不那么痛了。我想着老张说他是治病的，不是保健的，便也没再去老张的那个小院——他和他的小院已经被我堆进了记忆中的某个角落。

直到立秋，天气转凉，有天晚上，饭局上，所长告诉我，山王镇那个搞推拿的老张还等着我给他写人物小传。他想看我怎么把他从一个农民变成赤脚医生，再变成推拿医师，却最终回归成一个农民的大半辈子用文字表达出来。他也很想看到有人能把山王镇这条老街因煤而兴、又因煤而衰的几十年变迁写下来。

听了这些话，我有些懊恼，原来有这么多的故事可以写；听了这些话，我也很难受，毕竟我是承诺过给他写个人物小传的。

我说我明天就去老张那里，和他好好聊聊。

所长说：“老张走了，山王镇的煤矿倒闭了，儿子儿媳被分流到了内蒙古的矿上，他也跟着去内蒙古带孙子去了。”

怅然充满了我的身体，我突然意识到：推拿时被牢牢地按在床上的我几乎都不记得老张长得是什么样子。

老张之于我，彼此都是在茫茫人海的擦肩过客；我们之于这个世界，也只是白驹过隙间的匆匆景色。

在时间的淘汰下，有多少人，有多少事，有多少风景，因为那匆匆的脚步，而被掩埋在这个可爱可恨可疼可憎可妒可叹的片刻现实亦即转瞬的无尽历史中。

我写下这些人物志，不是因为老张，也不是因为老张所代表的正在边缘化的山王镇的所有镇民们。我写下这些文字，是为了我自己，为了能够记住那流星划过天际时的那一抹亮蓝，即便只有短暂的一秒，但至少证明，他们在这个世界上真的存在过。